贵州民族大学学术著作出版基金资助
GUIZHOU MINZUDAXUE XUESHUZHUZUO CHUBANJIJIN ZIZHU

朝鲜词文学传播与创作研究

CHAO XIAN CI WEN XUE CHUAN BO YU CHUANG ZUO YAN JIU

●王进明 著

中央民族大学出版社
China Minzu University Press

图书在版编目（CIP）数据

朝鲜词文学传播与创作研究 / 王进明著．—北京：中央民族大学出版社，2017.10

ISBN 978-7-5660-1417-7

Ⅰ.①朝… Ⅱ.①王… Ⅲ.①文学研究—朝鲜 Ⅳ.①I312.006

中国版本图书馆 CIP 数据核字（2017）第 217813 号

朝鲜词文学传播与创作研究

著　　者　王进明
责任编辑　舒　松
封面设计　符　蓉
出 版 者　中央民族大学出版社
　　　　　北京市海淀区中关村南大街 27 号　邮编：100081
　　　　　电　话：68472815（发行部）　传真：68932751（发行部）
　　　　　　　　　68932218（总编室）　　　　68932447（办公室）
发 行 者　全国各地新华书店
印 刷 厂　北京盛华达印刷有限公司
开　　本　787×1092（毫米）　1/16　印张：15.5
字　　数　270 千字
版　　次　2017 年 10 月第 1 版　2017 年 10 月第 1 次印刷
书　　号　ISBN 978-7-5660-1417-7
定　　价　58.00 元

摘 要

辉煌灿烂的中国古代文化对世界产生重要影响。东亚自古就形成了一个以中国为中心的汉文化圈，这个文化圈长期以来对东亚各国的政治、经济、文化、文学等产生着深远影响。词在朝鲜的传播发展就是重要一例。中国古代文学史上出现了诗、词、赋、辞、曲等多种文体，最为瑰丽的是词，词占有极其重要的地位。词是隋唐以来配合燕乐而创作的歌辞，后来逐渐成为一种长短的诗体。它最初产生于民间，在民间广泛流传，大约到了中晚唐时期，较多文人开始创作，从而极大地提高了词的艺术水平。到宋代，词达到了其艺术顶峰，和唐诗并列对举，各极其美，各臻其盛。词是中国古代最美的文学，最动人的文学，最擅长抒情的文字，最让人沉醉的文字。它和美，浑融蕴藉。它深微隐幽，意味隽永，美到极处，它是中国艺术宝库的瑰宝。在朝鲜古代文学中，词文学作为一种从中国传入的韵文体裁，经历了特殊的传播发展过程，成为朝鲜汉文学的重要组成部分，更是汉文化圈的重要领域。它不仅与中国文学密切相关引人注目，更以独特的风格和民族风貌显现而自成体系，是一个庞大而独立的系统，朝鲜是生成它、养育它的丰腴土壤。朝鲜词文学的产生、发展是朝鲜文学家借鉴中国词文学同时坚持继承本民族的文学传统，自我发展，勇于创新，日臻完善，在朝鲜绽放出绚丽夺目的词学之花。本书所用“朝鲜”是指古代朝鲜，包含今天朝鲜半岛的朝鲜与韩国。本书研究以朝鲜词文学的传播接受—创作创新—制约与局限的历史性、共时性为主线，从深层文化机制揭示在相近文化环境与社会历史状况下朝鲜词在中国文化影响下所表现出的异同和创新，由表及里发现朝鲜古代词文学的发展规律，同时对学界有争议的古代朝鲜词的数量问题做出进一步探讨。本书从四个方面进行论述。

第一章分析朝鲜词文学的传播媒介、发展模式与传播方式。

这部分阐述两个问题：

第一，阐述中国词传入朝鲜的传播媒介及朝鲜词文学的发展模式。通过考证发现中国词文学不同于其他文学体裁的传播方式，它是在北宋、高丽两国友好交往过程中以乐为传播媒介传入高丽的，适应高丽君王的统治需求，为其所接受，在适宜的文化环境下，高丽宣宗王运创作了朝鲜第一首词并具有极其重要的价值；其后朝鲜词文学由宫廷走向士大夫阶层，经“三王一妃”（宣宗王运、睿宗王俣、毅宗王睍和权贵妃）、“三文人”（金克己、李奎报、李齐贤）的发展兴盛，是一个由上逐步下移的发展过程，明显不同于中国词产生于民间，由民间自下而上为文人士大夫所喜欢，最后走进宫廷的发展模式。在以上提到的词人中李齐贤的词学成就最高，词学贡献最大，他被称为“东方一人”，其词学成就与贡献将在本书各章节中进行重点论述。

第二，朝鲜词传播经历了宫廷传播和文人传播两种方式，宫廷传播主要是北宋神宗、哲宗、徽宗与高丽文宗、宣宗、睿宗时期，两国友好交往，北宋宫廷乐队伶工将20多首宋词传播至朝鲜。文人传播包括高丽文人友好访问促进词的传播、词人亲自到中国学习促进词传播、文人之间的侑宴唱和促进词传播、文人自身爱好创作促进词的传播、中朝文人跨国友好交往促进词传播五种方式。

第二章论述朝鲜词文学的创作创新研究。

本章分朝鲜词文学创新和借鉴词文学发展国文学两个部分。

朝鲜词文学，在继承中国词文学基础上勇于创新，并形成鲜明的民族特色，主要表现为三个方面：

首先，表现在《巫山一段云》词创作方面。建构了朝鲜“巫山一段云体”。高丽词人李齐贤学鉴赵孟頫词，以《巫山一段云》词为基础，改变摒弃其艳丽词风，勇于创新，创作朝鲜《巫山一段云》词，为朝鲜词人所喜爱，后人纷纷效仿。朝鲜共有52位词人写了400首《巫山一段云》词（按韩国柳己洙标准占朝鲜词数量的30%，如果按本书1626首统计也占1/4）。它对朝鲜词题材范围的拓展、风格的创新、建构朝鲜写景词范式、奠定朝鲜词学运用中国文化元素的模式有着重要而深远的影响。

其次，朝鲜词人改变中国传统以阴柔为主的词学风格，独辟蹊径，创作词风介于豪放与婉约之间，主体特征是自然清新，主要表现在词语言、感情和构思三个层面。

最后，建构了富有朝鲜特色的词学理论。朝鲜历史上没有出现过专门的词话。朝鲜文人在诗话、个人文集中提及词文学理论，他们的诗话中保存了15首朝鲜词人的作品，李齐贤《栎翁稗说》对朝鲜词学理论具有重要贡献。由于语言与文化差异，朝鲜词人对词文学及中朝语言有自己独特的见解。

尤为可贵的是，朝鲜文学家借鉴词文学，创造出一种全新的朝鲜国文学诗歌——景几体歌，词为景几体提供调式来源和联章组诗形式，对以后朝鲜的国文学诗歌时调、歌辞产生重要影响。

第三章阐述制约朝鲜词文学创作发展的因素与局限性。

制约朝鲜词文学发展的主要因素包括主体接受局限性与宏观环境的制约。就主体接受而言，朝鲜人写词属于第二语言创作，古代汉语中的清浊与七音之变、韵母之变、四声之变、传播流变等诸多因素一直困扰着朝鲜词人。汉语是摆在朝鲜人面前的一道重要屏障。同时，他们对词文学体裁理解更是模糊不清，朝鲜人对词存在诗词不分、用韵不分、平仄不分等诸多困惑。

就宏观环境而言，国际战争与国内儒学禁锢了朝鲜词文学的发展。两宋、高丽、辽、金等国多年战争不息，南宋、高丽两国文化友好交流被迫中断，词至南宋时期为最盛，一代兴盛之词文学脱离了朝鲜人的视野，朝鲜错过发展词文学的最佳时机。其次词与儒家伦理相违背。高丽后期程朱理学传入朝鲜，开始影响朝鲜词人的创作。朝鲜朝建立后大力提倡儒学，尊崇朱熹。在这样的文化背景下，儒家诗教的美化功能得到大力提倡，而抒发个人情志的词与当世格格不入，儒家思想禁锢朝鲜词文学发展。

第四章是补录朝鲜词。

关于朝鲜词的数量，学界一直有争议。本书通过查找文献在《韩国文集丛刊》及续刊中发现学界无人提到的《巫山一段云》词100首，《竹枝》词221首，中国学者文献中收录朝鲜《竹枝》词44首（尤侗《外国竹枝词》收录4首、徐振《朝鲜竹枝词》收录40首），部分朝鲜诗话中收录词11首，共计1626首，加以补录，为学界研究提供新的资料佐证。

振叶以寻根，观澜而索源。研究朝鲜词接受、发展、演变并做出科学合理的解释，从现象到本质发现朝鲜古代词文学的发展规律，对研究朝鲜词学及中朝、中韩间文学文化交流，拓展汉文学范围及成果具有重要的意义和价值。

目　录

绪论

我国是一个具有悠久历史的文明古国，中华民族以自己的智慧创造了辉煌灿烂的文化，为人类的进步与发展做出了不朽的贡献，留下丰富的文化遗产，同时也对汉文化圈产生重要深远的影响。东亚自古就形成了一个以中国为中心的汉文化圈。汉文化圈是指东亚中国和深受中国文化影响的周边地区，主要包括朝鲜半岛、日本、越南等地，共同构成一个以汉文化为共性的区域。这个区域哲学、宗教、政治、经济、文学、科技、建筑、艺术以及民俗等诸多方面具有汉文化共性。如明朝时安南使者冯克宽、朝鲜使者李晬光两人的和诗。李晬光《芝峰集·安南国使臣唱和问答录》（丁酉冬赴京时）记载：

《赠安南国使臣》（二首）

万里来从瘴疠乡，远凭重译谒君王。提封汉代新铜柱，贡献周家旧越裳。山出异形饶象骨，地蒸灵气产龙香。即今中国逢神圣，千载风恬海不扬。

闻君家在九真居，水驿山程万里余。休道衣冠殊制度，却将文字共诗书。来因献雉通蛮徼，贡为包茅覲象舆。回首炎州归路远，有谁重作指南车。

安南使臣冯克宽赓和《肃次芝峰使公韵》：

异域同归礼义乡，喜逢今日共来王。趋朝接武殷冠冔，观国瞻光舜冕裳。宴飨在庭沾帝泽，归来满袖惹天香。唯君子识真君子，幸得诗中一表扬。

> 义安何地不安居，礼接诚交乐有余。彼此虽殊山海域，渊源同一圣贤书。交邻便是信为本，进德深唯敬作舆。记取使轺回国日，东南五色望云车。①

山海虽殊，却源自“同一圣贤书”，衣冠虽异，却同用“文字共诗书”，朝鲜半岛在历史上是中国境外受汉文化影响最深的区域。在丰厚的汉文化中，词尤其具有独特的神韵。中国古代文学艺术史上出现了诗、词、赋、辞、曲等多种文体，最为瑰丽的是词，词占有极其重要的地位。词是隋唐以来配合燕乐而创作的歌辞，后来逐渐成为一种长短的诗体。它最初产生于民间，并广泛流传，大约到了中晚唐时期，较多文人开始创作，从而极大地提高了词的艺术水平。到宋代，词达到了其艺术巅峰，和唐诗并列对举，各极其美，各臻其盛。词是中国古代最美的文学，最动人的文学，最擅长抒情的文字，最让人沉醉的文字。它和美，浑融蕴藉。它深微隐幽，意味隽永，美到极处，又豪放到极处，它是中国艺术宝库的瑰宝。千百年来很多古代作品或许经不住岁月的无情淘洗，渐渐失去了闪亮的光华，成为历史的陈迹，但词却依然光彩照人，情韵生动，愈发显示出自己独有的艺术风采，犹如陈年老酿，芳香扑鼻，惹人爱恋。不论是荣华富贵、位尊一时的达官显贵，还是默默无闻、普通寻常的平民百姓；不论是才华横溢、风流倜傥的学士才子，还是沦落风尘、地位低下的歌伎舞女，均对词有着浓厚的兴趣，有的甚至达到了痴迷神醉的境地。他们或吟咏诵习，抒怀述志；或泼墨挥洒，遣兴解闷，词简直成了他们生命的一部分。直到今天，词的影响力也不可小视，即使在大街小巷的书摊上，在豪华的书店的货架上，都随处可见各种各样的词文学的选本或读物。在朝鲜古代文学中，词文学作为一种从中国传入的韵文体裁，经历了特殊的传播发展过程，成为朝鲜汉文学的重要组成部分，更是汉文化圈的重要领域。它不仅因其与中国文学的密切联系引人注目，更以独特的风格和民族风貌显现而自成体系。近年来国内外对朝鲜词文学的研究逐渐升温，但目前学界对朝鲜词文学传播与创作的研究却很少涉猎。

---

① 李睟光：《芝峰集》，《韩国文集丛刊》第66集，首尔：景仁文化社，1997年，第85页。

一、选题意义

研究朝鲜词文学具有以下重要意义：

（一）为汉文化圈词学研究提供一个新的研究视野

中国的本土词学研究无论从深度还是从广度来看，到目前为止都已达到了一个空前的高度，连一向不被重视的元明词也早已被纳入到研究视野当中来，并已经取得可喜的成果。但对同是汉文化圈国外词学的研究却仍然少之又少。事实上，国外词与中国的本土词，同源同根而且同形同貌，同属汉文化圈，可以说是中国词文学的进一步延伸。但国外词毕竟是在另一种土壤中滋生成长，因而别有一种特别的姿态和味道，由此又可看出汉文化圈国外发展的特质与变异。因此，中国的词学研究如果不把国外词学研究纳入进来，其词学研究就不能算完整。由此看来，朝鲜的词学无疑是国外词学的一个重要的组成部分，对汉文化圈词学的拓展，不但会为中国词学的研究提供一个视角，同时通过比较研究，更能促进或者说推动本土词文学研究的开展。

（二）进一步丰富朝鲜古代词文学的研究成果

现在中国的词文学研究成果已经相当丰富，但朝鲜词文学同其国内其他文学体裁相比，研究成果则少之又少。即使同为汉文学，词的研究也无法与汉诗和汉文小说相比，而且当前的朝鲜学界在词学研究方面明显存在着很多不足，尤其偏重形式个案研究，理论深度不够，比较研究面过窄，缺乏宏观把握等，特别是在宏观研究方面，基本上还处在起步阶段。本书力求在朝鲜词文学的传播发展规律和朝鲜词文学对中国词学理念的接收、改造、创新等方面研究有所突破。

（三）为中朝、中韩文化交流提供一个有意义的参照

中朝、中韩隔海相望，数千年来，交往不断，文化交流更是源远流长。这种文化交流涉及方方面面。词文学因其形式体制的特殊性，与一些深层次的文化因素关联甚紧，包括音乐、军事、政治、外交、语言等。所以通过朝鲜词文学的研究和中朝词文学的比较，我们可以发现一些中朝文化交流的特

有方式和潜在动因，这些探索会对中朝文化交流的历史研究有所帮助。

二、研究现状

研究朝鲜古代词文学一直存在两条平行主线，一是朝鲜、韩国学者研究线路，另一条则是中国的。①

（一）朝鲜、韩国学者研究路线

朝鲜古代主要有徐居正《东人诗话》（卷上、下），曹伸《谀闻琐录》（卷三），权应仁《松溪漫录》（卷一），李宗准《遗山乐府跋》，李晬光《芝峰类说》（卷八、十、十二、十四），林椿《西河集》（卷四），李衡祥《瓶窝集》（卷四），高尚颜《效颦杂记》（卷下），申钦《晴窗软谈》（卷上、下），佚名《诗文清话》（卷一、二、三），洪万宗《小华诗评》（卷上、下），洪万宗《旬五志》（卷下），金春泽《囚海录》（卷十六），李瀷《星湖僿说·诗文门》《星湖僿说·人事门》，南义采《龟磵诗话》（卷一、二、五、六、十、十一、十三、十四、十七、二十一、二十三、二十四），许筠《鹤山樵谈》（卷二），许筠《国朝诗删·四时词》，许筠《惺所覆瓿稿》[卷二（此本只有朝鲜奎章阁所藏本中才有）、卷十三]，郑麟趾《高丽史·乐志》，申光汉《企斋集》（别集卷七），李柬《巍岩遗稿》（卷二），韩文健《石山文集》（卷二），佚名《诗话类聚》，成涉《笔苑散语》（编下第一），李德懋《清脾录》[卷二（朝鲜版有、中国版无此项收录）]、徐湄《清邱诗话拾遗稿》，朴永辅《绿帆诗话》（卷四、五），李圭景《诗家点灯》（卷一、二、五、十，续集卷一），南有容《雷渊集·答吴伯玉书》，金允植《云养集》（卷六），张锡蓋《果斋集》（卷二、卷十三）等。

20世纪30年代金台俊《朝鲜汉文学史》中较早论及李齐贤词，稍后赵润济的《朝鲜文学史》也有涉及。60年代车柱环②开启研究现代朝鲜词文学

---

① 本书的研究现状是在学人研究基础上的进一步总结论述。

② 车柱环：《高丽史乐志唐乐考》，载《震檀学报》，第23辑，1962年。《朝鲜词文学研究——以资料整理为中心》，载《亚细亚研究》7卷3号，1964年9月。《唐乐研究》，载《泛学》，1979年9月。《高丽与中国词学的比较研究》，载《词学》，第9辑。《韩中词学之比较》，载《朝鲜研究》，第3期，1981年3月。《中国词文学论考》，首尔大学校出版部，1982年10月。《韩中词文学的比较研究》，载《冲击与调和：东方文学比较研究丛书（2）》，1992年8月。

先河，其代表性的成果有《高丽史乐志唐乐考》《韩国词文学研究——以资料整理为中心（1）》《唐乐研究》《高丽与中国词学的比较研究》《韩中词学之比较》《韩中词文学的比较研究》等论文，出版专著《中国词文学论考》，其中既有中国词文学的研究，也有一部分朝鲜词文学的研究成果。车柱环研究由考辨和资料整理入手，进而进行中朝词文学比较研究，在朝鲜词文学研究史上具有开创之功。

其后，池荣在、白祯喜和柳己洙三人在词文学研究方面成果卓著。池荣在①是李齐贤词的研究专家，陆续发表论文《益斋长短句的研究》《益斋长短句的成立》《关于益斋词的风格研究》《益斋长短句的境界》《益斋李齐贤其人其词》等文章。白祯喜②对词文学研究也有不俗的成果，先是在《中国学论丛》上陆续发表了《韩中词比较研究》《韩国词文学小考——高丽的词（1）》《韩国词文学小考—— 高丽的词（2）》等文章，而后又完成了博士论文《李奎报词研究——用韩、中词比较研究的方法》，该文是李奎报词文学研究的重要成果之一。柳己洙③是一位精通中韩两国词文学的韩国学者。1991年完成博士学位论文《李齐贤及其词之研究》，后又陆续发表《中国与韩国的巫山一段云词比较》《高丽朝鲜本中国词集考》《历代韩中使节与词的关系研究》《高丽、朝鲜词三题》《高丽时代的词人及词文学的发展背景的考察》《韩国词的原资料中表现出来的几个问题》等一系列论文。柳己洙于2007年出版了《历代韩国词总集》。这本书是目前能见到的搜罗朝鲜词作家作品最多的一部总集，较之当年车柱环又向前跨了一大步。

---

① 池荣在：《益斋长短句的研究》，载《成均馆大学硕士学位论文》，1977年。《益斋长短句的成立》，载《中国文学报》，第4号，1980年。《关于益斋词的风格研究》，载《中国语文学》，第2辑，1981年。《益斋长短句的境界》，载《东洋学丛书》，第11辑，1981年。《益斋李齐贤其人其词》，载《词学》，第9辑。

② 白祯喜：《韩中词比较研究》，载《中国学论丛》，第9辑，1993年。《朝鲜词文学小考——高丽的词》（1），载《中国学论丛》，第10辑，1994年9月。《朝鲜词文学小考——高丽的词》（2），载《中国学论丛》，第11辑，1995年。《李奎报词研究——用韩、中词比较研究的方法》，诚信女子大学校博士学位论文，1996年。

③ 柳己洙：《李齐贤及其词之研究》，香港大学博士学位论文，1991年。《中国与韩国的巫山一段云词比较》，载《中国学研究》第8辑，1993年。《高丽朝鲜本中国词集考》，1993年。《历代韩中使节与词的关系研究》，1993年。《高丽、朝鲜词三题》，载《中韩文化比较》第1辑，南京大学中国文化研究中心，1997年。《高丽时代的词人及词文学的发展背景的考察》，2006年。《韩国词的原资料中表现出来的几个问题》，2006年。

另外，相关的研究文章还有柳基荣的《苏轼与韩国词学的关系》[①]、柳种睦的《韩国的词和词学》和《中国词文学在高丽及朝鲜文坛的影响和展开》[②]、李明九[③]的《高丽史乐志所载宋词考》和《关于高丽史乐志唐乐条所载宋词考察》、尹贵燮的《高丽俗谣与宋词的比较》[④]、萧继宗的《论李益斋和他的词对朝鲜文学贡献》[⑤]、姜铨燮的《板本〈乐章歌词〉管窥》[⑥]、洪瑀钦的《关于益斋词风格的研究》[⑦]、徐镜普的《益斋词小考》[⑧]、朴仁和的《益斋词研究》[⑨]、崔利子《金克己诗词的形式研究》[⑩]、金恩景《关于朝鲜时代文人论秦观词》[⑪] 等。相关的硕士学位论文有李炳日的《益斋词研究》[⑫]、赵汉秋的《传入韩国宋词乐——步虚子与洛阳春研究》[⑬]。此外，涉及相关研究内容的专著还有池浚模的《高丽汉文学史》（下）[⑭]、金时晃的《益斋研究》[⑮]、李家源的《朝鲜文学史》[⑯]、金镇英的《李奎报文学研究》[⑰]，其中，池浚模的《高丽汉文学史》对高丽词文学的发展做了一个简单的梳理，虽然资料不全，论述也不够充分，但却是朝鲜学界内难得一见的既有资料整理、又有分析论述的，从宏观的整体上去把握高丽词的研究成果。金时晃的《益斋研究》和

① 柳基荣：《苏轼与韩国词学的关系》，载《复旦大学学报》（社会科学版），1997 年第 6 期。

② 柳种睦：《韩国的词和词学》，载《词学》第 18 辑，上海：华东师范大学出版社，2007 年版。《中国词文学在高丽及朝鲜文坛的影响和展开》，载《中国学报》，韩国中国文学会，1999 年。

③ 李明九：《高丽史乐志所载宋词考》，载《成均馆大学论文集》，第 10 期，1965 年。《关于高丽史乐志唐乐条所载宋词考察》《国际文化》，载（第 3 辑），1965 年 6 月。

④ 尹贵燮：《高丽俗谣与宋词的比较》，载《成大文学》第 11 辑，1965 年。

⑤ 萧继宗：《论李益斋和他的词对韩国文学贡献》，载《东洋学》（第 2 辑），檀国大学校东洋学研究所，1972 年。

⑥ 姜铨燮：《板本〈乐章歌词〉管窥》，载《朝鲜语言文学》，第 14 辑，1976 年 12 月。

⑦ 洪瑀钦：《关于益斋词风格的研究》，载《中国语文学》，第 2 辑，1981 年。

⑧ 徐镜普：《益斋词小考》，载《汉文学研究》（国文学研究丛书 7），国语国文学会编，首尔：正音社，1981 年版。

⑨ 朴仁和：《益斋词研究》，载《汉文学论考》，第 2 辑，公州大学汉文学会，1986 年。

⑩ 崔利子：《金克己诗词的形式研究》，载《石轩丁奎福博士还历纪念论丛》，1987 年。

⑪ 金恩景：《关于朝鲜时代文人论秦观词》，载《2010 年词学国际学术研讨会论文集》。

⑫ 李炳日：《益斋词研究》，公州师大教育大学院硕士学位论文，1986 年。

⑬ 赵汉秋：《传入韩国宋词乐——步虚子与洛阳春研究》，文化大学艺术研究所硕士学位论文，1979 年。

⑭ 池浚模：《高丽汉文学史》，载《语文学》，第 39 辑。

⑮ 金时晃：《益斋研究》，首尔：中文出版社，1988 年。

⑯ 李家源：《朝鲜文学史》，首尔：太学社，1995 年。

⑰ 金镇英：《李奎报文学研究》，首尔：集文堂，1984 年。

金镇英的《李奎报文学研究》是专门研究，但是并无特别新奇之处。李家源的《朝鲜文学史》中搜集到了很多包括柳己洙和李承梅都没有搜集到的词学资料，极为可贵，可惜只是点到即止，没有详细记录和深入展开。

（二）中国对朝鲜词的研究路线

中国对于朝鲜词的研究早在康熙年间就已经开始，王奕清等人在编撰《钦定词谱》时就已经对《高丽史乐志》中的相关作品进行了研究，清冯金伯《词苑萃编》[①] 卷十八、清代徐釚《词苑丛谈·品藻三》[②] 对朝鲜朝的词人作品进行了记录。中国学者对朝鲜词文学真正意义上的研究应该说始于况周颐，他在《蕙风词话》中不但评论了李齐贤和权贵妃的词作，还提到了朴訚《挹秀集》。其后多年国内对朝鲜词研究是一片空白。

20 世纪 80 年代中国开始对朝鲜词学的零星研究。1981 年夏承焘《域外词选》对李齐贤其人及作品作了中肯评价，开启国内李齐贤词学研究之先河。同时，《延边大学学报》（社会科学版）[③]（1981 年第 1—2 期合刊）对李齐贤作了简介。80 年代中后期的“一书”“一文”是朝鲜词学研究的重要成果。“一书”是韦旭升 1986 年撰编《朝鲜文学史》，对李齐贤的词进行了系统梳理，并给予较高评价，书中还提到了林椿和李奎报，内容多为介绍性的，由于受教材体制限制，分析不够透彻。“一文”是吴肃森在 1986 年第 1 期《教学研究》[④] 中发表的《朝鲜的词学》论文，翔实论证李齐贤的词作特点。

20 世纪 90 年代以后，国内对于朝鲜词文学的研究逐渐升温。其中比较有代表性的文章有黄拔荆的《试论豪放派词风对朝鲜词人李齐贤的影响》[⑤]、谢桃坊的《〈高丽史乐志〉所存宋词考辨》[⑥]、李凤能的《李益斋和他的旅蜀词》[⑦]、罗忼烈的《高丽、朝鲜词说略》[⑧]、吴熊和的《〈高丽史乐志〉中宋人

---

① 冯金伯：《词苑萃编》卷 18，见唐圭璋编《词话从编》第 41 辑，第 2139 页，北京：中华书局，1986 年。

② 徐釚编著，王百里校笺：《词苑丛谈校笺》，北京：人民文学出版社，1988 年，第 292 页。

③ 《李齐贤》，载《延边大学学报》（社会科学版），1981 年第 1—2 期。

④ 吴肃森：《朝鲜的词学》，载《教学研究》，1986 年第 1 期。

⑤ 黄拔荆：《试论豪放派词风对朝鲜词人李齐贤的影响》，载《国外文学》，1990 年第 2 期。

⑥ 谢桃坊：《〈高丽史乐志〉所存宋词考辨》，载《文学遗产》，1993 年第 2 期。

⑦ 李凤能：《李益斋和他的旅蜀词》，载《文史杂志》，2000 年第 1 期。

⑧ 罗忼烈：《高丽、朝鲜词说略》，载《文学评论》，1991 年第 3 期。

词曲的传入时间与两国的文化交流》[①]《高丽唐乐与北宋词曲》[②] 等。其中罗忼烈、吴熊和两人的文章可以说是这一段时间内的标志性的成果。罗忼烈的文章分成“从《域外词选》说起”“‘唐乐’中的无名氏词”“词律问题”“高丽、朝鲜词举隅”“朝鲜词人用宋词韵或词意”五个部分，许多精恰之论。吴熊和是词学大家，其文详细论述了宋代神宗、哲宗、徽宗三朝宋、丽之间的音乐和文化交流，文章旁征博引，多有创见。其中吴熊和的贡献是比较突出的。

进入21世纪以来，国内的朝鲜词学研究开始逐渐升温。国内有不少学人把朝鲜词文学作为研究对象，并取得可喜成果。出现了三种发展趋势，一是不少学人把朝鲜词作为学位论文的研究对象，硕士论文有延边大学李琴声的《李齐贤词与中国词文学》[③]（2002），北京大学孙艳杰的《李齐贤的词文学研究——以思想内容为中心》[④]（2003），北京师范大学尹禧的《宋词在韩国的传播与接受》[⑤]（2006）和延边大学安向梅的《宋词与朝鲜前期词的比较》[⑥]（2007）、靳亚州的《赵冕镐对宋代词人的接受研究》[⑦]（2010）、闫飞《〈洛阳春〉在韩国的变化研究》[⑧]（2011）、许科的《宋词影响下16世纪朝鲜主要词人词作考略》[⑨]（2012）七篇，博士论文则有韩国成均馆大学李承梅的《韩国词文学研究》[⑩]（2005）、延边大学李宝龙《朝鲜高丽词文学研究》（2010）。另外，中央民族大学何永波博士学位论文《李齐贤汉诗研究》[⑪]（2006）中对李齐贤的词也作了专章研究。二是国内出现了关于朝鲜词文学专著和学术论文，并且主攻朝鲜词的学人。这一时期（2000—2013）国内主要学术论文有

① 吴熊和：《〈高丽史·乐志〉中宋人词曲的传入时间与两国的文化交流》，沈善洪主编，《韩国研究》，杭州：杭州大学出版社，1994年。

② 吴熊和：《高丽唐乐与北宋词曲》，载《中华文史论丛》第50辑，上海：上海古籍出版社，1992年，后收录于《吴熊合词学论集》，杭州大学出版社，1999年。

③ 李琴声：《李齐贤词与中国词文学》，延边大学硕士学位论文，2002年。

④ 孙艳杰：《李齐贤的词文学研究——以思想内容为中心》，北京大学硕士学位论文，2003年。

⑤ 尹禧：《宋词在韩国的传播与接受》，北京师范大学硕士学位论文，2006年

⑥ 安向梅：《宋词与朝鲜前期词的比较》，延边大学硕士学位论文，2007年。

⑦ 靳亚州：《赵冕镐对宋代词人的接受研究》，延边大学硕士学位论文，2010年。

⑧ 闫飞：《〈洛阳春〉在韩国的变化研究》，延边大学硕士学位论文，2011年。

⑨ 许科：《宋词影响下16世纪朝鲜主要词人词作考略》，延边大学硕士学位论文，2012年。

⑩ 李承梅：《韩国词文学研究》，韩国成均馆大学校博士学位论文，2005年。

⑪ 何永波：《李齐贤汉诗研究》，中央民族大学博士学位论文，2006年。

李凤能的《李齐贤和他的旅蜀词》[①]，徐建顺的《李齐贤词作的意义、成因与考辨》[②]，刘泽宇的《元高丽词人李齐贤的两首华山词》[③]，台湾衣若芬《李齐贤八景诗词与韩国地方八景之开创》[④]，赵维江的《汉文化域外扩散与高丽李齐贤词》[⑤] 和徐安琪、秦惠民的《韩国古代诗话中的词论资料辑录》[⑥]，姚大勇的《〈潇湘八景图〉与〈潇湘八景词〉》[⑦]，杨焄的《朝鲜历代拟朱熹词探微》[⑧]，钱锡生的《论唐宋词在韩国的传播与接受》[⑨]，龙婷的《苏轼词对朝鲜李衡祥词的创作影响》[⑩] 等，其中衣若芬对朝鲜词学中地方八景文学题材研究颇有建树，徐安琪、秦惠民提供了可贵的朝鲜词论资料，却缺乏论证。三是部分学人对《高丽史乐志》探讨陆续升温。王小盾、刘玉珺的《从〈高丽史乐志〉"唐乐"看宋代音乐》，王小盾的《〈高丽史乐志〉"唐乐"的文化性格及其唐代渊源》[⑪]，朱君梅的《〈高丽史乐志〉"唐乐"传入时间考》[⑫]，欧兰香的《宋代词乐东传的踪迹》[⑬] 和沈淑庆《高丽与宋时期的宫廷乐舞交流》[⑭] 是主要的研究者。他们从音乐、舞蹈等方面做了考据。在此期间陶然的《金元词通论》，金柄珉、金宽雄的《朝鲜文学的发展与中国文学》，许辉勋、蔡美花合编的《朝鲜文学史》都对李齐贤的词作了介绍。2003 年黄拔荆《中国词史》对李齐贤词也做了介绍。2006 年文日焕专著《朝鲜古典文学史》（修订版）对朝鲜词文学做了精要论述。2010 年李岩主编的《朝鲜文学通史》吸收了近年来朝鲜词文学研究的最新成果。

---

① 李凤能：《李齐贤和他的旅蜀词》，载《文史杂志》，2000 年第 1 期。

② 徐建顺：《李齐贤词作的意义、成因与考辨》，载《文学前沿》，2002 年第 1 期。

③ 刘泽宇：《元高丽词人李齐贤的两首华山词》，载《渭南师范学院学报》，2003 年第 2 期。

④ 衣若芬：《李齐贤八景诗词与韩国地方八景之开创》，载《中国诗学》，第 9 辑，北京：人民文学出版社，2004 年。

⑤ 赵维江：《汉文化域外扩散与高丽李齐贤词》，载《民族文学研究》，2010 年第 2 期。

⑥ 徐安琪、秦惠民：《韩国古代诗话中的词论资料辑录》，载《2008 年词学国际学术研讨会论文集》，2008 年。

⑦ 姚大勇：《〈潇湘八景图〉与〈潇湘八景词〉》，载《美术教育研究》，2010 年第 9 期。

⑧ 杨焄：《朝鲜历代拟朱熹词探微》，载《华东师范大学学报》（哲学社会科学版），2010 年 5 月。

⑨ 钱锡生：《论唐宋词在韩国的传播与接受》，载《江海学刊》，2013 年第 3 期。

⑩ 龙婷：《苏轼词对朝鲜李衡祥词的创作影响》，载《现代语文》（学术综合版），2013 年第 3 期。

⑪ 王小盾、刘玉珺：《从〈高丽史乐志〉"唐乐"看宋代音乐》，载《中国音乐学》，2005 年第 1 期。

⑫ 朱君梅：《〈高丽史乐志〉"唐乐"传入时间考》，载《华北水利水电学院学报》，2007 年第 2 期。

⑬ 欧兰香：《宋代词乐东传的踪迹》，载《当代韩国》，2011 年第 4 期。

⑭ 沈淑庆：《高丽与宋时期的宫廷乐舞交流》，载《南京艺术学院学报》，2004 年第 1 期。

这一时期出现主攻朝鲜词的学人和学术专著，以李承梅和李宝龙为代表。广东外国语大学的李承梅①对朝鲜词进行了较多的研究，在2003—2011年主要词论文有《李清照与许兰雪轩比较研究》《唐乐与朝鲜词文学》《论朝鲜前期词文学》《中国词集词谱的传入与朝鲜词文学》《唐乐与高丽、朝鲜文人对词体之认识》《中国词籍词谱与朝鲜词文学》《词与乐府诗、唐乐之异同》《论张锡荩与朝鲜朝末期词文学》（以上为朝文发表），《词集、词谱的传入与高丽、朝鲜文人对词体的接受》（中文发表），其专著《朝鲜词文学通论》《朝鲜词文学》主要论及朝鲜词的起源和特点、词与乐府诗乃至唐乐的异同、朝鲜词的流传、词的收集与资料编撰现状等，同时阐述了高丽至朝鲜后期词的发展脉络，集中分析重要作家、作品的词特点与成就，但她的论文多用朝鲜语发表，在国内影响较弱。延边大学李宝龙②从2008年至2011年发表一系列朝鲜词文学论文，包括《朝鲜词文学发展论略》《李齐贤在朝鲜词史上的地位和影响》《韩国高丽词考论》《论李齐贤词的多重渊源》《朝鲜文人词之先声——金克己词论析》，并于2011年将其博士论文出版为专著《韩国高丽词文学研究》，这是当前研究朝鲜词文学的最新学术成果，是第一个对高丽朝词文学发展的断代史研究，论述了朝鲜高丽朝词文学的发展历史及主要词作家的创作成果。另外延边大学禹尚烈对朝鲜词文学也进行了一些研究。

此外，日本学者也对朝鲜词进行了浮光掠影式的研究。日本内藤虎次郎在1931年《小说月报》第22卷9号刊出文章《宋乐与朝鲜乐之关系》③，文

① 李承梅：《李清照与许兰雪轩比较研究》，载《东亚女性与文学》，2003年第9期。《唐乐与朝鲜词文学》，载《洌上文学研究》第12集，2004年。《论朝鲜前期词文学》，载《朝鲜汉文学研究》第36集，2005年。《中国词集词谱的传入与朝鲜词文学》，载《韩国语文文学研究》，第6集，2007年第12期。《唐乐与高丽、朝鲜文人对词体之认识》，载《韩国研究》第11辑，2010年第12期。《中国词籍词谱与朝鲜词文学》，载《第27届韩中人文学会国际学术会议论文集》，2011年。《词与乐府诗、唐乐之异同》，载《第一届西太平洋韩语教育与朝鲜学国际学术会议论文集》，2011年6月。《论张锡荩与朝鲜朝末期词文学》，载《韩国语教育与研究》第一期，2011年8月。《词集、词谱的传入与高丽、朝鲜文人对词体的接受》，载《朝鲜——韩国文学与东亚》，延边大学亚洲中心学术丛书第四辑，2009年。《朝鲜词文学通论》，韩国成均馆大学校出版部，2006年。《朝鲜词文学》，北京：民族出版社，2008年6月。

② 李宝龙：《朝鲜词文学发展论略》，载《东疆学刊》，2009年第2期。《李齐贤在朝鲜词史上的地位和影响》，载《辽东学院学报》（社会科学版），2009年第4期。《韩国高丽词考论》，载《社会科学辑刊》，2010年第3期。《论李齐贤词的多重渊源》，载《东疆学刊》，2011年第1期。《朝鲜文人词之先声——金克己词论析》，载《延边大学学报》（社会科学版），2011年第2期。《韩国高丽词文学研究》，北京：人民出版社，2011年12月。

③ 内藤虎次郎：《宋乐与朝鲜乐之关系》，载《小说月报》第22卷9号，1931年。

中频出错误。六十余年之后，1999 年板仓圣哲在《青丘学术论集》发表了《关于朝鲜的潇湘八景图之接受与开展》①，对朝鲜词中的“潇湘八景”做了一些探讨。

综观朝鲜词文学研究，我们发现还存在着许多不足。

首先是研究面狭窄。一是大多数研究者的关注焦点都集中在李齐贤、李奎报、《高丽史乐志》上，其他词人很少甚至根本未曾涉及；二是多为单个作家的独立研究，缺乏综合研究和交叉研究；三是多局限于各自的研究圈子，视野没能完全放开。

其次是研究深度不够，研究层面比较肤浅，缺少本质性的研究。一是很多研究大多流于表面现象，缺少本质的、内在的透析。二是偏重形式者多，重视内容者少；三是很多论文虽然名目很大，但实际只是边缘考察。到目前为止，对朝鲜词的研究仅停留在词调、词律或几个作家的作品论等形式上做文章，没有找到真正本质的东西。

最后是缺乏对朝鲜词文学特色有规律的本质研究。到目前为止，中国国内对朝鲜古代词特色研究还缺乏一个历史的、系统的、整体的描述，国内学者只是研究了朝鲜高丽朝的断代史的词学情况，主要是对高丽朝词作家、作品论的研究，朝鲜词学者对词资料的把握也不够深入，或研究方法与中国不同，导致朝鲜词的发展特点、本质规律研究还是一个空白。

三、本书内容

本书分四章，前有绪论，后有结语。

第一章是朝鲜词文学的传播与接受。这部分主要阐述两个问题：第一，从传播学视角探讨中国词文学以独特的传播媒介——以乐为载体传播至朝鲜宫廷，在朝鲜词由君王创作第一首词具有重要的价值；第二，主要研究朝鲜词发展模式、传播方式，在朝鲜词由宫廷走向士大夫贵族阶层，经“三王一妃”“三文人”的发展兴盛，发展模式是一个由上逐步下移的过程，明显不同于中国词产生于民间，由民间自下而上为文人士大夫所喜欢，最后走进宫廷的发展模式。在以上提到的词人中李齐贤的词学成就最高，词学贡献最大，

① 板仓圣哲：《关于朝鲜的潇湘八景图之接受与开展》，载《青丘学术论集》，1999 年。

被称为“东方一人”，其词学成就与贡献将在本书各章节中重点进行论述。同时朝鲜词的传播方式也与中国有很大区别，论文将对朝鲜词的传播方式进行论述。

第二章朝鲜词文学的创作创新，朝鲜词文学发展是以中国词文学为基石，在传统词文学的基础上朝鲜词人勇于发展创新，并形成鲜明的民族特色，主要表现为词体创新、风格、词论的创新；另一方面更为可贵的是朝鲜国文学的创新，高丽朝重视发展汉文学，丰富的汉文学背景与当时的政治背景，高丽朝文人借鉴词文学，并以此为基础创造出一种全新的朝鲜的国文学诗歌——景几体歌，对以后朝鲜的国文学诗歌时调、歌辞产生重要影响。

第三章词文学创作的局限性与制约因素，本章分两节，第一，主体接受制约因素，朝鲜人写词属于第二语言创作，采用比较文学理论，立足朝鲜词文学，对朝鲜词文学从语言、文体方面进行分析，探讨朝鲜词文学不发达的原因；第二，宏观环境的制约因素，朝鲜词文学现象不是孤立的，而是社会文化、政治、军事、外交等多方面因素综合交织的产物，所以儒家思想、军事外交等因素也在一定程度上制约了朝鲜词文学的发展。

第四章是补录朝鲜词。关于朝鲜词的数量，学界一直有争议。作者通过查找各种文献在《韩国文集丛刊》及续刊中发现学界无人提到的《巫山一段云》词 100 首，《竹枝》词 221 首，中国学者文献中收录朝鲜《竹枝》词 44 首（尤侗《外国竹枝词》收录 4 首、徐振《朝鲜竹枝词》收录 40 首），部分朝鲜诗话中收录词 11 首，共计 1626 首，加以补录，为学界研究提供新的资料佐证。

四、研究方法

本书以马克思主义文艺学的观点和历史的观点作为主导批评方法和原则，运用实证主义、文献学研究方法、比较文学法、图表统计、接受美学等理论和方法，既通观全局又选择关键命题，透视其深层的文化意义，形成具有自己独特声音的学术话语。

1. 马克思主义文艺学的观点和历史的观点。严格遵守马克思辩证唯物主义和历史唯物主义的原则，把微观的考证放到宏观的社会历史环境之中，实事求是，具体问题具体分析，用科学的态度考察朝鲜词学。

2. 文献学研究方法。翻检朝鲜古代与中国相关词，进行理论上的深入研究，从历史文化的角度论述其关联。

3. 比较文学研究法。综合运用比较文学的“影响研究”（流传学、渊源学）、“平行研究”（类比、对比）、“接受研究”（文学阐释学）、“跨学科研究”（文学与历史、文学与政治）等多种研究方法，进而揭示其与中国文化、文学的密切联系。

4. 数据图表统计法。运用现代信息技术，研究文学源流传承，通过相关数据图表横向、纵向对比进行统计分析，搜集、整理相关资料。

5. 接受美学的批评方法。运用接受美学的批评方法和原型批评等批评手段，并从接受美学的角度，探讨朝鲜词文学对中国词文学的接受和变异。

同时，朝鲜人写词属于第二语言创作，其中涉及母语语言文化的“干扰”，创作本民族文学的自觉性要求以及写词的立场、方法、理论实践性需要等，这个特殊性决定了朝鲜词文学不同于中国词的本质属性。本书在论述过程中，始终把握这一特殊性，从第二语言创作的角度认真分析朝鲜词的文本，力图通过对朝鲜词的研究，探索其不同于中国词的特殊性。

五、研究目标

在朝鲜古典文学中，朝鲜词文学的出现是中朝文化交流文学发展到特定阶段的产物，具有深刻的社会背景、文化背景、学术背景。朝鲜词文学研究是一个内涵非常丰富而深厚的系统工程和课题。本书力求从朝鲜词的史料、文献出发，从文学作品自身和内部出发，解读文学现象，揭示朝鲜古代词文学的发展规律，积极开拓，寻求新的突破。

第一章　词的传播媒介、发展模式与传播方式

第一节　词以乐为媒介传入朝鲜

中国和朝鲜在地理上山水相连，地域相邻，历来两国间的文化交流源远流长，尤其在文学方面，历代朝鲜文学的发展，都与中国文学有着密切的联系。词亦名曲子词，是按曲谱填写的中国古代韵文的一种，它萌芽于南朝，形成于唐代，盛行于两宋，延续发展于元明清各代，词不仅在中国文苑中芬芳绚丽，光彩夺目，流派纷呈，影响广远，在邻邦朝鲜也结出了丰硕的果实。词这种配乐的文体，在唐宋音乐文学中乐是词的母体，词因乐而生，它起源于音乐，缘乐而作，披乐而歌，由乐定词，是诗与乐密切结合而产生的一种新型的格律诗。但关于词最初是以何种方式传入朝鲜又是如何产生的，学界却无人提及。词最初传入朝鲜的方式不同于其他文体，其他文体在文献中都可以找到明确的记载，如赋，朝鲜赋文学滥觞于崔致远。《桂苑笔耕序》中曰："右臣自年十二离家西泛，当乘桴之际，亡父诫之曰：'十年不第进士，则勿谓吾儿，吾亦不谓有儿！'往矣勤哉，无隳乃力。臣佩服严，不敢弭忘，悬刺无遑，冀谐养志，实得人百之己千之。观光六年，金名榜尾，此时讽咏情性。寓物名篇，曰赋曰诗，几溢箱箧。但以童子篆刻，壮夫所惭，及忝得鱼，皆为弃物，寻以浪迹东都。笔作饭囊，遂有赋五首，诗一百首，杂诗赋三十首，共成三篇。"① 崔致远在唐朝时到中国求学入仕，为朝鲜古代作赋第

① 崔致远撰，党银平校注：《桂苑笔耕集校注》，北京：中华书局，2007 年，第 13—14 页。

一人，共作五篇赋，其回国后将赋文学传入朝鲜①。与其他文体相比，词初始传播到朝鲜的方式比较特殊，也比较隐蔽，它最初在朝鲜的传播、产生和音乐有着密不可分的关系。

一、高丽乐是孕育词文学母体之一

（一）隋前中朝两国音乐的交流

中朝两国音乐文化交流有着非常深厚的基础。西汉时“武帝灭朝鲜，以高句丽为县，使属玄菟，赐鼓吹伎人。其俗淫，皆洁净自憙，暮夜辄男女群聚为倡乐”②。表明中国乐已传入朝鲜半岛。三国时期，高句丽民族能歌善舞，“其民喜歌舞，国中邑落，暮夜男女群聚，相就歌戏”③。5世纪，北燕冯氏政权宫廷就有高句丽乐舞，北魏魏太武太延元年（435）灭北燕得《高丽乐》。6世纪末，北周灭北齐，高句丽乐队在北周宫廷演出歌舞以示祝贺。《旧唐书》记载：“宋世（指刘宋政权）有高丽、百济伎乐。”④ 这说明刘宋政权与朝鲜的友好交往。朝鲜史书金富轼的《三国史记·杂记·乐》完整引用了中国唐杜佑《通典》中关于朝鲜的音乐史料（其中包括隋唐时的资料）。

高句丽乐：（杜佑）《通典》云：“乐工人紫罗帽，饰以鸟羽，黄大袖，紫罗带，大口袴，赤皮靴，五色缁绳。舞者四人髻于后，以降抹额，饰以金珰，二人黄裙肃、赤黄袴；二人赤黄裙襦袴，极长其袖，乌皮靴；双双并立而舞。乐用弹筝一、搊筝一、卧箜篌一、竖箜篌一、琵琶一、五弦一、义觜笛一、笙一、横笛一、箫一、小筚篥一、大筚篥一、桃皮筚篥一、腰鼓一、斋鼓一、檐鼓一、呗一。大唐武太后时尚二十五曲，今唯能习一曲，衣服亦寖衰败，失其本风。”

百济乐：（杜佑）《通典》云：百济乐，中宗之代工人死散，开元中岐王

---

① 另外赋在朝鲜传播与《文选》传入朝鲜有一定关联。

② 许嘉璐主编：《二十四史全译·后汉书》卷115，上海：汉语大词典出版社，2004年，第1700—1701页。

③ 许嘉璐主编：《二十四史全译·三国志》卷30，上海：汉语大词典出版社，2004年，第535页。

④ 许嘉璐主编：《二十四史全译·旧唐书》卷29，上海：汉语大词典出版社，2004年，第906页。

范为太常卿，复奏置之，是以音伎多阙，舞者二人，紫大袖，裙襦，章甫冠，皮履，乐之存者，筝、笛、桃皮筚篥、箜篌，乐器之属多于内地，《北史》云：有鼓角、箜篌、筝、竿、篪、笛之乐。①

（二）高丽乐是燕乐的重要组成部分

吴熊和认为："从音乐方面说，词是燕乐发展的副产品；从文学方面来说，词是诗、乐结合的新创造。燕乐的兴盛是词体产生的必要前提，词体成立则是乐曲流行的必然结果。"② 他揭示了燕乐是词发生的渊源与媒介。在长期的音乐交流过程中，中朝双方互相影响，隋唐时期，这种交流融会、互相渗透使高丽乐融入燕乐。

世界文化发展史表明，一个民族在向外输出自己文化的同时，往往也会受到被输出民族文化的影响。中朝的音乐交流也充分证明真正的文化交流必定是双向的。民族间的文化发生接触，都是客观条件促成的。隋唐时期，国家归于统一，帝王贤明、开放，封建经济快速发展，疆域空前广大，都市繁荣，国内外交通的发达，中外交往的频繁，不仅给文化发展提供了坚实丰厚的物质基础和开放宽松的环境，而且大大开拓了人们的视野，激励人们去创造新文化。学者张广达评价："经由陆路的中外文化交流，至隋唐时代空前繁盛。隋唐（主要是唐朝）是中国文化史上少有的既善于继承，又能够兼收并蓄的时代。"③ 隋唐时期的学者、文人、艺术家，兼容并蓄，具有开放性，在对外输出中华文化的同时，在继承前人文化的基础上，也以博大的胸怀吸收外来的文化，利用各种外来的思想材料，最大限度地吸收各种艺术成果，包括民间、少数民族、外国的乐舞等各种艺术形式，创造出绚丽多姿的隋唐文化，云蒸霞蔚，气象万千，形成一种兼容并包、多元文化并存的开放性社会。高丽乐融入唐乐更具有独特的魅力。

燕乐始见于《周礼》，《春官》"磬师"有："教缦乐、燕乐之钟磬"④；

① 金富轼著，李丙焘校勘：《三国史记·杂记》卷32，首尔：乙酉文化社，1977年，第319页。

② 吴熊和：《唐宋词通论》，北京：商务印书馆，2003年，第1页。

③ 张广达等编：《天涯若比邻——中外文化交流史略》，香港：中华书局（香港）有限公司，1988年，第105页。

④ 李学勤主编，［汉］郑玄：《周礼注疏》卷24，北京：北京大学出版社，1999年，第623页。

《春官》“礼钟师”又曰：“凡祭祀、飨食，奏燕乐。”[①] 但作为一个新兴的乐曲系统，则成熟于隋唐。隋文帝杨坚开皇年间（581—600）朝鲜半岛高丽、百济、新罗三国的音乐在中国流传，其中高丽乐影响较大。《隋书·音乐志》云：“始开皇初定令，置《七部乐》：一曰《国伎》、二曰《清商伎》、三曰《高丽伎》、四曰《天竺伎》、五曰《安国伎》、六曰《龟兹伎》、七曰《文康伎》。又杂有疏勒、扶南、康国、百济、突厥、新罗、倭国等伎。”[②] 隋文帝统治时期，三国音乐进入宫廷，为文帝所喜爱，以法令形式确立隋代“七部乐”，在七部乐中高丽乐位列第三，成为宫廷皇室的流行音乐。接着大业中（605—616），隋炀帝“乃定《清乐》《西凉》《龟兹》《天竺》《康国》《疏勒》《安国》《高丽》《礼毕》，以为九部”[③]，隋炀帝以七部乐为基础，增加康国、疏勒形成“九部乐”，高丽乐包含其中。其后唐初完全承袭隋代燕乐体制。“唐武德初（李渊年号，618—626），因隋旧制，用九部乐。太宗增《高昌乐》，又造《燕乐》，而去《礼毕曲》，其著令者十部：一曰《燕乐》[④]、二曰《清商》、三曰《西凉》、四曰《天竺》、五曰《高丽》、六曰《龟兹》、七曰《安国》、八曰《疏勒》、九曰《高昌》、十曰《康国》，而总谓之‘燕乐’”[⑤]，“声辞繁杂，不可胜纪。凡燕乐诸曲，始于武德、贞观，盛于开元、天宝”[⑥]。唐十部乐中高丽乐名列第五，成为燕乐重要的组成部分。中朝文化交往日益频繁，高丽乐在隋唐宫廷、贵族、文人士大夫、民间广泛流传，受到隋唐民众的喜爱。大诗人李白有《高句丽》诗云“金花折风帽，白马小迟回。翩翩舞广袖，似鸟海东来”[⑦]，生动描绘了高句丽人的艳丽服饰和美丽风貌。高丽乐舞甚至高居宰相的也能伴乐而舞，惟妙惟肖。武则天时司礼少卿张同休嘲笑宰相杨再思，说他长得像高丽人，杨再思不怒反喜，“再思欣然，

① 李学勤主编，[汉] 郑玄：《周礼注疏》卷 24，北京：北京大学出版社，1999 年，第 626 页。

② 许嘉璐主编：《二十四史全译·隋书》卷 15，上海：汉语大词典出版社，2004 年，第 333-334 页。

③ 许嘉璐主编：《二十四史全译·隋书》卷 15，上海：汉语大词典出版社，2004 年，第 333-334 页。

④ 此“燕乐”是一个具体的乐部名称，它不同于广义的宫廷燕乐的含义。

⑤ 郭茂倩编：《乐府诗集》卷 79，北京：中华书局，1979 年，第 1107 页。

⑥ 郭茂倩编：《乐府诗集》卷 79，北京：中华书局，1979 年，第 1107 页。

⑦ 李白：《李太白集》第 2 册，上海：商务印书馆，民国二十四年（1935），第 90 页。

剪股（谷）缀巾，反披紫袍，为高丽舞，举动合节，满坐鄙笑”①。一国之宰辅在酒宴上紫袍披身，为其下属，依乐跳高丽舞，合乎节拍。可见高丽乐在隋唐流行之广泛。

（三）包括高丽乐在内的燕乐是孕育词的母体

胡云翼在《宋词发达的因缘》中指出：“音乐是发生词的渊源，也就是发达词的媒介。原词为歌辞，多可歌。故当代词人的词，每新声一出，便传播于秦楼楚馆了。本来单独的文学效力，在社会里面，远不及音乐的效能来得大。因为有音乐的关系，因此宋词也跟着音乐而得着较大的普遍性。……音乐与词，既结合成这样密切关系，宋词自然跟着音乐的发达而发达了。”② 胡云翼从词与音乐的紧密关系来阐释词产生及宋词发达的原因，并且将歌伎或乐工作为联结词与音乐关系的一个重要媒介，对我们研究词在朝鲜的传播提供了重要的借鉴和启发。词是伴随隋唐燕乐的发展而兴起的，是一种诗乐结合的新型诗体，具有音乐与文学双重属性。“词作为一种与音乐相结合的新型诗体，之所以能在中、晚唐时期的音乐文化环境中孕育并成型，正是由于歌妓充当了诗乐结合的中介力量。”③

隋唐燕乐新声的兴盛是继先秦雅乐、汉魏六朝清乐之后中国古代音乐史上的第三个高峰期，博采海内、异域众家之长，曲调丰富，旋律、节奏变化多端，具有强烈的艺术感染力，深受社会各阶层人士的欢迎，正如王灼所说，“盖隋以来，今之所谓曲子者渐兴，至唐稍盛，今则繁声淫奏，殆不可数”④，上自宫廷，下至市井出现竞逐新声的繁盛景象。丰富多样的燕乐旋律广泛流播，要求有与其相匹配的歌辞，通晓音律的文人、乐工顺应这一需求倚声填词，即依据乐曲的节拍、旋律、声情填词，填词的句式结构须与乐曲的节奏相应合，乐工、乐伎依乐曲调进行演唱，形成参差不齐的长短句式，平仄换韵的一种新的文体——词应运而生。学者施议对认为倚声填词经历了三个时

---

① 许嘉璐主编：《二十四史全译·新唐书》卷 109，上海：汉语大词典出版社，2004 年，第 2752 页。

② 夏承焘，王易等编：《伟大传统·宋词二十讲》，北京：华夏出版社，2009 年，第 51—52 页。

③ 李剑亮：《唐宋词与唐宋歌妓制度》，杭州：浙江大学出版社，2006 年，第 164 页。

④ 王灼：《碧鸡漫志》卷 1，见唐圭璋主编《词话丛编》第 4 辑，北京：中华书局，2005 年，第 74 页。

段：一是依曲拍为句的刘禹锡、白居易时段；二是以文辞（词）追逐乐音的温庭筠时段；最后是程式规范的柳永时段。[①] 音乐与词双向互补，音乐加强了词的表现力，使之更能深入人心，词使音乐的情调更加具体化，两者相得益彰，所以学者杨海明说："词的登上文学舞台和走入（唐宋人）生活圈子，是伴随着特殊的'声光效应'的。具体来说，它就是在音乐（燕乐）和美女（歌妓）的簇拥下登坛的。"[②] 这种新文体的产生是以燕乐为基础，吸收了包括高丽乐在内的音乐。高丽乐为词产生提供了丰富的曲调，开阔了词人的眼界，对词的创作、词牌也具有一定的贡献。因此，词与高丽乐之间紧密关联，在一定意义上讲，燕乐是词产生的母体，高丽乐就是词的重要母体之一。词适应了社会需要和乐曲要求，逐渐发展起来，呈现"风暖繁弦脆管，万家竞奏新声"[③] 的局面，最后取代了唐诗，成为一种新的文学体裁。

二、乐是词传入朝鲜的重要媒介

词单独的文学效力，在社会中远不及音乐的效能来得远，词的传播与音乐有着紧密的关联。词在朝鲜的传播、发轫都与乐密不可分。词在朝鲜的传播与高丽朝两位国君文宗王徽、宣宗王运密切相关。两位君王执政时期，与宋进行友好交流，词便以乐为载体传到朝鲜，在不断学习中，宣宗王运创作了朝鲜第一首词，从此词文学在朝鲜生根发芽，并成为其文学发展史上不可或缺的重要组成部分。

（一）高丽与北宋的交往

高丽王朝由王建于918年建立，于935年和936年分别消灭了新罗和后百济，统一朝鲜半岛。文宗王徽是高丽第十一世王，于1046—1082年在位，执政三十七年。宣宗王运为高丽第十三代王，1083—1094年在位，共十二年。当时与其并立的政权有北宋、辽、西夏、金，其中高丽、北宋、辽三国关系比较复杂。高丽与中国历代政权都保持着传统友好交往，即使在907—960年

① 施议对：《词与音乐》，选自马兴荣、邓乔彬主编，《词学》第24辑，上海：华东师范大学出版社，2010年，第32—35页。

② 杨海明著：《唐宋词美学》，南京：江苏教育出版社，1998年，第1页。

③ 柳永《木兰花慢》，见唐圭璋编《全宋词》，北京：中华书局，2009年，第48页。

期间，在中原和南方先后出现了“五代十国”政权频繁更迭的不稳定时期，高丽都主动与后唐、吴越、后晋、后汉、后周保持着政治和外交往来。960年北宋建立后，两国友好往来进一步加深。916年契丹人耶律阿保机建立了辽政权后，国力日渐强大，直接改变了高丽与北宋的友好交往。993年辽入侵高丽，994年4月高丽被迫“（成宗十三年）始行契丹统和年号”①。为此，高丽要求宋派兵救援，“六月遣元郁如宋乞师以报前年之役，宋以北鄙甫宁，不宜轻动，但礼优遣还，自是与宋绝”②。这与李焘《续资治通鉴》卷四百五十二中记载的“真宗初（998），（高丽）尝遣使来，自言苦于北寇（契丹建立的辽政权）诛求，愿臣属天朝，绝辽好，请王师援助。于是朝廷方于辽和，不受其诏，遂去，自是不至”③ 记录相吻合。从此北宋与高丽外交联系中断60余年。辽虽与高丽结成宗藩关系，仍不断侵略高丽，先后于1010年和1018年进攻高丽，高丽苦辽久已，曾派遣使节到宋通交，均未果。北宋神宗赵顼（1068—1085年在位）积极有为，即位后，积极实行联合高丽反对辽的策略，即“结之以谋契丹”④，着手改善双方关系。高丽文宗王徽（1046—1082年在位）执政，1069年宋朝遣商人黄谨于海道至高丽表达交往之意，很快得到高丽方面的回应。1070年北宋派黄谨再次出使，高丽于第二年回访。60多年的坚冰被打破，开启了双方交流新局面。

《高丽史》记载文宗特别重视来归附的有才干、有学识的北宋士人，对他们寄予厚望，委以重任，并于文宗六年（1051）六月下诏阐释：“魏之乐毅翼彼燕王，吴之陆机紧诸晋室，皆因遭际，式契一同。当二谢名流，三张世袭，登俊造而飞价，畔儒雅而饬身，周游不羁，纵丈夫之志。因缘有素，臻君子之邦，既谐得士之昌，深慰思贤之竭。授汝文职，辅予朝纲，他山之石，谅符于我用，合浦之珠，休拟于言。”⑤ 他把归附高丽有才华的宋人比喻为乐毅、陆机，与“二谢”⑥“三张”⑦ 相提并论，可见求贤若渴。

---

① 韩国学文献研究所：《高丽史》上册卷3，首尔：亚细亚文化社，1983年，第79页。
② 韩国学文献研究所：《高丽史》上册卷3，首尔：亚细亚文化社，1983年，第79页。
③ 李焘：《续资治通鉴长编》卷452，北京：中华书局，1992年，第10851页。
④ 许嘉璐主编：《二十四史全译·宋史》卷487，上海：汉语大词典出版社，2004年，第10418页。
⑤ 韩国学文献研究所：《高丽史》上册卷7，首尔：亚细亚文化社，1983年，第152页。
⑥ 指谢灵运和谢朓。
⑦ 指西晋文学家张载与弟张协、张亢的合称。

《高丽史》文宗十五年（1060 年）六月“丁巳以宋进士陈渭为秘书校书郎，萧鼎、萧迁为阁书承旨，叶盛为殿前丞旨。渭有文艺，鼎等三人晓音律”。[①] 这四位宋人，生活在北宋词文学环境中，既有文才，又懂音律，史书特别强调“晓音律”，说明这些入仕高丽朝的宋人有可能把北宋的词与乐带入朝鲜半岛，使高丽贵族有机会接触词文学，这是有关词传播到朝鲜的最早文献记载。

（二）文宗时期乐在高丽的传播

乐在高丽传播主要有两种途径：一是邀请乐工上门传授，即高丽王朝奏请宋朝派遣乐工到高丽传授乐舞词曲；另一种方式是实地取经，高丽派遣乐工伶人到北宋学习，然后将所学先进音乐带回国。词便以乐为载体在高丽传播开来。

北宋神宗赵顼熙宁年间，高丽文宗王徽曾经奏请北宋派遣乐工、伶人到高丽传授乐舞词曲，北宋神宗应请而派。中国宋朝和朝鲜高丽朝的典籍都做了记载，双方文献相契合。《宋大诏令集》卷二百三十七《就遣乐人奏乐敕书》曰：“卿远饬伶式，来陈备奏，诸和中律，缀兆有容，审听谛观，良多嘉欢，就加赐予，式示褒优。”[②] 完整记录了宋派遣乐工去高丽的诏书。徐兢《宣和奉使高丽图经》云：“熙宁中（1068—1077 年北宋神宗年号），王徽（高丽文宗名王徽）尝请乐工，诏往其国，数年乃还。后人使来，必赍货奉工技为师。每遣就馆教之。”[③]《宋史·高丽传》：“熙宁三年（1070 年），（王）徽遂遣民官侍郎金悌等百十人来，诏待之如夏国使。”[④] 中国李焘《续资治通鉴长编》卷二二三至二二七中记录了高丽使者金第于熙宁四年五月至八月来北宋朝见神宗的行程，其与《高丽史》相互印证。《高丽史·文宗》（文宗二十五年）“三月庚寅遣民官侍郎金第奉表礼物入宋。初，黄慎之还移牒福建，请备礼进贡至，是遣第由登州入贡”；[⑤] 熙宁四年五月“通州言高丽使民官侍

---

① 韩国学文献研究所：《高丽史》上册卷 8，首尔：亚细亚文化社，1983 年，第 169—170 页。
② 司羲祖：《宋大诏令集》卷 237，北京：中华书局，1962 年，第 927 页。
③ （宋）徐兢，李澍田校注：《宣和奉使高丽图经》，长春：吉林文史出版社，1986 年，第 85 页。
④ 许嘉璐主编：《二十四史全译·宋史》卷 487，上海：汉语大词典出版社，2004 年，第 10419 页。
⑤ 韩国学文献研究所：《高丽史》上册卷 8，首尔：亚细亚文化社，1983 年，第 179 页。

郎金第等人入贡至海门县”[①]；熙宁四年（1071）“八月癸丑朔，御文德殿视朝，高丽使民官侍郎金第至自通州”[②]；熙宁四年（1071）冬十月“癸亥，知制诰王益柔罢兼直学士院，以草高丽国答诏非工也。知制诰曾布兼直学士院”[③]；“（文宗二十六年六月）甲戌金第还自宋，帝附敕五道”[④]。据此可知金第于文宗二十五年三月离开高丽，四月到通州，八月朝见宋神宗，十月返程，文宗二十六年六月回国。吴熊和先生在《高丽唐乐与北宋词曲》一文中认为到高丽传授宋乐的北宋乐工应该是金第等使团回国时，奉命一同派遣的，对此本书持认同观点[⑤]。为加强音乐交流，双方互设常驻机构，高丽王朝先建立顺天馆；“徽具袍笏玉带拜受诏，与焘、睦尤礼，馆之别宫，标曰顺天馆，言尊顺中国如天云”,[⑥] 北宋则设置了同文馆。

1. 上门传授

《高丽史·乐志二》记载了三则北宋乐队在高丽传习表演的情况：

“文宗二十七年二月乙亥，教坊奏女弟子真卿等十三人所传《踏莎行》歌舞，请用于燃灯会，制从之。

十一月辛亥，设八关会[⑦]，御神凤楼观乐，教坊女弟子楚英奏新传《抛球乐》《九张机》，别伎《抛球乐》弟子十三人，《九张机》弟子十人。

（文宗）三十一年（1076）二月乙未，燃灯，御重光殿观乐。教坊女弟子楚英奏王母队歌舞，一队五十五人，舞成四字，或‘君王万岁’，或‘天下太平’”[⑧]。

第一批到高丽传授北宋乐舞的是以真卿为代表的13名女乐工，传授的是《踏莎行》，乐工采用歌与舞的形式，选唱表演。第二批是楚英带队的乐工十三人，奏新传《抛球乐》《九张机》，熙宁八年（1075）三月丙午：“江、淮

---

① 李焘：《续资治通鉴长编》卷223，北京：中华书局，1992年，第5432页。

② 李焘：《续资治通鉴长编》卷226，北京：中华书局，1992年，第5500页。

③ 李焘：《续资治通鉴长编》卷227，北京：中华书局，1992年，第5527页。

④ 韩国学文献研究所：《高丽史》上册卷9，首尔：亚细亚文化社，1983年，第181页。

⑤ 吴熊和：《吴熊和词学论集》，杭州：杭州大学出版社，1999年，第40页。

⑥ 许嘉璐主编：《二十四史全译·宋史》卷487，上海：汉语大词典出版社，2004年，第10419页。

⑦ 所谓“八关会”又称“八关斋会”，是俗家佛教徒接受“八关斋戒”的法会。“八关斋戒”是不杀生、不偷盗、不淫欲、不妄语、不饮酒、不眠坐高广华丽之床、不装饰打扮及听歌观舞、不食非时之食。前七项为戒，后一项为斋，故称“八关斋戒”。

⑧ 韩国学文献研究所：《高丽史》中册卷71，首尔：亚细亚文化社，1983年，第560页。

发运司罗拯言，泉州商人傅旋持高丽礼宾省帖，乞借乐艺等人。上批‘已令教坊按试子弟十人，可借。呼第四部给色衣、装钱，作拯意奉诏遣往。传习毕，早令还朝。画塑工俟使人入朝遣往’。”① 这些记载表达三个信息：

（1）北宋派到高丽的乐工至少是三批次；（2）乐工小队人数约十至十三人；（3）乐工楚英等人从文宗二十六年至三十一年一直在高丽传授乐词，停留的时间至少在5年以上，与徐兢描述的“数年乃还”相符，经过长时间的耳濡目染，可以把北宋的乐舞充分完整地传授给高丽的乐工。

2. 实地取经

与此同时，高丽朝派遣乐工到北宋来取经，学习乐技。北宋以“诏以法惠寺为同文馆以待之，”② 同文馆为研习场所。这与苏辙《栾城集》卷四十六《乞裁损待高丽事件札子》提到：“诸进奉使乞差伎艺人教习三节，并关管勾同文馆所”③ 相一直。《宋史·高丽传》“朝廷馆遇燕赉锡予以巨万计，馈其主者不在焉。”④ 根据史料分析，徐兢的“就馆教之”应该是指同文馆。高丽到北宋学习的乐工应该在同文馆学习北宋的音乐歌舞，乐工在学习期间宋廷给予优厚待遇。

高丽文宗二十七年，即宋神宗熙宁五年（1072），朝鲜高丽王朝宫廷传入了北宋《踏莎行》《抛球乐》《九张机》的歌舞，《踏莎行》《抛球乐》《九张机》这三首既是乐曲名，也是词牌名。《踏莎行》首见于晏殊《珠玉词》以及欧阳修的《近体乐府》，杨慎《词品》曰“韩翃诗‘踏莎行草过春溪’。词名《踏莎行》本此”⑤。《抛球乐》是一种队舞大曲，抛球乐是唐教坊曲名。《唐音癸签》云：“《抛球乐》，酒筵中抛球为令，其所唱之词也。”⑥《宋史·乐志》有女弟子舞队，三日抛球乐。始于刘禹锡词，皇甫松本此填，多一和声。三十三字者，始于冯延巳词，因词有“且莫思归去”句，或名《莫思归》。皆五七言小律诗体。至宋柳永，则借旧曲名，别倚新声，始有两段一百八十

① 李焘：《续资治通鉴长编》卷261，北京：中华书局，1992年，第6360页。

② 许嘉璐主编：《二十四史全译·宋史·高丽传》卷487，上海：汉语大词典出版社，2004年，第10423页。

③ 苏辙著，曾枣庄、马德富点校：《栾城集》，上海：上海古籍出版社，1987年，第1005页。

④ 许嘉璐主编：《二十四史全译·宋史》卷487，上海：汉语大词典出版社，2004年，第10424页。

⑤ 唐圭璋编，（明）杨慎：《词话丛编·词品》，北京：中华书局，2005年，第428页。

⑥ （明）胡震亨：《唐音癸签·乐通二》卷13，上海：古典文学出版社，1957年，第115页。

七字体。《乐章集》注：林钟商调。与唐词小令体制，迥然各别。以同一调名，故类列之。此本唐人小律，后人教坊，被之管弦，遂相沿为词。《高丽史·乐志》有《抛球乐》曲词七首。《九张机》是曲先传入朝鲜半岛，高丽宫廷演奏的只是曲舞，词是在其七十四年后，即南宋高宗绍兴十六年（1146）曾慥辑《乐府雅词》时才填入曲词，《九张机》大曲曲词十一首，这就更进一步证实词是以乐为载体传入朝鲜的，也就是先有曲后有词。高丽文宗夙慕华风，喜欢音乐，常宴群臣，赋诗为乐。《高丽史·乐志二》"（文宗）三十一年（1076）二月乙未，燃灯，御重光殿观乐。教坊女弟子楚英奏王母队歌舞，一队五十五人，舞成四字，或'君王万岁'，或'天下太平'。"① 宋神宗熙宁十年，即高丽文宗三十一年，楚英等人在开城重光殿为文宗表演歌舞，其歌舞能根据舞步变化出四个字或"君王万岁"或"天下太平"。字舞始创于唐，宋吴曾《能改斋漫录》卷六："'罗衫叶叶绣重得，金凤银鹅各一丛。每遇舞头分两向，太平万岁字当头。'王建《宫词》也。按唐《乐府杂录》云：'舞有健舞、软舞、字舞、花舞、马舞。字舞者，以舞人亚身于地，布成字也。'故建有'太平万岁字'之句。"② 段安节《乐府杂录》说："歌者，乐之声也。故丝不如竹，竹不如肉，肉居诸乐之上。"③ 生动形象地说出了丝竹乐器之声都不如乐工的歌唱表演。伴随音乐，轻歌曼舞，委有娉婷秀媚，桃脸樱唇，玉指纤纤，秋波滴溜，道得字真韵正，令人侧耳听之不厌，娱人耳目，荡人心志，士大夫饮酒畅怀，觥筹交错，美妙之极。

据此推断，朝鲜古代第一位词作者可能是乐工，而不是史书记载的宣宗王运，因为在高丽政权下，乐工、乐伎的社会地位极其低下，他们的姓名很少会出现在官方的正式文献记载中，有的只散见于私人的记载和诗文之中，只有乐工的艺术造诣达到特别高超程度，才能被提到，而且只是一些简单的记载，这个可以从史料中得到佐证。"（高丽仁宗）癸丑（1133）秋八月，（尹誧）奉王旨，撰集古词三百首，名《唐宋乐章》一部。又于大金皇统六年（1146），纂《太平广记撮要》诗一百首，随表进呈。上教遣知奏事崔唯

① 韩国学文献研究所：《高丽史》中册卷71，首尔：亚细亚文化社，1983年，第560页。

② （宋）吴曾：《能改斋漫录》卷6，上海：上海古籍出版社，1960年，第140页。

③ 南卓、段安节、王灼：《羯鼓录·乐府杂录·碧鸡漫志》，上海：古典文学出版社，1957年，第26页。

清奖谕曰：'卿年高聪明，藻思如新，嘉难不忘'。其年冬十有二月，加检校大师守司徒恭知政事柱国。又据唐玄奘师《西域记》，撰进《五天竺国图》，上览之，赐燕丝七束。仍命左承宣金存中，谘问乐谱。其遭遇之盛，千载一时欤。公平生倜傥，有大节，敏于文学，达于政事，该通音律，尤工歌词。"[①]从墓志铭文看，尹誧是高丽朝技艺高超的乐师，千载难遇，"通音律，尤工歌词"应该是位了不起的作词高手，被君王赏赐的人，其名字也只能淹没于荒野蔓草间的墓碑上。其撰集《唐宋乐章》应该是具有较高价值的词学资料，可惜遗失。

三、朝鲜词产生的适宜文化环境

任何一种外来文化的传播输入，都使本土文化遭遇另外一种文化，一定会发生不同程度的接触、碰撞、融合，成为不同文明冲突与交流的特别实验区，然而他们在何种程度上失去原有的文化，又能在何种程度上保持原来的文化，产生形成一种新的文化形态，是相当复杂的。朝鲜词文学的产生也不例外，如果要在朝鲜落地生根、吐露芬芳，就必须与朝鲜的实际相结合，尤其要有它所适应的思想、文化氛围，否则就如昙花一现，最终销声匿迹，朝鲜的文化环境恰恰为朝鲜词文学产生提供了适宜的土壤。

（一）高丽王朝重视音乐的政治教化功能

儒家文化特别强调音乐应具有稳定和调整整体性社会关系的综合效应，将它与礼、刑 、政等国家的规范制度结合起来，是实现"王道"政治理想的重要手段。儒家诗教观与音乐观的总体思想，在儒家创始人孔子的著作中已经初步奠定。在孔子时代诗与乐的联系仍然非常密切而且普遍。《论语》中许多论述如"克己复礼为仁"[②]、"子谓《韶》，尽美矣、又尽善也；谓《武》，尽美矣，未尽善也"[③]；"《关雎》乐而淫，哀而不伤"[④] …… 体现了孔子的

---

① 许兴植编著：《朝鲜金石全文·尹诵墓志》（中世上），首尔：亚细亚文化社，1984 年，第 728—729 页。

② 杨伯峻：《论语译注》，北京：中华书局，1980 年，第 123 页。

③ 杨伯峻：《论语译注》，北京：中华书局，1980 年，第 33 页。

④ 杨伯峻：《论语译注》，北京：中华书局，1980 年，第 30 页。

“乐教”观，以音乐作为修身养性、道德完善之工具的教化功能及功利追求，即对音乐的审美观和价值观是追求尽善尽美，讲究雅正中和，反对淫邪流僻。孔子所奠定的儒家音乐思想，经荀子的《乐论》到汉代成书的《礼记·乐记》，达到了完全成熟和经典化的境界。《乐记》曰：“礼乐刑政，四达而不悖，则王道备矣”①；“乐至则无怨，礼至则不争。揖让而治天下者，礼乐之谓也。暴民不作，诸侯宾服，兵革不试，五刑不用，百姓无患，天子不怒，如此，则乐达矣。”② 又云：“故乐者，审一以定和，比物以饰节，节奏全一以成文，所以合和父子君臣，附亲万民也，是先王立乐之方也。”③ 儒家浓郁的音乐思想对高丽王朝产生重大深远的文化影响，《高丽史·乐志》首先强调音乐的教化功能，“夫乐者所以树风化象功德者也。高丽太祖草创大业，而成宗立郊社，躬禘祫自后，文物始备，而典籍不存。”④朝鲜半岛三国时期，由于战争，许多优秀的文化资源遗失了，包括音乐在内遭到严重破坏，高丽王朝936年统一朝鲜半岛后，需要巩固政权，教化万民，认为礼乐具有重要的政治价值，因此高度重视乐的发展，《三国史记》和《高丽史》都做了详细记载。为此派人到中国请“唐乐”。“前朝光王（949—975）遣使请唐乐器及工，其子孙世守其业。至忠烈王朝，金吕英掌之，忠肃王朝（1313—1330），其孙得而掌之。又按宋乐书，元丰年间，高丽求乐工而教之。然则吾东方之乐，实出中国也。”⑤ 高丽光宗遣使请唐乐器及工，是到后唐、吴越、后晋、后汉、后周的“唐乐”，因为此时唐政权已经不存在了。

（二）高丽乐重返本土及与汉文化的相融性

高丽时期传到朝鲜的中国音乐成分比较复杂。《李朝实录》说“前朝光王

① ［汉］郑玄注，（唐）孔颖达疏，龚抗云整理：《礼记正义》卷37，北京：北京大学出版社，1999年，第1085、1086、1145页。

② ［汉］郑玄注，（唐）孔颖达疏，龚抗云整理：《礼记正义》卷37，北京：北京大学出版社，1999年，第1085、1086、1145页。

③ ［汉］郑玄注，（唐）孔颖达疏，龚抗云整理：《礼记正义》卷37，北京：北京大学出版社，1999年，第1085、1086、1145页。

④ 韩国学文献研究所：《高丽史》中册卷70，首尔：亚细亚文化社，1983年，第522页。

⑤ 《李朝实录》第三册卷22，东京：学习院东洋文化研究所刊，昭和二十七年（1952），第167—168页。

(949—975)，遣使请唐乐器及工，其子孙世守其业。”[①] 郑麟趾《高丽史·乐志》记载：“睿宗朝宋赐新乐，又赐大晟乐，恭愍时，太祖皇帝特赐雅乐，遂用之于朝庙，又杂用唐乐及三国与当时俗乐，然因兵乱，钟磬散失，俗乐则语多鄙俚，其甚者但记其歌名与作歌之意，类分雅乐、唐乐、俗乐作乐志”。[②] 郑麟趾将其分为雅乐、唐乐、俗乐三部分。笔者也将其划分为三部分，一是燕乐中的高丽乐；二是融入中国文化元素的音乐和全新的来自北宋的音乐。燕乐中的高丽乐即隋唐时期传播到中国后融入燕乐的高丽乐，来自高丽本土，是朝鲜本民族的音乐，曲调、节拍甚至舞蹈为朝鲜人所熟知，音乐细胞再一次融入自己民族的血液，一开始便具有先天的本土优越性，有一种“似曾相识”的感觉，很容易被高丽乐工、统治阶层所接受；二是高丽朝融入中国文化元素的音乐，是指受到中国文化影响，高丽文化中有许多中国元素，以此文化为背景的音乐也为朝鲜人所熟悉，这样的基础下更容易接受。如楚英到高丽传授的“王母队歌舞”，是由歌舞伎扮演王母祝贺圣寿。西王母作为中国上古神话中的形象，在高丽也具有崇高的历史地位。《宋史·高丽传》记载“正月七日，家为王母像戴之”[③]。正月初七，家家挂放王母像加以尊奉，楚英传授的“王母队歌舞”，正好适应了高丽的民俗风尚，这就避免了水土不服。至于传到高丽的全新的北宋乐，高丽王朝采取欢迎、拥抱的态度，获得本土乐工和统治阶层的支持与接受，由于北宋、高丽间友好的音乐交流，配合着文学语言，以一种立体的生动的表达方式在朝鲜半岛上通过音乐传播开来。更为重要的是“吾东方之乐，实出中国也”，朝鲜音乐源出中国，音乐中有许多中国元素，朝鲜人更容易接受。同时词的发展是双方相互借鉴的过程，彼此互相接受的过程，是双向的并不是单一的中方输出，朝鲜也不是被动接受，而是加入了自己的创作因素。

（三）高丽君王对乐的提倡与词的娱乐功能

君王的爱好和提倡，在很大程度上对某种文学风气的形成起到直接的推

---

① 《李朝实录》第二册卷22，东京：学习院东洋文化研究所刊，昭和二十七年（1952），第167—168页。

② 韩国学文献研究所：《高丽史》中册卷70，首尔：亚细亚文化社，1983年，第522页。

③ 许嘉璐主编：《二十四史全译·宋史》卷487，上海：汉语大词典出版社，2004年，第10416页。

动作用，使这种文学创作倾向成为思想潮流。高丽文宗王徽尤其喜欢诗和音乐，专程派人到北宋学习音乐。宫廷宴饮娱乐，往往需要音乐歌舞及文采辞章来娱情助兴，文宗尤其喜欢宴饮赋诗，通晓音律。《高丽史》中多次提到其在重大节日或兴致高昂时宴饮赋诗的活动。以文宗二十四年为例就提到两次“夏四月辛酉朔，王宴于赏春亭，令太子诸王侍臣各赋赏花诗”①；“九月丙申王宴于赏春亭，命近臣赋诗，夜分乃罢②”。宫廷宴饮、外出巡视时文宗不仅自己赋诗宣示给臣子，而且要品评臣民赋诗之优劣，给予赏赐。《高丽史》（文宗）三十六年九、十两月对文宗外出巡视赋诗做了详细记载：“九月癸未王南巡，丁亥次峰城县，设重阳宴，令两府及侍臣赋途中遇重阳诗，癸卯次天安府。乙巳至温水郡。冬十月戊申朔，宣示御制暮秋南幸次天安府诗，命近臣依韵和进，第其甲乙，左散骑常侍李顗诗最警绝。王嘉叹，赐厩马一匹，其余赐绢有差。”③ 文宗宴饮群臣，命其依韵和之，评判优劣，重赏佳篇，足见其汉文功底。同时词文学本身具有宴饮奉和的娱乐功能，通过宴饮娱乐，侑觞劝酒，乐伎歌舞，正如欧阳炯《花间集序》中所说：“举纤纤之玉指，拍按香檀。不无清绝之词，用助娇娆之态。”④ 伴着清脆若莺语、流利如连珠的筝瑟之音，广大文人身心沉溺于莺歌燕舞，很自然地迎合浅淡情思和轻柔爱意的吟唱，君王出题赋词，臣子奉旨依韵和词或填词，既满足宫廷享乐的需要，巩固君臣之间关系，臣民又可以向君王或表忠诚，唱颂歌，讨欢心，希宠泽，或迎合帝意，曲意奉承。

（四）词是美颂“太平盛世”的颂歌

高丽王朝统一朝鲜半岛至文宗主政，经过一百多年的发展，虽然与辽政权有过不愉快的小插曲，但国际环境相对太平，国家逐步走向繁盛，统治者利用音乐歌功颂德之风盛行。董仲舒认为：“王者功成作乐，乐其德也。”⑤主张统治者功劳显赫时，要善于利用音乐来表现政治清明、圣德政绩，使统治者的思想与权威深入人心，从而更加稳固统治。北宋王朝建立之后统治者

① 韩国学文献研究所：《高丽史》上册卷 8，首尔：亚细亚文化社，1983 年，第 178、179 页。
② 韩国学文献研究所：《高丽史》上册卷 8，首尔：亚细亚文化社，1983 年，第 179 页。
③ 韩国学文献研究所：《高丽史》上册卷 10，首尔：亚细亚文化社，1983 年，第 198 页。
④ 刘崇德，徐文武点校：《花间集·尊前集》，石家庄：河北大学出版社，2010 年，第 3 页。
⑤ 许嘉璐主编：《二十四史全译·汉书》卷 56，上海：汉语大词典出版社，2004 年，第 1193 页。

采用“杯酒释兵权”的策略，削弱武臣的兵权，实行了“崇文抑武”的基本国策，以后这一政策得以延续，导致出现“文治盛世”的现象。“文治盛世”即由文人治理国家，上到最高统治者，下到基层政权都由文人把持。宋政权国家复兴儒学、重文轻武，文人士子的世界观发生了变化，变成恣意享乐，词文学恰恰适应了这一时代的发展和审美需求。北宋歌颂帝王圣德“太平盛世”的宫廷词应运而生。高丽朝中期儒学思想还没有占主导地位，高丽君王非常喜欢奢华艳丽，北宋歌颂帝王圣德“太平盛世”的宫廷词也适应了朝鲜统治者的主观愿望，同时君王有意识地通过重大节日的歌舞活动做出与民同乐的姿态，渲染普天同庆的太平气象，正如蔡挺《喜迁莺》词语“太平也，且欢娱，不惜金樽频倒。”①

第二节　词的发展模式与传播方式

一、独特的自上而下词学发展模式

（一）中国词发展模式是自下而上

在中国词最初产生于民间，在民间广泛流行，并逐渐成熟起来。大约到了中唐时代，才引起文人较多地注意，采用这一形式写作。词由民间转入文人手中，又被正式引入文坛是经过一段时间的。最初吸取民间曲子词加以保存和加工仿制的是唐代的“教坊”。教坊是为宫廷演奏的音乐机关，它出于制曲演奏的需要，做着大量收集各种乐曲的工作。唐崔钦的《教坊记》中列有曲名表，是了解当时教坊活动和曲目的重要文献，《曲名表》载有二百七十八曲，都是属于唐开元、天宝时期教坊乐工们保存和经常演唱的曲调。民间的曲调、曲词进入教坊，被引进到社会上层，从而引起文人作家的注意，推动他们参加曲词的创作。文人词作相传以李白的《菩萨蛮》、《忆秦娥》为最早。这时有个别文人开始仿效尝试写作，并表现出一定的水平。文人仿民间曲调从事词的创作屡见不鲜。

① 蔡挺《喜迁莺》，见唐圭璋编《全宋词》卷1，北京：中华书局，1999年，第253页。

词，经过民间的流行，又经过盛、中唐诗人的试作，很快就在文坛上兴盛起来。到晚唐五代时期，作词的文人逐渐增多，开始出现了专门词人和专门的词集，如温庭筠现存词 70 多首，名为《金荃集》。后蜀赵崇祚把唐五代的词辑录为《花间集》，有词人 18 位，词作 500 首。从此词在中国文学领域中确立起来，与诗并行。这一时期，宋词创作出现了空前繁盛的局面，随着市井新声的兴起和流行，宫廷对词曲娱乐需求的加大，民间词曲以其巨大的艺术魅力和强大的流行力量渗入宫廷，宫廷词的创作也得到了良好的发展契机。经过宋初半个多世纪的发展，到仁宗时期出现了盛世局面。这一局面一直延续到英宗、神宗、哲宗诸朝。曲子词获得了经济相对发达城市的社会文化土壤，北宋著名词人柳永、晏殊、欧阳修、苏轼等人的主要活动都是在这一历史时期。词不仅凭借其强大的流行力量风行一时于市井，而且还迅速传入宫廷。陈师道《后山诗话》载云："柳三变游东都南、北二巷，作新乐府，骫骳从俗，天下咏之，遂传禁中。"① 不仅如此，"教坊乐工，每得新腔，必求（柳）永为辞"②，这说明词曲的创作和演唱作为一种重要的世俗娱乐方式为宫廷所接受。宋仁宗洞晓音律，"每禁中度曲，以赐教坊，或命教坊使撰进，凡五十四曲，朝廷多用之"。③ 宋仁宗不仅自己创作词曲，对市井新声也非常喜爱。据记载，仁宗喜爱柳永的词，"每对酒，必使侍从歌之再三"。④仁宗还留意采录、欣赏臣属平日所做的词曲。如当时内臣裴湘擅长诗词，作《浪淘沙·汴州》词曰："万国仰神京，礼乐纵横。葱葱佳气锁龙城。日御明堂天子圣，朝会簪缨。九陌六街平，万国充盈。青楼弦管酒如渑。别有隋堤烟柳暮，千古含情，"⑤ "仁宗命录进，亦嘉之。"⑥

宋朝建立之后，词人辈出，出现不同风格、流派的作品，词文学创作空前繁荣，成为宋朝文学的标志。由此可以看出，中国词文学是民间产生文人发展最后传入宫廷，发展模式是自下而上的。

朝鲜词文学的发展模式与中国截然相反。他走的是自上而下的发展模式。

---

① 陈师道：《后山诗话》，见何文焕《历代诗话》，北京：中华书局，1981 年，第 311 页。
② 叶梦得：《避暑录话》，宣统己酉观古堂本。
③ 许嘉璐主编：《二十四史全译·宋史》卷 142，上海：汉语大词典出版社，2004 年，第 2753 页。
④ 陈师道：《后山诗话》，见何文焕《历代诗话》，北京：中华书局，1981 年，第 311 页。
⑤ 蔡挺《喜迁莺》，见唐圭璋编：《全宋词》卷 1，北京：中华书局，1999 年，第 261 页。
⑥ （宋）吴处厚：《青箱杂记》卷 10，北京：中华书局，1985 年，第 110 页。

在第一节中已经提到中国词文学是以乐为媒介传入朝鲜的，首先接受的主体是宫廷的乐师与帝王，因此朝鲜的词文学最早产生于宫廷，现存的资料也证实了这一点，朝鲜的第一首词作者是君王。所以朝鲜词的产生初期乃至发展便深深地打上了宫廷文化的烙印。最高统治者帝王的喜好对朝野的审美标准影响极为深远。尤其是当皇帝本人嗜好文学，同时也是一位出色的文学家时，这种影响就表现的得更加明显与直接。朝鲜词的发展与君王提倡有极大的联系，发展模式呈现自上而下的特点。朝鲜词文学经历了“三王一妃”“三文人”的发展出现繁盛。

（二）“三王一妃”的词学贡献

三王一妃是指宣宗王运（1049—1094）、睿宗王俁（1079—1122）、毅宗王晛（1127—1173）和权贵妃（生卒年不详细）这三位君王一位王妃是词文学在高丽最初流传的四个代表，也是宫廷词的代表。

1. 宣宗王运与朝鲜第一首词

现存资料所记载的朝鲜最早的一位词作者是高丽宣宗王运（1049—1094）。王运，字继天，原名蒸，又名祁。文宗次子，顺宗母弟。“幼而聪慧，及长，孝敬恭俭，识量弘远，博览经史，尤工制述”。[①] 在位凡十一年（1083—1093），享年 46 岁。

宣宗王运继位之后在朝政管理上学习北宋，又逐渐恢复宋制，在佛事活动上采用宋制。他自己不断地学习汉文化，包括宋词，并成为一名作词高手。《宋史 · 高丽传》对王运的评价极高：“运仁贤好文，内行饬备，每贾客市书至，则洁服焚香对之。”[②] 由此可见他对汉文化的仰慕与尊重。与北宋交往密切，意味着对辽的疏远，辽政权也早有觉察，经常派使者以册封、献方物、贺生辰、贺即位、贺正、贺冬至、贺千龄节、贺天安节、贺永寿节、贺坤宁节、贺天兴节、贺改元、贺册礼等方式不断试探高丽与宋朝的关系，加强对高丽的监管。辽在 1085 年三次派人到高丽进行监察，并多次提出在双方边境鸭绿江交界地区设立榷场，以进一步加强对高丽的控制，高丽总是以各种理由拒绝。在这样的大背景下，高丽朝九月的天元节（王运“以（顺宗）王生

---

① 韩国文献研究所：《高丽史》上册卷 10，首尔：亚细亚文化社，1990 年，第 201 页。

② 许嘉璐主编：《二十四史全译 · 宋史》卷 487，上海：汉语大词典出版社，2004 年，第 10420 页。

日为天元节"①），辽遣永州管内观察使杨璘来贺生辰。

"丁丑，以天元节宴辽使于乾德殿。王制《贺圣朝词》曰：露冷风高秋夜清，月华明；披香殿里欲三更，沸歌声。扰扰人生都似幻，莫贪荣；好将美酿满金觥，畅欢情。"②

王运即兴赋词一首，表达自己的情怀。这首词，是一首表面看来很不合乎词格律要求的作品，这首词词牌与格体不相对应。《贺圣朝》是唐教坊曲名，后用为词牌，以"圣朝"一词表示崇仰朝廷，《钦定词谱》说此调昉自冯延巳词，《教坊记》注："南吕宫"，《中原音韵》注："黄钟宫"。双调，四十九字。前段四句，三仄韵，二十四字。后段五句，三仄韵，二十五字。此一格式变体较多，有47，48，49字的格体，不同诸格体，俱为双调。宣宗的《贺圣朝词》只有40字，与格体也不对应。仔细推敲会发现，此处宣宗用的是《添声杨柳枝》的格体。《杨柳枝》是唐教坊曲名。此曲创于隋，本名作《杨柳》。韩偓《炀帝开河记》有隋炀帝游木兰庭，命袁宝歌《柳枝》诗的记载，后蜀何光远《鉴戒录》卷七《亡国音》云说"《柳枝》者，亡隋之曲。炀帝将幸江都，开汴河种柳，至今号曰"隋堤"，有时曲也。"③ 此曲入唐沿唱不辍，盛唐时传入教坊。及至中唐，白居易据旧曲另翻新声，与刘梦得相唱和。白居易云："古歌旧曲君休听，听取新翻杨柳枝。"刘和："请君莫奏前朝曲，听唱新翻杨柳枝。"④《添声杨柳枝》词调是在此基础上发展起来的。据《碧鸡漫志》云："黄钟商的《杨柳枝》曲，仍是七言四句诗，与刘、白及五代诸子所制并同。但每句下各添三字一句，此乃唐时和声。"⑤

露冷风高秋夜清，月华明；披香殿里欲三更，沸歌声。
○●○○●●△，●○△。◎◎○◎●◎△，●○△。
扰扰人生都似幻，莫贪荣；好将美酿满金觥，畅欢情。
◎●◎○○●▲，○◎▲。◎○◎●●○△，●○△。

---

① 韩国学文献研究所：《高丽史》上册卷10，首尔：亚细亚文化社，1983年，第203页。
② 韩国学文献研究所：《高丽史》上册卷10，首尔：亚细亚文化社，1983年，第210页。
③ 《学海类编·鉴戒录（第十七册）》卷7，上海：涵芬楼影印本，民国九年（1919）。
④ 唐圭璋：《词话丛编·碧鸡漫志》卷5，北京：中华书局，1986年，第117页。
⑤ 唐圭璋：《词话丛编·碧鸡漫志》卷5，北京：中华书局，1986年，第117页。

仔细推敲，王运深晓词体，谙知音律，他是不会把词牌与词体混淆的，《尚书·尧典》中说“诗言志”，《毛诗大序》进一步阐释“诗者，志之所之也，在心为志，发言为诗，情动于中而形于言。”[①] 诗，是表现人志向的，在心里就是情志，用语言表达出来就是诗，是借诗歌来表达自己的思想感情。王运继承了诗以陈志，诗以明志的春秋以来外交仪式上的特殊表达方式，创造性地以词言志，表达外交主张。宣宗趁着酒席间，娱乐歌舞，饮酒正酣的场合巧妙地表达了他的外交主张，并且抛开传统的诗体，借用一种新兴的文学体裁——词，委婉含蓄地宣示，在北宋、辽、高丽的三国关系上，他坚定与北宋继续进行友好交往的决心，而与辽的关系则如“亡国之杨柳”，这种宣示如此隐晦，辽国观察使杨璘当然是听不出其中含义的。

2. *朝鲜第一首词的价值*

纵观郑麟趾的《高丽史》以及整个朝鲜古代史书，完整地收录一个人的文学作品，哪怕是短小的诗文，也是不多见的，但《高丽史》却将此词完整清晰记录在案，后世文学家李齐贤深知其意。他在《高丽史》后对宣宗评价时，赞曰：“诗者志之所之，在心为志，发言为诗。观宣宗文德殿（应为乾德殿，《高丽史》记载宣宗的作品就此一首）饵乐诗，有类于赵孟视荫愒日之诗，何哉？赵孟列国之卿，其语偷君子尚讥之，况王者乎？以宣宗聪明好学，不读非圣贤之书，而无苟且之意，明良赓载之歌，则尚矣。大风慷慨之作，何遽不若乎？”[②] 李齐贤历来被认为是朝鲜第一词人，汉学知识渊博。他引用了春秋战国时期的赵孟，即赵简子对赵国后世发展产生重大影响的典故来说明王运对高丽与北宋外交关系所奠定的坚实基础，以及对高丽与北宋友好交往做出的巨大贡献，赞美其词可与汉高祖刘邦的《大风歌》相媲美。李齐贤对《贺圣朝》词的评价虽然有些过誉，但其价值却不可否认。主要表现在两个方面，第一在朝鲜文学史上的价值，它是朝鲜文学史上第一首有文字记载的朝鲜文学家创作的词，标志着一种新的文学体裁——词在朝鲜的诞生，这种新体裁的第一位作者还是一个帝王词人，说明词在朝鲜首先产生于宫廷，这种体裁将在统治者的支持下，由宫廷而走向士大夫贵族阶层，在朝鲜异邦文化的这片沃土上生根发芽，经过朝鲜文人的创作开出鲜艳的花朵，是一个

① 《毛诗二十卷》，上海：涵芬楼影印本，民国9年。
② 韩国学文献研究所：《高丽史》上册卷10，首尔：亚细亚文化社，1983年，第216页。

由上逐步下移的过程，朝鲜词的发展模式与中国正好形成鲜明对比。中国词文学产生于民间，由歌女伶工所创造，是一种俗文化的产物，文人对其进行改造或仿作，提高其文字技巧和艺术性，使其规范化，把它从里巷歌谣提高到乐府雅词，传播进入宫廷，也就是由广阔的社会和青楼市井走向高雅大堂，这为研究中朝两国词文学不同的发展道路提供了借鉴。同时这首词毕竟是朝鲜的第一首词，用调相对简单，与诗的形式相近，词的创作性尚显稚嫩，与中国早期词的形成时期诗人张志和、韦应物等尝试创作词的形式比较接近，为我们研究朝鲜词文学提供了原始风貌。君王的挚爱，引起文人竞相应和，朝鲜词创作进入一个繁盛时期。第二，这首词是外交关系的产物，具有重要的史料价值。北宋、高丽、辽三国关系错综复杂，由于辽政权在文宗和宣宗时期正处于上升时期，长期采取高压手段对待高丽政权，高丽臣服时又进行强烈反抗，如果失去与北宋政权的联系，高丽很难与辽抗衡，如何在夹缝之中求生存，随机应变，适度处理需要高度的外交技巧。在辽使者到访高丽两天后，宣宗王运果断地做出决定，继续联合北宋政权制约辽政权，外交的天平倾斜于北宋，坚定其政治立场，加强与北宋政权的交往，《贺圣朝》词就是三国外交关系的产物和见证。《宋史·高丽传》中云“自王徽以降，虽通使不绝，然受契开封册，奉其正朔，上朝廷及他文书，盖有称甲子者。岁贡契丹至于六，而诛求不已。常云：‘高丽乃我奴耳，南朝何以厚待之?’使至其国，尤倨暴。馆伴及公卿小失意，辄行捽棰，闻我使至，必假他事来觇，分取赐物。尝诘其西向修贡事，高丽表谢，其略曰：‘中国，三甲子方得一朝；大邦，一周天每修六贡。’契丹悟，乃得免。”① 因此，高丽王朝坚持与北宋友好政治交往，最终辽政权也不得不妥协，认可高丽的外交政策，由于高丽的强烈反对，辽提议在鸭绿江设立榷场的建议最终也没有实现。宣宗王运坚持与宋的交往，其后的继任者肃宗、睿宗和仁宗继续巩固，两国关系日趋密切，北宋的大晟音乐、印刷术、汉文书籍、词文学等进一步传到高丽，促进了两国文化交流的繁荣，文学上产生了一大批如李奎报、金克己、李承休、李齐贤、郑誧、闵思平、李谷、金九容、元天锡等著名词人，促使高丽汉文化进入大发展时期。

---

① 许嘉璐主编：《二十四史全译·宋史》卷487，上海：汉语大词典出版社，2004年，第10421页。

通过研究发现朝鲜词文学的传入、产生、发展与乐有着密切的关系。隋唐时期高丽乐传入中国，经乐师加工整理融会于中国的燕乐，构成词产生的重要载体，文人、乐工以燕乐为基础倚声填词，创造出一种新文学体裁——词。北宋时期词又以乐为传播媒介传入高丽朝，适应高丽统治者需要，为高丽君王所喜爱，在适宜的文化环境下宣宗王运主动创作词，产生朝鲜词文学。朝鲜词文学的产生是两国文化长期友好交流，双向互动、相互渗透融合的必然结果。振叶以寻根，观澜而索源，理清乐与朝鲜词的渊源，才能对词在朝鲜的接受、发展、演变做出科学合理的解释，对研究朝鲜词学及中朝、中韩间词的传播具有重要的意义和价值。

3. “二王一妃”的词学贡献

(1) 睿宗王俣与词

睿宗王俣（1079—1122），字世民。肃宗太子，“深沉有度量，雅好儒学”。[①] 在位十七年（1105—1122），睿宗在高丽朝是一个力图有所作为的君王，而且做得也不错。虽然有人对睿宗的拓边行为颇有微词，说他“侥幸边功，仇隙未已”[②]，而他在与女真的边城争夺战上的最终失利，也确实给后人留下口实。但也正是睿宗在任期间，高丽趁辽金争战之际，夺得保州（义州），并得以从此“倚仗鸭绿江的天然屏障，抗衡中原”[③]。虽然这最终没能挡得住金人的铁蹄，也没能挡得住蒙古人的大军，但那是实力相差悬殊的结果，不是睿宗的错。睿宗朝保州的夺得，从战略上来讲，绝对是大功一件。还有更重要的是，正是在睿宗朝，高丽北宋的文化交流——特别是音乐交流达到了空前的局面，而他也因为在宋乐输入方面的卓越贡献，成了朝鲜词文学史上的重要人物。睿宗在十年（1114）七月派王字之、文公美如宋谢恩以及遣金端等5人赴太学学习时，曾在上给宋朝的表文中这样陈述：

> 化民成俗，由乎大学之风，用夏变夷，藉彼先王之教，故呼韩遣子于汉室，吐蕃请书于唐家，事虽不同，义则无异，顾唯弊邑，夙慕华风，

① 《高丽史节要》卷7，首尔：亚细亚文化社，昭和三十五年（1960），第186页。

② 王忠和：《韩国宫廷史》，北京：团结出版社，2006年，第154页。

③ 王忠和：《韩国宫廷史》，北京：团结出版社，2006年，第154页。

在乎开宝之时，及至神宗之世，每驰使介，参遣生徒，俾以观周期于变鲁厥后，偶因中废，久阙前修，传闻承习之已遥，广记备言之半脱，士无定论，学有多岐，混混末流，寥寥几岁，况乎法度宪章之际，声名文物之仪，或历代之遗经，或诸家之异说，苟非质疑于有识，岂能成法于将来？每及兴言，思遵旧贯。今也良辰在遇，素愿可伸。遂遣学生金端、甄唯氏、赵奭、康就正、权适等五人，令随入朝谢恩，兼进奉使船次赴阙。唯此诸生，并非秀颖，目不见序庠之礼，耳不闻雅颂之，难可与言。有类互乡之子，未尝无诲，盖存阙里之仁，伏望云云。愍恻深衷，推明故事，特下国子监，或于辟雍收管，许令就便学业，则容迹于诸儒之末。抠衣于博士之前，怀我好音，庶见鹦鸣之变，迁于乔木，免同鴂舌之顽。倘令吾道以东归，永荷大明之下烛。①

“夙慕华风”确是睿宗的真实想法。所以在他执政期间，并没有一味地争杀拓边，而是把更多的精力放在文教方面，不但向宋朝派遣留学生，引进宋朝以文治国的经验，还“以礼乐成俗”。② 而睿宗本人的文学修养也非常优秀，《高丽史》中载其作词事也有多处，兹录如下：

五年十二月癸丑立春，百官朝于干德殿，赐春幡子，仍赋《迎春词》二首。

十年三月壬午，宴群臣于乾德殿，赋《万年词》宣示左右。

十年三月癸丑，召诸王宰枢于赏春亭，置酒极欢，制词二阕，令左右和进，两府宰枢表辞，不允。

十一年四月庚午，幸金刚、兴福两寺，还至永明寺，御楼船，宴诸王宰枢侍臣，复以御制《仙吕调临江仙》三阙宣示臣僚。

十五年九月癸丑，宴群臣于长乐殿，亲制《寿星明词》，使乐工歌之。③

① 《高丽史节要》卷8，首尔：亚细亚文化社，昭和三十五年（1960），第207—208页。

② 《高丽史节要》卷8，首尔：亚细亚文化社，昭和三十五年（1960），第221页。

③ 韩国文献研究所：《高丽史》上册卷13、14，首尔：亚细亚文化社，1983年，第267—294页。

睿宗是“君王中最大词人”①，从现存史料记载来看，的确如此。高丽君王中喜好儒学知名者很多，但能诗善词者不多，而睿宗恰恰是作诗词的高手。

（2）毅宗王晛与词

毅宗王晛（1127—1173），字日升，一名彻。仁宗长子，在位二十四年（1147—1170）。毅宗性喜游宴，不问朝政，他在位期间，爆发了武臣之乱，导致武臣专权达百年之久。对此，金良镜批评说：

> 王之为太子也，仁宗临薨，谓之曰：“治国须听郑袭明之言。”袭明，本自正直，加以付托之重，进尽忠言，裨补阙漏，金存中、郑诚等日夜谮而去之，王乃代以存中，自是佞幸日进，忠谠日退，王益纵恣，淫于逸豫，盘游无度，始以击球，昵仲夫台谏，言之而不听，终以词章，狎韩赖，武夫愤怨而不悟，卒之韩赖召乱，而身死于仲夫之手，朝臣尽歼，盖其所好，终始有异，而其致乱则一也，故人主所好，不可不慎也。②

毅宗治国不是很成功，但却是一位很有才华的词人。他宴游之际，常做诗文，并制词章。史载毅宗二十四年（1170）五月，“御大观殿受朝贺，仍宴文武常参官以上，王亲制乐章五首，命工歌之。结彩棚，陈百戏，至夜乃罢”。③ 能在一时之间，作词五首，这份才气，实属难能可贵。睿宗在朝鲜词学中最大的贡献就是从北宋引入了大晟乐。大晟乐传到朝鲜促进了词文学在朝鲜的传播。可惜的是，这几位君王的词作，除宣宗王运的作品外，均已失传。史籍仅载其事，不载其词，实属憾事。

（3）权贵妃的词

权贵妃具体生卒年月不详，况周颐《蕙风词话》中有这样的记载：

权贵妃词：高丽人词，李齐贤（元时人）《益斋长短句》一卷，刻入《粤雅堂丛书》，朴誾《挹秀集》二卷，孙恺似布衣（致弥）使还，封达御

---

① 池浚模：《高丽汉文学史》（下），《语文学》，第39辑，首尔：萤雪出版社，1980年，第131页。

② 《高丽史节要》卷11，首尔：亚细亚文化社，昭和三十五年（1960），第306页。

③ 韩国文献研究所：《高丽史》卷19，亚细亚文化社，1990年，第386页。

前。《众香集》载权贵妃词三阕，亦见恺似使草。林下雅音，异邦尤为仅见。①

从这段记载可以推断，权贵妃应该是与李齐贤生活时代比较接近的人，她是某个君王的妃子，《蕙风词话》录有她的三首词。

谒金门

真堪惜，锦帐夜长虚掷。挑尽银灯情脉脉。描龙无气力。
宫女声停刀尺，百和御香扑鼻。帘卷西宫窥夜色，天青星欲滴。

踏莎行

时序频移，韶光难驻。柳花飞尽宫前树。
朝来为甚不钩帘，柳花正满帘前路。
春赏未阑，春归何遽。问春归向何方去？
有情海燕不同归，呢喃独伴春愁住。

临江仙

花影重帘初睡起，绣鞋着罢慵移。
窥妆强把绿窗推。隔花双蝶散，犹似梦初回。
玉旨传宣呼女监，亲临太液荷池。
争将金弹打黄鹂。楼台凌万仞，下有白云飞。

这三首词是典型的妃嫔宫廷词。《谒金门》妃嫔期盼君王宠幸却终日思君不见君的哀叹，“挑尽银灯情脉脉，描龙无气力”，“帘卷西宫窥夜色，天青星欲滴”。《踏莎行》妃嫔感叹自己青春韶光易逝，容颜易老，《临江仙》描写妃嫔宫娥起床的闺房之态。这三首词的意象很多是女性或与之相关，如“锦帐”“银灯”“御香”“柳花”“海燕”“花影”“绣鞋”“绿窗”“双蝶”“黄鹂”等等都很明显，这与中国早期“花间词人”的词作极其相近。“花间词”从色彩明艳、重量轻巧、体积小、形状巧等方面用词造句，使被描绘的物象清晰明亮地展现在眼前，如“银烛”“香烛”“红蜡”等语辞，都鲜艳绮丽，

① 况周颐：《蕙风词话》，见唐圭璋《词话丛编》第 76 辑，北京：中华书局，1986 年，第 4572 页。

炫人眼目，同时也显得轻细纤柔，可谓字字精彩，字字玲珑。这些特征在权贵妃的词中都得以很好的体现。

（三）“三文人”的词学贡献

根据现存资料，高丽朝的主要词人有宣宗王运、权贵妃、金克己、李奎报、慧谌、李承休、李齐贤、闵思平、李谷、郑诵、金九容、崔执均、元天锡、李詹、安鲁生、成石、陈义贵等人。需要特别强调的是，宣宗王运是朝鲜第一位词人，也是第一位帝王词人，高丽朝前期主要词人有金克己、慧谌、李奎报、李承休、李齐贤等；后期主要有闵思平、郑誧、李谷、金九容、元天锡、李詹、安鲁生、权近、权遇等。在这十几位词人中，对朝鲜词文学发展起到重要推动作用的主要有“三文人”即金克己、李奎报和李齐贤。金克己是朝鲜文人词的奠基者，李奎报是朝鲜词坛的发展者，李齐贤是朝鲜词文学的集大成者。[①] 下面分析如下：

1. 朝鲜文人词奠基者金克己

据现存资料，金克己是朝鲜第一位文人词作家，延边大学李宝龙称金克己为“朝鲜文人词之先声”[②] 现存词作《忆江南》《采桑子》《锦堂春》三首。

忆江南

江南乐，灵岳莫高焉。幽谷虎曾跑石去，古湫龙亦抱珠眠。月夜降群仙。
高下极，一握去青天。松寺晚钟传绝壑，柳村寒杵隔孤烟。鸟道上钩连。

这首《忆江南》是朝鲜词文学发展初期的作品，明显带有稚嫩的印记，这与白居易《忆江南》词追忆他在杭州和苏州任太守时的游乐生活极其相似。白居易既忘不了在杭州赏月听潮、寻芳逐胜的那段游乐生活，更为苏州的醇酒和美姬所陶醉。这种风流太守的放逸嬉乐生活在白居易诗歌中大量表现，后来白居易开始将其渗入词的创作范围。从这个角度看，中唐文人词创作在

① 有关金克己、李奎报的词作延边大学李宝龙在《韩国高丽词文学研究》一书中做过一些论述，本书从其他视角进行研究。

② 李宝龙：《朝鲜文人词之先声——金克己词论析》，载《延边大学学报》（社会科学版），2011年4月，第44卷第2期。

内容题材的表现上与诗歌具有某些一致性，也可以说体现了由诗向词演进的痕迹。它们共同体现了整个社会文化和艺术文化的世俗化与享乐化的发展趋势。金克己这两首词虽是借用《忆江南》的词牌名，开篇说江南乐，但与中国江南却没有任何关联，词描写的是朝鲜著名的风景罗州锦城山的秀美风光，突出此处的特征是高大险峻，这里幽谷藏虎，深潭卧龙，月夜仙至的人间佳境。同时他描述锦城山“一握去青天”，词中“幽谷虎曾跑石去，古湫龙亦抱珠眠”和“松寺晚钟传绝壑，柳村寒杵隔孤烟”这几句明显带有效仿诗的痕迹，也就是词中有诗的特征。

采桑子

鳌头转处黄金阙，偶落人间，凤辇追欢，一眼琼田万顷宽。

长风忽起吹高浪，翻涌银山，日已三竿，晓气凄微送嫩寒。

作者首写多景楼的气势，江畔突起，人间鳌头。伫立多景楼，举目远眺，碧波万顷，长风吹浪，翻涌银波，日悬高空，晨气送寒，作者心有所思，由远及近，实虚相生，这首词较前一首词有较大的进步，从用韵、平仄等方面较前一首《忆江南》成熟了许多，但词中意境并没有太多展现，只是说面对美景，晓气送寒，词意境没有提升到一个高度，这是美中不足。

锦堂春

翠黛迴浮暮岭，清眸轻剪秋波。珠帘十里笙歌地，飘梗幸闲过。

潘岳乍烦掷果，谢鲲宁避投梭，凉烟细雨西楼上，争奈别愁何?

金克己的《锦堂春》是一首质量较高的抒发自己怀才不遇的词。上阕开头首先描述嘉山郡优美的自然景色，繁华富庶与作者的怀才不遇形成鲜明对比。他直接化用宋王阮《馆娃宫一首》有“山含翠黛愁”[①]，隐隐青山含愁情，宋代诗人王观《卜算子 · 送鲍浩然之浙东》“眼似秋波横，眉如青山黛”。[②] 愁情似那涟漪水波剪不断。金代郦权《清明上河图》跋诗有：“峨峨城阙旧梁都，二十通门五漕渠。何事东南最阗溢，江淮财利走舟车。车毂人

① 王阮著，朱瑞熙校注：《义丰文集校注》，上海：华东师范大学出版社，2006 年，第 41 页。

② 唐圭璋主编：《全宋词》第 1 册，北京：中华书局，1965 年，第 260 页。

肩困击磨，珠帘十里沸笙歌。”① 金克已在此引用指代嘉山郡的繁华。《战国策》卷十《齐策三·孟尝君将入秦》中有“泛梗”，此处飘梗就是漂泊，“幸闲过”此繁华闹处，到处笙歌富华，自己却漂泊闲兴时过此地。下阕他直接引用中国潘岳和谢鲲的两个典故，即“潘岳乍烦掷果，谢鲲宁避投梭”来表述自己。《晋书·潘岳传》曰：“(潘岳）少时常挟弹出洛阳道，妇人遇之者，皆连手萦绕，投之以果，遂满车而归。时张载甚丑，每行，小儿以瓦石掷之，委顿而反。”② 这就是“潘岳掷果”的由来。《晋书·谢鲲传》载：“（谢鲲）邻家高氏女有美色，鲲尝挑之，女投梭，折其两齿。时人为之语曰：‘任达不已，幼舆折齿。’鲲闻之，慠然长啸曰：‘犹不废我啸歌。’”③ 金克已前后并用二典，诘责潘岳拥有优越的条件却不珍惜，惋叹谢鲲虽欲蒙青睐，却求而不得，以此感叹自己怀才不遇的情怀，于是他伫立“凉烟细雨西楼上”，怎奈一个愁字了得？以此抒发自己报国无门的无奈，这与其宦途遇阻有直接关系。上阕写景，下阕言情，以自然的美景、都市的繁华喧闹对比自己的凄凉孤愁，是以丽景写哀情，其效果正如王夫之所说：“以乐景写哀，以哀景写乐，一倍增其哀乐。”④ 此篇语言思深，韵逸调新，化用他人词妙句，引用典故，而无矫揉造作之态，同时流露出凄凉愁苦、忧伤寂寞的感情，一望便知是他所处的时代和自身的经历给作品打上的烙印。在三首词中，《锦堂春》是最好的一首，金克已的词，总体上体现出中国早期词发展的风貌，如词中呈现诗的印记，抒情温婉，语句清丽，但是他克服了词文学发展中的许多障碍，标志朝鲜文人词的创作逐步成熟。

2. 朝鲜词坛的发展者李奎报

李奎报（1169—1241）字春卿，原名仁氐，后改奎报，号白云居士，是高丽朝著名的政治家、文学家。现存词作 12 首。从题材上看，大致可以分为三类，表现对人生体悟、宴乐之乐、朋友交游之情。以下做简要分析。

---

① 四部丛刊《翰苑英华·中州集四》。

② 许嘉璐主编：《二十四史全译·晋书》卷 55，上海：汉语大词典出版社，2004 年，第 1248—1240 页。

③ 许嘉璐主编：《二十四史全译·晋书》卷 49，上海：汉语大词典出版社，2004 年，第 1124 页。

④ 王夫之著，戴鸿森笺：《姜斋诗话笺注》，北京：人民文学出版社，1981 年，第 10 页。

临江仙　希禅师方丈观棋

夜静红灯香落灺，虵头兔势纵横。但闻玉字响纹枰。谁饶谁胜，山月渐西倾。十九条中千万态，世间兴废分明。个中一换几人生。仙柯欲烂，回首忽相惊。

词中所蕴含的人生感慨很深。他用“仙柯欲烂”的典故。《列仙全传》中记载了这个故事，说王质入山伐木，至石室见二老者弈棋，便置斧旁观。老人与之食，似枣核，吮其汁便解饥渴。后老人要求王质回家。质起视，斧柯尽烂。回家之后，无复时人。特别是下阕，借棋局的此消彼长，瞬息变化，以及你争我夺，成王败寇，写出了人世间的变化无常，沧海桑田。这与当时李奎报得到举荐，原以为从此可以步入仕途，有所作为，不料瞬间札子被夺，举荐流产，李奎报词中流露出世事难料和时不待我之悲。

另外一首《望江南·笼中鸟》：

笼中鸟，竟日几千回？纵有一鸣唇舌在，哪堪四触羽毛摧？馁食益哀哀。天上路，回首梦悠哉。再浴凤池犹有意，新栖乌府岂无媒？且复待时来。

这是一首咏物词，其目的借物写人。词刻画了一个笼中鸟的形象。鸟困笼中，虽然极力鸣叫，但无人听得；虽想破笼而出，却落得羽毛缤纷；再加上饥肠辘辘，不免哀情切切，但却换不来丝毫的帮助。于是这只鸟禁不住回想起自己当年在天空自由飞翔的情景，只觉恍然如梦。但追求自由的理念和展翅高飞的理想却使它的信念更加坚定，相信自己总有一天会冲破牢笼，有机会到凤池中游泳，到乌府前筑巢，而且也相信那一天必定到来。这里的“凤池”和“乌府”明显语带双关。“凤池”是唐朝时中书省所在的地方。而“乌府”则是御使台的代指。在这里李奎报意在笼中鸟的艰难处境比喻自己被贬远谪的诸多穷愁困苦的经历，而笼中鸟不甘落寞，再图振起，则暗示出李奎报雄心不死，壮志未消的昂扬斗志。这首词虽然不见得如何打动人心，但是意思表达得却十分透彻，自能给读者造成一种昂扬奋进之感。

桂枝香慢　是日三学士见和复次韵

笙歌簇席，更锦绣袭熏，琼弁宾客。门拥桃华李艳，往年亲摘。仙香暗动金杯酒，兴飞扬，饮酣谈剧。红妆慢唱，争前祝寿，不教归得。

记昔日，曾经此乐。俱重到欢场，双鬓添白。侵夕将回，更坐忘还家宅。有时豁艳情遣牵袖，任蹉跎，乌帽攲侧。笑哉残叟，连呼倡儿促檀拍。

桂枝香慢

五月十七日，丙申年门生及第等，大设华筵，慰座主朴尚书廷揆致政。以予其年亦预试席，故并邀参赴。又迎朴枢院椐、朴学士仁著、朴侍郎晖同宴，予酒酣，即席作词一首呈云光华庆席，正玉笋参罗，迎致嘉客。还有娇花解语，近前堪摘。殷勤好倒千金酒，幸相逢，不妨欢剧。两翁俱老，门生献寿，古今难得。

念往日，贪游好乐。恨枯瘦如今，何处浮白。多喜开筵，别占洞天仙宅。莫教舞妓停飘袖，顾看看，红日西侧。笑哉残叟，摇肩兼将手双拍。

桂枝香慢　又别赠门生

当年试席，在蚁战正甜，谁是门客。经发千淘万汰，始登采摘。天墀拜受黄封酒，便飞荣，翼修鸣剧。奈今开筵，称觞奉寿，此情良得。

老坐主，乘酣快乐，更呼索华笺，濡染冰白。方信门生，以是良田美宅。起离妓簇香余袖，要归时，扶我身侧。笑哉残叟，洪崖肩高醉堪拍。

这三首词的上阕都着意描写了宴会时的盛况：豪华的宴席，罗列珍馐美味；高朋满座，到者都是一时俊杰；更有动听的音乐，舞动的美女，一派喜庆热闹的气氛。而词的下阕却是追忆往事。

李奎报之前的词，其主流题材存在两个方面：一是宫廷流传的作品，以歌功颂德为主，如《瑞鹧鸪慢·海东今日太平天》词、《瑞鹧鸪慢嗺子·北暴东顽》词；一是初入文人之手的作品，以模山范水为主，如金克己的词、慧谌的词。前者是宫廷惯习，后者是文人雅趣，虽然宗旨不同，但都和普通人的现实生活离得较远，但是词到了李奎报的手里，从题材选择上看，不再歌功颂德，也不再描山模水，而是转向诸如饮酒赋诗、朋友酬酢、观花赏月等普通的日常生活。

李奎报的词将日常生活具体内容落实到作品当中的时候，大多与宴会有关，李奎报的十二首词中与宴会有关占到四分之三。词中女性形象出现的频率非常高。诸如“顷想但是儿揎露腕，娇颜捧酒流微盼”“一曲俚歌犹未听，何况娥眉”“莫教舞妓停飘袖，顾看看，红日西侧”“红妆慢唱，争前祝寿，不教归得”“笑哉残叟，过呼倡儿促檀拍”“起离妓簇香余袖，要归时，扶我身侧”“千葩烂映倡儿袖，奈无言，解语同侧”“可怜两个红妆，皓齿笑劝玉觞”，李奎报的这些词都不是以描写女性为对象的，但却处处不离女性，虽然多有涉及，但并没有做展开描绘，常常是点到即止，并没有像花间词人那样热衷于女性情态、容貌、服饰、心理等的描写与刻画；花间词中，常常是女主人公的抒情形象，而李奎报的词中，多是自我抒情主人公形象；花间词更注重“娱宾”的作用，而李奎报的词则更注重“遣兴”以抒发自己的情怀。李奎报对朝鲜词文学的主要贡献是他把词从宫廷拉到市井，从自然拉回社会，使之与生活接近，拓展了词的表现空间，让词不再是仰观的空中楼阁，而是融入生活的普通艺术形式，在这一点上，李奎报在朝鲜词文学史上的作用，可与柳永在中国词史上的作用大体相当，这种作用突出表现归结起来就是主题的世俗化取向。日常生活也好，宴饮享乐也好，红妆陪酒也好，都是一种普通而且世俗的生活方式，它不需要高呼天下太平、万寿无疆，也不必托意山林，不食人间烟火，它使词更具生命活力，更有发展前景。李奎报的这种转变使词开始真实地展示文人的内心世界，他的词充分体现了文人性情的自然流露。

3. 朝鲜词坛集大成者李齐贤

李齐贤（1287—1367），初名之公，字仲思，号益斋，栎翁，庆州人。新罗王后裔，朝鲜历史上最伟大的词文学家，现存词53首。李齐贤二十八岁时，奉召入元朝居大都，陪侍高丽忠宣王王璋。从当时元朝姚燧、阎复、元明善、赵孟頫、张养浩诸名公游，交情甚密，学问益进。赵孟頫、元明善、张养浩都曾写诗赠李齐贤。

李穑这样记录他的生平：

> 高丽益斋先生，生是时，年未冠，文已有名。当世大为忠宣王器重，从居辇毂下，朝之大儒搢绅先生若牧庵姚公、阎公子静、赵公子昂、元公复初、张公养浩，咸游王门。先生皆得与之交际，视易听新，磨砺变化，固已极其正大高明之学。而又奉使川蜀，从王吴会，往返万余里，山河之壮，风俗之异，古圣贤之遗迹，凡所谓闳博绝特之观，既已包括

而无余，则其疏荡奇气，殆不在子长下矣。使先生登名王官，掌帝制优游台阁，则功业成就，决不让向之数君子者，敛而东归，相五朝，四为冢宰，东民则幸矣！其如斯文何，虽然东人仰之如泰山。学文之士，去其靡陋而稍尔雅，皆先生化之也。古之人虽不登名王官，而化各行于其国，余风振于后世，如叔向、子产，何可小哉？佐天子号令天下，人孰不慕之，而名之传否，有不在彼而在此，尚何恨哉！先生著述甚多。尝曰："先东庵尚未有文集行于世，况少子乎？"故于诗文，旋作旋弃，而人辄藏之。①

李宗准《慵斋遗稿》有：

吾东方既与中国语音殊异，于其所谓乐府者，不知引声唱曲，只分字之平侧，句之长短，而协之以韵，皆所谓以诗为词者。捧心而颦其里，祇见其丑陋耳！是以文章巨公，皆不敢强作，非才之不逮也。亦如使中国人若作《郑瓜亭》《小唐鸡》之解，则必且使人抚掌绝缨矣！唯益斋入侍忠宣王，与阎、赵诸学士游，备知诗余众体者，吾东方一人而已。②

李齐贤词艺术造诣很高，达到了驾轻就熟的境地，是"东方一人"。他在词创作上，不仅音律、句式严谨，而且对词体运用自如。先后共用了《沁园春》《鹧鸪天》《浪淘沙》《蝶恋花》《水调歌头》《菩萨蛮》《满江红》《巫山一段云》《江神子》《太常引》《大江东去》《人月圆》《玉漏迟》《洞仙歌》《木兰花慢》等15种词牌，无不得心应手，以下对其作品进行重点分析。

水调歌头　过大散关

行尽碧溪曲，渐到乱山中。山中白日无色，虎啸谷生风。万仞崩崖叠嶂，千岁枯藤怪树，岚翠自濛濛。我马汗如雨，修径转层空。登绝顶，览元化，意难穷。群峰半落天外，灭没度秋鸿。男子平生大志，造物当年真巧，相对孰为雄？老去卧丘壑，说此诧儿童。

① 李齐贤：《益斋乱稿·序》，《韩国文集丛刊》第2集，首尔：景仁文化社，1990年，第497页。

② 李宗准：《慵斋遗稿》，《韩国文集丛刊》第16集，首尔：景仁文化社，1990年，第641页。

大散关又称散关、崤关，在今陕西省宝鸡市西南大散岭上，为秦蜀往来要道，兵家必争之地，南宋时金曾以此关为西部边界。这首词是延佑丙辰(1316)李齐贤奉命经陕西进入四川，途中写了一系列词中的一首。词一开头便紧扣题目中的“过”字，由行程进入大散关写起：“行尽碧溪曲，渐到乱山中”。“乱山”二字写出了大散关的周围环境。由“碧溪曲”到“乱山中”，路途越来越艰难。作者骑马走完碧溪，渐渐进入巉岩耸立的秦岭，以下五句写行走于“乱山”中所见的景象。“山中白日无色，虎啸谷生风”，从“色”“声”两个方面表现大散关的雄奇险峻。山高林密，以至“白日无色”，阴森幽暗；山谷幽深，虎啸生风，闻之令人胆战心惊。“万仞崩崖叠嶂，千岁枯藤怪树，岚翠自濛濛”，对眼前所见景象作进一步描写，使人身临其境的感觉。“万仞崩崖叠嶂，千岁枯藤怪树”二句对仗工整而有气势，极力夸张而不失真实。“崩”“叠”“枯”“怪”四个形容词用得准确而生动。“岚翠自濛濛”一句，写山中云雾缭绕，浓翠欲滴，则使雄伟的景物平添了几分秀美。“我马汗如雨，修径转层空”，笔法意境受《诗经·周南·卷耳》“陟彼崔嵬，我马虺隤”①影响，回应开头二句，继续写行程：长长的山路直入云霄，行进在这条山路上的马匹已经汗如雨下。艰辛的程度可想而知。

“登绝顶，览元化，意难穷”句承上启下，由叙事转入抒怀。作者登上山顶，仰观俯察，心潮起伏，难以平静。“元化”即“造化”，指大自然的发展变化。然后继续描写在山顶上极目远眺，“览元化”所见到的景象：“群峰半落天外，灭没度秋鸿。”远处的山峰好像要落到天外去了，南飞的大雁不断从视野里消失。紧接着再表现“意难穷”中的“意”：“男子平生大志，造物当年真巧，相对孰为雄？”在大散关的历史上曾经留下许多英雄的足迹：汉末曹操攻张鲁，曾自陈仓出散关到河池；蜀汉诸葛亮出散关围陈仓；而宋人陆游中年入蜀任王炎幕僚时，曾与金兵在大散关一带对峙，后来写有：“我曾从戎清渭侧，散关嵯峨下临贼。铁衣上马蹴坚冰，有时三日不火食”②（《江北庄取米到作饭香甚有感》）的诗句，晚年还十分怀念这段“铁马秋风大散关”③（《书愤》）的生活。作者十分仰慕这些古代英雄，希望

① 程俊英、蒋见元：《诗经注析》（上），北京：中华书局，1999年，第9页。

② （宋）陆游著，钱仲联校注：《剑南诗稿》卷17，上海：上海古籍出版社，1985年，第1340页。

③ （宋）陆游著，钱仲联校注：《剑南诗稿》卷17，上海：上海古籍出版社，1985年，第1346页。

能像他们一样干一番轰轰烈烈的事业。这种“平生大志”与眼前大自然的鬼斧神工相比较，哪一个更雄伟壮观呢？这一问问得很有气魄！“老去卧丘壑，说此诧儿童”，想象自己老年致仕身退，归隐山林后，向后辈述说今日的情怀，将会使听者惊诧不已。全词意境开朗，格调豪迈，语度峻爽，在同类题材的词作中独具特色。李齐贤继承苏轼、元遗山一派，有不少清新洒脱、雄浑豪放之作，作者把大散关的景物描绘得雄伟壮观，以之衬托“男子平生大志”，收到良好效果。

满江红　相如驷马桥

汉代文章，谁独步？上林词客。游曾倦，家徒四壁，气吞七泽。华表留言朝禁闼，使星动彩归乡国。笑向来，父老到如今，知豪杰。人世事，真难测；君亦尔，将谁责？顾金多禄厚，顿忘畴昔。琴上早期心共赤，镜中忍使头先白？能不改，只有蜀江边，青山色。

驷马桥，原名升仙桥，在今四川成都西北。西汉大文学家司马相如曾经过此，题桥柱曰：“不乘驷马高车，不过此桥。”后改此名。这首词是作者西游入蜀时所作，既赞诵了司马相如的才华与业绩，又谴责了他富贵后的负情行为，在咏史作品中别具一格。

上阕分四层，先写司马相如的文学成就。上林词客，指司马相如。上林是汉代皇家苑囿，在今陕西周至一带。司马相如曾经写过一篇著名的大赋——《上林赋》，享誉文坛，并与它的姊妹篇《子虚赋》一起成为汉代大赋的典范作品，衣被后人，故称他为“上林词客”。司马相如在历史上主要是一位文学家，所以开头三句就开门见山，盛赞他在文学上的辉煌成就。在汉代，司马相如可以说是独步文坛，无人能敌，备受后人推崇。作者站在相如驷马桥上，遥想古人的风采，一股钦佩之情便油然而生。再写他的经历与气质。“游曾倦，家徒四壁”出自《史记·司马相如列传》。“文君夜亡奔相如，相如乃与驰归，家居徒四壁立”①。于是二人回临邛（即成都），把他们的车马统统卖掉，买下一家酒馆来卖酒，让卓文君坐在炉前卖酒，司马相如自己身穿牛鼻围裙，与雇工、奴婢共同操作，洗涤酒器于市中。卓王孙听到

① 许嘉璐主编：《二十四史全译·史记》卷117，上海：汉语大词典出版社，2004年，第1390页。

之后深感特别羞耻，兄弟们和长辈们轮番来劝说卓王孙，说他有一男二女，所缺少的并非钱财。如今卓文君已经委身于司马长卿，长卿本来厌倦游宦的生活了，虽说家里贫穷，他的才能还是足以依托的，况且又是县令的客人，却为何要轻辱相如呢？司马相如早年曾以资为郎，侍奉孝景帝，担任武骑常侍，但这并不是他的爱好。后免官游梁，为梁孝王门客，梁孝王卒，乃归乡。所以李齐贤词中说："故倦游"。七泽，古谓楚有七泽。司马相如《子虚赋》："臣闻楚有七泽，尝见其一，未睹其余也。臣之所见，盖特其小小者耳，名曰云梦。"① 这三句是说司马相如厌倦游宦生活，而且一贫如洗，但却气魄宏大，豪气贯虹。可见司马相如是一位品格高洁、气质不凡的人。这几句用墨十分经济，在短短的三句十几个字中概括了他一生的主要经历及品格气质，可以说惜墨如金。接着写他政治上的建树。华表，古代用以标识道路的木柱，此处即指升仙桥柱。禁闼，天子所居，不得妄入。使星，原是星名，此指司马相如。据《史记》本传载：司马相如曾以中郎将身份，写下著名的《谕巴蜀檄》《难蜀父老》，打通西南夷的通道，平定西夷和邛，筰、冉等的群长全部成为汉朝的臣国，获得成功。司马相如不仅是一位文学家，而且在政治上也有所作为。他题桥柱，赴长安，得到皇帝的信用，后又衣锦还乡，出使巴蜀，安抚边夷，对沟通汉王朝与西南少数民族的关系做出了重大贡献。第四层写巴蜀父老对他的刮目相看："笑向来，父老到如今，知豪杰。"堪笑过去不能充分认识相如人才价值的父老乡亲，这时才知道他是英雄豪杰。

下阕笔锋一转，由赞颂司马相如的业绩，转为谴责他的背心负情行为。换头"人世事，真难测；君亦尔，将谁责？"几句承上启下。先虚写：人世间的事，实在难以预料，一生豪杰的司马相如也难免没有过失。这几句承转自如，跌宕多姿。然后由虚入实，"顾金多禄厚，顿忘畴昔。"司马相如做官富贵后，顿忘往昔卓文君对他的一片深情。这是"点"，下面二句写两人关系的变化是"染"。"琴上早期心共赤"句用事，据《史记》记载：司马相如会饮于卓王孙家，这时卓王孙有女新寡，喜欢音乐，相如鼓琴，弹《凤求凰》曲，以表示对文君的求爱之意，用琴声音吸引卓文君，文君心悦之，及夜与相如私奔，以身相许。"镜中忍使头先白"是说相如富贵后，背弃前情，文君因忧

① 许嘉璐主编：《二十四史全译·史记》卷117，上海：汉语大词典出版社，2004年，第1392页。

思而悉白了头。《西京杂记》说：相如将聘茂陵一女为妾，文君作《白头吟》："凄凄重凄凄，嫁取不须啼。愿得一人心，白头不相离。"① 作者通过"心共赤"与"头先白"的对照，鞭挞了相如的薄情行为，表达了自己的强烈不满。这一悲剧的产生，虽然从本质上讲是不合理的封建婚姻制度造成的，但悲剧的直接导演者司马相如有不可推卸的责任。最后作者发出愤慨不平的呼喊："能不改，只有蜀江边，青山色。"作者用青山色的不改，反衬出司马相如的心易变，形象而又鲜明。这既是对司马相如的谴责，也是对封建婚姻制度的控诉。这首词语言简练，在短短的一首词中熔铸了司马相如一生的主要事迹，而且将他的功过是非叙说得历历分明，扩大了词的容量。同时，用事也深得其妙，表现出作者极强的驾驭语言能力。

鹧鸪天　鹤林寺

夹道修篁接断山，小桥流水走平田。云间无处寻黄鹤，雪里何人开杜鹃。

夸富贵，慕神仙，到头还似梦悠然。僧窗半日闲中味，只有诗人得秘传。皆山中故事。

此词采有关故事实咏鹤林寺，游踪略叙，纵情写志为主，所谓"只有诗人得秘传"，亦属深于体物、工于造境者的夫子自道。鹤林寺故址在江苏镇江南黄鹤山上，本名竹林寺，南朝宋武帝时改名鹤林，唐宋时已为著名古迹，历来题咏极多，清幽风物，人间胜境。作者开篇"夹道修篁接断山，小桥流水走平田"两句疏淡悠远，自然入画。试看遥山断处，一带平田，此地有茂林修竹、小桥流水，迤逦行来，自饶兴味。断山，接以夹道绵延的幽篁；平田，护以桥下潺潺的流水。断缺处有续连，舒缓中见流走。随笔点染，得灵动天然之趣。山断篁连、田平水饶的这两句，看似平常，确是对环境背景所做的概括交代，足见其艺术的功力。

接下去的画面，应该出现深山里的古寺了，但作者并无意描摹寺宇风光的具象，他已经转入了云间黄鹤、雪里杜鹃的冥思遐想，笔锋下的景物完全化作情思。顾名思义，黄鹤山、鹤林寺，应景的传说少不了仙人黄鹤，正如

① （晋）葛洪著，成林、程章灿译：《西京杂记》，贵阳：贵州人民出版社，1990年，第114页。

宋姜夔《翠楼吟》：“此地，宜有词仙，拥素云黄鹤，与君游戏，”① 然而无处寻，哪里有？早就是“黄鹤一去不复返，白云千载空悠悠”② 了。这个典故是泛用，信手拈来，为了陪衬下句，但已隐含对神仙传说的怀疑态度，“雪里何人开杜鹃”，就更有特点地切合本地风光，寓示作者用意。《太平广记》卷五十二《续仙传》中记载：周宝询殷七七曰：“鹤林之花（指杜鹃花），天下奇绝，尝闻能开顷刻花，此花可开否?”七七应可，乃前二日往鹤林宿，晨起，寺僧忽讶花渐坼蕊，及九日，烂漫如春。③ 宋刘斧《青琐高议》有韩愈侍郎之侄自江淮来，为韩愈冬日催开牡丹，每朵显一联诗，字色分明，乃韩出官时诗，一韵曰：“云横秦岭家何在，雪拥蓝关马不前”④，韩大惊讶，侄后辞归江淮，竟不愿仕。宋苏轼《和述古冬日牡丹四首》中曾分别咏此凭仗道术非时开花之二事：“当时只道鹤林仙，能遣秋花发杜鹃”“使群欲见蓝关咏，更傅韩郎为染根”。⑤ 李齐贤此词则参用殷、韩二事，糅合为一，表示花开顷刻、只是虚空，不但显示了化用典实的熟练技巧，而且与上一句组接成一联之后，渲染出浓厚的气氛。素云黄鹤、白雪红花，色彩甚鲜明，景象甚奇谲，意境甚缥缈，情境又甚虚幻，为下阕主题归结做出绝好铺垫。

“夸富贵，慕神仙”，与黄鹤杜鹃之句紧相呼应，且又分别接承，暗有侧重。雪中杜鹃，顷刻虚化，当可醒悟功名富贵之难长保；云间黄鹤，杳然不返，自然暗示仙景帝乡之原属渺茫。两意并结，殊途同归，举重若轻地归结一句“到头还似梦悠然”，将“无处”“何人”之意补足。但再写下去，出人意料，却不是到头一梦、万事皆空的悲观滥调。词篇以扫为生，水穷而云起，于结尾处又展开新境界。既然富贵非吾愿，帝乡不可期，那就放意自适，求索别样的精神天地；摆脱红尘扰攘，勘破仙界虚无，到自由闲适的生活境地里去追寻慰藉、体味诗意吧。

菩萨蛮　舟次青神

长江日落烟波绿，移舟渐近青山曲。隔竹一灯明，随风百丈轻。

---

① （宋）姜夔著，陈书良笺注：《姜白石词笺注》，北京：中华书局，2009 年，第 39 页。

② 顾青编注：《唐诗三百首》，北京：中华书局，2009 年，第 230 页。

③ 李昉：《太平广记》第二册，北京：中华书局，1961 年，第 321 页。

④ （宋）刘斧：《表琐高议》，西安：三秦出版社，2004 年，第 116—117 页。

⑤ （清）王文诰辑注，孔凡礼点校：《苏轼诗集》，北京：中华书局，1982 年，第 525 页。

夜深蓬底宿，暗浪鸣琴筑。梦与白鸥盟，朝来莫漫惊。

这是李齐贤奉使入川蜀途中写的一首词，题中之“青神”为青神县，位于今四川省中部，岷江的中游。上阕写黄昏泊舟时的情景。开头两句“长江日落烟波绿，移舟渐近青山曲”，长江是舟行之处，日落表明天色已晚，移舟表明靠岸停泊。“烟波绿”“青山曲”的景色已经十分美丽，在夕阳的映照下，更加迷人。“隔竹一灯明，随风百丈轻”，隔着竹林看见远处有一星灯火，暗示已经入夜。从日落到灯明，有一个时间推移过程。因为顺风，所以船也走得很轻快。“轻”字一语双关，既指航行，也表现了船上人心情的轻松愉快。“百丈”指的是用来牵船的篾缆。宋程大昌《演繁露》：“杜诗舟行多用‘百丈’，问之蜀人，云：水峻，岸石又多廉棱，若用素牵，即遇石，辄断不耐，故劈竹为大瓣，以麻索连贯其际，以为牵具，是名‘百丈’。百丈，以长言也。”①

下阕写晚上入睡时的情景。“夜深蓬底宿，暗浪鸣琴筑”，意指当夜深人静的时候，宿于船篷之下，耳听波浪拍打船体的声音，如同弹琴击筑的美妙音乐伴人入眠。这两句与韦庄词“春水碧于天，画船听雨眠”②（《菩萨蛮》）一样，给人一种惬意的感觉。用“暗”字形容深夜船底的波浪，十分贴切。结尾用《列子·黄帝》中的典故抒发对隐逸生活的向往：“梦与白鸥盟，朝来莫漫惊。”传说古时有个喜欢鸥鸟的人，早上常到海上与鸥鸟游戏，飞到他身边的鸥鸟有上百只之多，他父亲知道后，叫他捉几只回去供自己玩赏。但当第二天他到海上去的时候，鸥鸟却飞翔在天空，不愿落下来。此后在古典诗词中，“鸥盟”常被用于表现超逸出世的情趣。作者自言梦中也会与白鸥结盟，并无加害之心，早上醒来时请白鸥不必惊惧。这首词按照时间顺序，从“日落”写到“灯明”，又至“夜深”，再至“朝来”，依次叙写，既描绘了优美的自然景色，也表现了行人的愉快心情，更抒发了对隐逸生活的向往。行笔轻松自然，毫无雕凿的痕迹。

---

① 《文渊阁四库全书》。

② 赵崇祚辑，李一氓校：《花间集校》，北京：人民文学出版社，1981年，第31页。

蝶恋花 汉武帝茂陵

石室天坛封禅了，青鸟含书，细报长生道。
宝鼎光沉仙掌倒，茂陵斜日空秋草。
百岁真同昏与晓，羽化何人，一见蓬莱岛？
海上安期今亦老，从教吃尽如瓜枣。

向来的咏史之作，多以褒扬历史人物为主，对在历史上起过重大作用的汉武帝，则尤其如此。而这首词却打破了以往的惯例，以辛辣的笔调，嘲讽了汉武帝求仙长生不老的荒唐。茂陵，汉武帝刘彻的陵墓，在今陕西兴平东南。

上阕写汉武帝求仙长生的失败。汉武帝是一位雄才大略的政治家，为汉帝国的繁荣昌盛做出过杰出贡献。但作者对此却只字不提，一开头就进入正题，笔锋直接而简练。天坛封禅，帝王祭天地的典礼。在泰山上筑土为坛祭天，报天之功，为封；在泰山下梁父山上辟场祭地，报地之功，称禅。汉武帝曾经至泰山封禅，班固《汉武故事》中记载：七月七日忽有鸟飞集殿前，东方朔说是西王母欲来，有顷王母至，三青鸟夹侍王母旁。所以后人称使者为青鸟，这里指方士。长生道，指方士的那一套所谓长生不老之术。据《史记·孝武本纪》载：武帝晚年宠信方士李少君、少翁等，冀得长生不老之术，曾派人至海上求仙。这三句是说想当年汉武帝窥石室，封泰山，一心希望使者传书，得到长生不老的秘诀。可是一个人由生到死是不可抗拒的自然规律，想长生不老，那只能是痴人的妄想。作者在列举了武帝一系列愚昧举动之后，笔锋一转，以凄凉的笔调，写了汉武帝求仙长生的失败："宝鼎光沉仙掌倒，茂陵斜日空秋草。"古代多以鼎为传国之重器，故称宝鼎。相传黄帝铸宝鼎三，禹铸九鼎，均为镇国之宝。周衰，宝鼎沉沦不见，武帝时，在汾水上发现宝鼎，被看作是国运昌盛的征兆。《三辅黄图》载："神明台在建章宫中，祀仙人处，上有铜仙舒掌捧铜，承云表之露。"① 毕竟自然规律是不可抗拒的，随着时间的推移，历史的变迁，昔日的宝鼎沉沦黄土，失去了光彩；托盘的仙人已不复存在，成为历史的遗迹；那显赫一时的汉武帝也命归黄泉，化为土灰，只留下一座枯冢，长满枯草，在夕阳下被秋风吹得瑟瑟抖动。"空"字极

① 孙星衍著，庄逵吉校注：《三辅黄图》，北京：中华书局，1985 年，第 30 页。

妙，不仅渲染了茂陵的凄凉，而且暗示了汉武帝求仙长生的失败——一切痴想企图都化为乌有。这样一幅萧瑟荒凉的景象与上面所写的愚蠢举动形成鲜明的对照，更加突出了汉武帝的愚昧昏愦。

下阕写求仙长生的虚妄。“百岁真同昏与晓，羽化何人，一见蓬莱岛？”羽化，成仙谓之羽化。蓬莱岛，指海上仙岛。传说在东海中有蓬莱、方丈、瀛洲，谓之三神山，是仙人居住的地方。一个人的一生是短暂的，犹如朝夕，一闪即逝，又有谁化作了神仙，见过那烟雾迷茫的神山仙岛？这是对一般人来说的，古往今来，芸芸众生，有哪一个超越了自然规律而长生不老呢？那么所谓的仙人又如何呢？“海上安期今亦老，从教吃尽如瓜枣。”安期，即安期生，传说中的秦代仙人。安期生在海边卖药，秦始皇请与语三日，赐金璧，皆置去，留书曰：“数年后，求我于蓬莱山。”[①] 汉武帝时，方士李少君请曰：“臣常游海上，见安期生，食臣枣，大如瓜”，[②] 最后两句是倒装句，应作海上的仙人安期生，就算吃尽象瓜那样的大枣，到现在也是要老死的。当然，仙人是根本不存在的，作者这样写是为了突出作品的主旨。试想：既然连传说中的仙人也会老死，更何况是普通的凡人呢？作品以涵蕴不露而又不可辩驳的内在逻辑力量，深刻地揭示了神仙长生之说的虚妄，这就从根本上认定了汉武帝企求长生不老的举动是愚蠢的。这首词在用典上十分恰当，作者巧妙地将历史事实、神话传说融合在一起，自然入妙，引人遐想，耐人寻味。

浣溪纱　早行

旅枕生寒夜惨凄。半庭明月露凄迷。疲童梦语马频嘶。
人世几时能少壮，宦游何处计东西？起来聊欲舞荒鸡。

这首“早行”词，选取典型场景，将人物活动与内心感受通通放在侵晨之前的特定时刻来表现。词中并不多作“晨起动征铎，客行悲故乡，鸡声茅店月，人迹板桥霜”[③] 那一类早行辛苦的正面刻画，运实不虚，抒怀入妙。首先略作点染，写旅枕梦残，半庭明月，朝露凄凄，烘托出凄迷清冷的侵晓氛

---

① 王叔岷校注：《列仙传校笺》，北京：中华书局，2007 年，第 70 页。

② 许嘉璐主编：《二十四史全译·史记》卷 12，上海：汉语大词典出版社，2004 年，第 172 页。

③ （唐）温庭筠撰、（清）曾益等笺注：《温飞卿诗集笺注》，北京：中华书局，1980 年，第 155 页。

围；然后用“疲童梦语马频嘶”的声音，打破四周寂静。马儿嘶鸣自是一般早行诗词惯见的描写，（例如因赋《喜迁莺·早行》而得“刘晓行”盛名的宋代词家刘一止就这样写道：“迤逦烟村，马嘶人起，残月尚穿林薄”①）；但这里“马嘶频”却与“疲童梦语”搭配起来，构成了似不调谐而又定于生活实感的情景：一方面快要匆匆上路，马儿仿佛在不耐烦地嘶唤催人，一方面又是睡意未消，还没有休息够，随行的家童正在梦酣呓语，反映了连日来行程的疲累程度。从章法上看，这一句灵活而自然，起到承前启后的作用，含蓄地交代了过去的崎岖旅程，乘便引出眼下的宦游前路。上下阕紧密相连，笔触也由凄迷渐渐向亢奋过渡。

在上阕写景叙事的基础上，下阕着重抒发“早行人”心头感慨。“人生几时能少壮”，用杜甫《赠卫八处士》“少壮能几时，鬓发各已苍”② 意；“宦洲何处计东西”，用苏轼《和子由渑池怀旧》“泥上偶然留指爪，鸿飞那复计东西”③ 意。化用二者组合成一联，表达的绝不只是光阴似水的迟暮之感和辞乡去国的羁旅之心。通读全词，我们会恍然大悟道作品的深层意念，恰恰是与世路无穷、劳生有限的羁旅凄迷心绪相辅相成的另一面，是漫游天下的壮志。结句“起来聊欲舞荒鸡”振起全篇，将晋从祖逖、刘琨深宵闻鸡起舞的豪壮故事融进了词的境界。说起当年奇士的壮心自警，寄托着如今主人公的壮游励志。

李齐贤在词创作上很好地把握了词的特殊性。一般来说，词用于记述社会现实非其所长。但是，词在深入地伸展到人们的情感世界，揭示人生经历中许多感人境界和优美情操，探索人们内心的玄妙心理方面，有其本身的独特性。这虽不能说词所独有，但在词里比诗更为突出。词的这种特性，对于身处特殊环境敏感而幽婉的李齐贤，很是适宜。他的写景词，描绘多种多样的自然景色，历历如画，意境深远，最有代表性的是《巫山一段云》两组词。这两组词分别描写了中国潇湘的美丽风景和高丽都城——开城的秀丽风光，不但其内容丰富多样，而且艺术表现手法也千姿百态，各极其妙。其后朝鲜

① 唐圭璋主编：《全宋词》第2册，北京：中华书局，1999年，第1035页。

② 山东大学中文系古典文学教研室选注：《杜甫诗选》，北京：人民文学出版社，1980年，第110页。

③ 陈迩冬选注：《苏轼诗选》，北京：人民文学出版社，1957年，第10页。

词人纷纷学习，对朝鲜词文学发展产生重大而深远的影响，形成朝鲜词文学特殊的“巫山一段云”体。他的《巫山一段云》在以后的章节有具体论述。

综上所述，朝鲜与中国的词文学发展模式可以通过简表概括其差异：

表 1-1 中国与朝鲜词文学发展模式比较表

国别	产生地	发展者	结果	特点
中国	民间	文人	宫廷	自下而上
朝鲜	宫廷	君王	文人	自上而下

二、具有朝鲜特色词文学传播方式

钱锡生的《唐宋词传播方式研究》[①] 认为中国唐宋词的主要传播方式包括歌舞传播、吟诵传播、手写传播、题壁传播、石刻传播、印刷传播。朝鲜词文学的主要传播方式与中国有所不同，主要分为宫廷传播和文人传播。

（一）宫廷传播

朝鲜词的发生和发展与宫廷有着密切的关系。宫廷音乐文化的发达，统治阶级的政治导向、享乐意识与审美意识对朝鲜词文学的传播与发展起到重要的推动作用。高丽朝的宫廷是帝王统治的核心，朝鲜词的发生、发展与宫廷有着密切的关系。

高丽宫廷政治色彩浓厚。高丽国家最高层的政治决策、文化发展、价值导向都与宫廷息息相关。高丽宫廷具有强烈享乐性。国家各种庆典、礼仪、宴享等活动都要在宫廷进行，更为重要的是君王与皇亲国戚日常娱乐消遣的地方也在宫廷，这使宫廷不可避免有享乐色彩。高丽在与北宋交往的过程国，北宋政权粉饰太平、歌功颂德的各种朝廷庆典及宴享娱乐活动对高丽宫廷有很大的影响，通过《高丽史》我们知道，高丽朝的文宗、宣宗、睿宗三人都是喜欢奢侈享乐、铺张盛丽的君王。他们经常宴请群臣吟诗欢乐，这使高丽宫廷烙上享乐化和颓废化印记。北宋、高丽政权与词文学产生、传播、发展、

① 钱锡生：《唐宋词传播方式研究》，上海：复旦大学出版社，2009 年，第 3—4 页。

影响有联系的主要是表中所列君王。

表 1–2 高丽、北宋与词传播相关的帝王列表

高丽	文宗王徽 1046—1083 年	宣宗王运 1083—1094 年	睿宗王俣 1105—1122 年	毅宗王晛 1146—1170 年
北宋	神宗赵顼 1067—1085 年	哲宗赵煦 1085—1100 年	徽宗赵佶 1100—1125 年	

北宋、高丽两国的文化交流在宋神宗、哲宗、徽宗三朝，对应的高丽朝主要是文宗、宣宗、睿宗。宋神宗重新打开了与高丽的交往通道，并以优异礼遇促进双方来往，宫廷文化交流主要是音乐，亦以熙宁、元丰间为最盛。哲宗元祐期，尽废神宗新法，与高丽来往亦多加限制，然此后不久即行恢复，徽宗时两国关系重趋密切，因而有赐大晟乐之举。① 本书在前人研究基础上进行深入探讨：

1. 北宋神宗、哲宗与高丽文宗、宣宗时期

(1) 北宋乐师到高丽授乐时传播

本书第一节中提到在公元 1072 年，高丽王朝宫廷传入了北宋《踏莎行》《抛球乐》《九张机》等词。《高丽史·乐志》共记载词七十四首，其中《抛球乐》曲词七首，这是最早由楚英的乐队传入朝鲜的。《高丽史·乐志》中《献鲜桃》（七首）与《五羊仙》（三首），这两套词属于楚英所演奏的“王母队歌舞”中引入朝鲜的。《高丽史·乐志》中有《惜奴娇曲破》六首，是歌颂宋神宗赵顼文武盖世的曲破，熙宁五年（1072），王韶击败羌人，置熙和路，领熙、河、洮、岷诸州。熙宁九年（1076），宋军在南方屡屡击败交趾。《高丽史·乐志》还有《万年欢》词七首，据《宋史·乐志》载《万年欢》是北宋进行教坊所奏十八调四十大曲之一，也是云韶部所奏十三大曲之一，《高丽史·乐志》中的《莲花台》大曲，本是唐宋时盛行的《柘枝舞》，该舞还居于宋代教坊诸队舞之首。又《莲花台》曲辞二首，与前面的《献鲜桃》曲词相同，当与《献鲜桃》同时传入。从内容来看，《献鲜桃》《惜奴娇曲

① 浙江大学吴熊和先生《〈高丽史·乐志〉中宋人词曲的传入时间与两国的文化交流》一文首先对此进行过部分探讨。见沈善洪主编：《韩国研究》，杭州：杭州大学出版社，1994 年，第 8—25 页。

破》《万年欢》三个大曲都是用于上元灯节的，北宋一向以正月十五日为上元节，高丽则以二月十五日为燃灯节。《宋史·高丽传》：“二月望，僧燃灯如中国上元节。”① 三大曲所咏正月风光，传入高丽后没有改变本来的时序背景。《高丽史·乐志》这些词据此推测应该是在哲宗熙宁年间传入高丽的。

(2) 高丽乐工到北宋实地取经

李焘《续资治通鉴长编》卷三二三中记载：

> 史馆修撰曾巩言：窃考旧史，高句骊自朱蒙得纥升骨城居焉，号曰高句骊，因以高为氏。历汉至唐高宗时，其王高藏失国内徙。圣历中，藏子德武，安东都督，其后稍自为国。元和之末，尝献乐工，自此不复见于中国。五代同光、天成之际，高丽主高氏复来贡，而失其名。长兴三年，乃称权知国事王建，遣使奉贡，因以建为王。建子武，武子昭，昭子伷，伷弟治，治弟诵，诵弟询，相继而立。盖自朱蒙至藏，可考者一姓九百年，传二十一君而失国，其后复自为国，而名及世次兴废之本末与夫王建之所始，皆不可考。王氏自建至伷，四王皆传子，自治至询，三王皆传弟。询自天圣八年来贡，至熙宁三年今王徽来贡，其不见于中国者，盖四十有三年。今陛下仁圣文武，声教之盛，东渐海外，徽所遣使方集阙下。盖高句骊文字之国，其使者宜知其国之君长兴坏本末、名及世次，欲乞诏谕典客之臣，问：“自德武之东也，其后何以能复其国？何以复失之？尝传几君？其名及世次可数否？王建之所以兴者何繇？其兴也自建始欤？建之先已有兴者欤？自天圣至熙宁四十三年之间，而徽复见于中国，其继询而立者欤？岂其中间复自有继询者欤？徽于询为何属？”如其言可论次，足以补旧史之阙，明陛下德及万里，殊方绝域，前世有不能致者，慕义来廷，故能究知四夷之事，非声教之所被者远不能及此。诏下毕仲衍。仲衍以所与使人崔思齐，李子威语来上，其所知不详于巩所论着也。所可纪者：新罗、百济内乱，王建遂合三韩，易高氏姓；诵于治为远宗，王徽，询之子也。又云：“高氏圣历、元和间事，皆有记录，三韩自有史。元和中，献乐两部，盖唐乐、乡乐也。”上曰：

① 许嘉璐主编：《二十四史全译·宋史》卷487，上海：汉语大词典出版社，2004年，第10416页。

“蛮夷归附中国者，固亦不少，如高丽其俗尚文，其国主颇识礼义，虽远在海外，尊事中朝，未尝少懈。朝廷赐予礼遇皆在诸侯之右。近日进伶人十数辈，且云夷乐无足取者，止欲润色国史耳。”①

这是记录元丰四年（1081）冬高丽乐工到汴京访问。次年元旦，高丽伶人在汴京宣德楼前鱼龙曼衍的繁华灯市上作了精彩表演，宋神宗亲自赋诗以志其盛。方回《瀛奎律髓汇评》卷五收录了王和甫的《恭和御制上元观灯》：

銮舆清晓出瑶台，羽卫瞻迎扇影开。风阙张灯天上坐，鸡林献曲海边来。修文可笑秦无策，能赋休夸楚有才。星汉未斜钧乐阕，君王宣示万年杯。②

“鸡林献曲”就是指高丽乐工十余人演奏高丽乐，这在北宋被奉为一代盛事。

熙宁、元丰间柳永、晏殊、欧阳之词修传唱正盛，闻名遐迩。三家词集亦先后刊行，晏殊《珠玉集》约撰于皇祐二年（1050），庆历八年（1048）欧阳修《平山集》刊行，而此时柳永的《乐章集》比晏、欧二家词更为流行。叶梦德《避暑录话》卷下“教坊乐工每得新腔，必求（柳）永为词，始行于世，于是声传一时”③ 柳永词受到市井的喜爱，同样也受到宫廷的喜爱。陈师道《后山诗话》说：“柳三变游东都南、北二巷，作新乐府，骫骳从俗，天下咏之，遂传禁中。仁宗颇好其词，每对酒，必使侍从歌之再三。三变闻之，作宫词号《醉蓬莱》，因内官达后宫，且求其助”。④ 当时柳永词与教坊连枝共生，就如《避暑录话》所载柳词在西夏“凡有井水饮处，即能歌柳词。”⑤ 所以在熙宁、元丰年间通过双方的乐工将柳永、晏殊、欧阳修的词传入高丽是完全可能的。《高丽史·乐志》中记载柳永八首《转花枝》《夏云峰》《醉蓬莱》《倾杯乐》《雨淋铃》《浪淘沙》《御街

① 李焘：《续资治通鉴长编》卷323，北京：中华书局，1990年，第7785—7786页。

② （元）方回选评，李庆甲校点：《瀛奎律髓汇评》上卷5，上海：上海古籍出版社，1986年，第221页。

③ 叶梦德：《避暑录话》，宣统己酉观古堂本。

④ 陈师道：《后山诗话》，钦定四库全书集部。

⑤ 叶梦德：《避暑录话》，宣统己酉观古堂本。

行》《临江仙》，晏殊一首《少年游》，欧阳修《洛阳春》一首是这段时间传入高丽宫廷的。

2. 高丽睿宗王俣与北宋徽宗赵佶时期

高丽睿宗王俣与北宋徽宗赵佶是两国历史上有名的文人君王。君王是封建统治阶级的最高代表，也是宫廷的主宰，社会历史文化环境的变化，帝王本人的文学态度、指示、倡导与爱好，对整个士大夫文人阶层，乃至国家的文艺创作都起了导向作用。

宋徽宗极有艺术天赋，喜爱且精通各门的艺术。作为一朝君王，则又昏愦无能，奢侈荒淫，并好大喜功，在臣僚的一片颂谀声中，自为可与古圣王比肩，盛世空前，依照"功成作乐"的传统观念，便设立大晟府，制作新乐，既可满足享受的需求，又可粉饰太平，用以歌功颂德。主要的大晟词人有周邦彦、徐申、万俟咏、田为、姚公立、晁冲之、江汉、晁端礼等多人。高丽睿宗对词有浓厚的兴趣，并且是朝鲜"君王中最大词人"①，他好大喜功、耽于享乐，一直主张与北宋交好，同一时期两国的君王爱好如此相近，是世界文学史罕见的。

政和四年（1114），宋徽宗赵佶应高丽睿宗王俣之请，赐以大晟新乐。北宋隆以贵礼，高丽奉为盛典。《高丽史》记载：

> 睿宗九年六月甲辰朔安稷崇还自宋。徽宗诏曰："乐与天地同流，百年而后兴，功成而后作。自先王之泽竭礼废乐坏，由周迄今莫之能述。朕嗣承累圣，基绪永唯盛德休烈继志述事，告厥成功，乃诏有司以身为度由度铸鼎作乐，荐之天地宗庙羽物时应。夫今之乐犹古之乐，朕所不废以雅正之声播之今乐，肇布天下，以和民志。卿保有外服慕义来，同有使至止，愿闻新声嘉乃诚心是用有锡。今因信使安稷崇回俯，赐卿新乐。"②
>
> 睿宗十一年六月乙丑王字之还自宋，徽宗诏曰："三代以还礼废乐毁。朕若稽古述而明之百年而兴，乃作大晟千载之下聿追先王比律谐音

① 池浚模：《高丽汉文学史）（下），《语文学》，第39辑，首尔：萤雪出版社，1980年，第131页。

② 韩国学文献研究所编：《高丽史》中册卷70，首尔：亚细亚文化社，1983年，第535页。

遂致羽物。雅正之声诞弥率土，以安宾客，以悦远人。唯尔邦表兹东海，请命下吏，有使在庭。古之诸侯教尊德盛赏之以乐肆颁轩以作尔祉。夫移风易俗莫若于此，往祗厥命御于邦国。虽疆殊壤绝同底大和不其美欤！今赐大晟雅乐。”①

《高丽史》中专门保存了一卷大晟府常用的歌谱及乐谱歌词。这卷歌词不是用来祭祀宗庙的雅乐词章，而是新的燕乐歌词。所存 70 首歌词约有 20 首是北宋市井流行的淫妖艳歌之曲。高丽宫廷每有重大的国事活动，宫廷中就会沉迷于歌舞享乐之中，这些词曲有强烈的娱乐性质和浓重政治色彩。在宫廷享乐中，大晟词在朝鲜传播开。

在中国北宋的宫廷活动中，朝鲜留学生也参与到词文学的传播中来。蔡绦《铁围山丛谈》卷二中记载：

大观政和之间，天下大治，四夷向风，广州泉南请建番学。高丽亦遣士就上庠，及其课养有成，于是天子召而廷试焉。上因策之以洪范之义，用武王访箕子故事。高丽，盖箕子国也。一时稽古之盛，蹈越汉唐矣。昔我先人鲁公遭逢圣主，立政建事以致康泰，每区区其间。有毛滂泽民者有时名，上一词。甚伟丽，而骤得进用。大观中有赵企企道者，以长短句显，如曰：“满怀离恨，付与落花啼鸟。”人多称道之，遂用为显官，俾以应制。会南丹纳土，企道之词曰：“闻道南丹风土美，流出溅溅五溪水。威仪尽识汉君臣，衣冠已变□番子。凯歌还，惧声载路，一曲春风裹。不日万年觞。猺人北面朝天子。”而鲁公深嘉之，然赵雅不乐以词曲进，公后不取焉。句不解。或是“公复不取焉。别本‘取’作‘敢’，尤误”。政和初，有江汉朝宗者，亦有声，献鲁公词曰：“升平无际，庆八载相业，君臣鱼水。镇抚风棱，调燮精神，合是圣朝房魏。凤山政好，还被画毂朱轮催起。按锦辔，映玉带金鱼，都人争指。丹陛，常注意，追念裕陵，元佐今无几。绣衮香浓，鼎槐风细，荣耀满门朱紫。四方具瞻师表，尽道一夔足矣。运化笔，又管领年年，烘春桃李。”时两学盛讴，播诸海内。鲁公喜，为将上进呈。命之以官，为大晟府制撰使，

① 韩国学文献研究所编：《高丽史》中册卷 70，首尔：亚细亚文化社，1983 年，第 524 页。

遇祥瑞时时作为歌曲焉。又有晁次膺者，先在韩师朴丞相中秋坐上作听琵琶词，为世所重。又有一曲曰："深院锁春风，悄无人桃李自笑。"亦歌之，遂入大晟，亦为制撰。时燕乐初成，八音告备，因作征招、角招，有曲名黄河清、寿香明，二者音调极韶美。次膺作一词曰："晴景初升风细细，云疏天淡如洗。槛外凤凰双阙，匆匆佳气。朝罢香烟满袖，近臣报，天颜有喜。夜来连得封章，奏大河彻底清泚。君王寿与天齐，馨香动上穹，频降嘉瑞。大晟奏功。六乐初调角征。合殿春风乍转，万花覆，千官尽醉。内家别敕，重开宴，未央宫裹。"时天下无间迩遐小大，虽伟男髫女，皆争气唱之。是时海宇晏清，四夷向风，屈膝请命；天气亦氤氲异常，朝野无事，日唯讲礼乐庆祥瑞，可谓升平极盛之际。其后上心弗戒，群珰用事。自建储后，君臣多闲，伯氏因背驰而大生异，吾遂得罪几死，于是鲁公束手有明哲之叹矣。盖自七十岁至八十，徒旦夜流涕不已。相继开边，小人为政，以致颠覆，惜哉！可为痛心。吾犹记歌次膺之词时政太平，追叹为好时节也。故书其始末以示后世云。案蔡攸尝白徽宗，请杀绦，不许，仅削其官。此云："得罪几死"，即此时也。①

《高丽史·乐志》中所收录的李甲《帝春台》一首词、阮逸女《花心动》一首词，赵企《感皇恩》、晁端礼《黄河清慢》各一首词。其中赵企《感皇恩》、李甲《帝台春》、晁端礼《黄河清慢》都作于徽宗时期，其传入朝鲜的时间应当与大晟乐传入朝鲜相一致。晁端礼于政和三年（1113）除大晟府协律郎，不克受而卒。他的《黄河清慢》，是大晟府徵招、角招二调中的一个乐曲，这首词传入朝鲜的准确时间是1115年。

从上面可以看出，《高丽史·乐志》所载主要词是北宋与高丽宫廷间的音乐交流完成的，这种双方宫廷互派乐师伶工交往是交流的主要渠道，这种交流，盛于北宋熙宁、元丰，崇宁大观之后又一度复盛。

（二）文人传播

文人传播包括高丽文人友好访问促进词的传播、词人亲自到中国学习促进词传播、文人之间的侑宴唱和促进词传播、文人自身爱好创作促进词的传

① 蔡绦：《铁围山丛谈》卷2，北京：中华书局，1983年，第27—28页。

播、中朝文人跨国友好交往促进词传播五种方式。

1. 高丽文人访问宋、元促进词的传播

高丽与宋、元交好时大批文人作为友好使者来到中国。他们到中国后学习中国文化，颇擅词文，在很大程度上促进了词文学在朝鲜的传播。宋时最为杰出的是朴寅亮和金第。

王辟之《渑水燕谈录》卷九中记载两则：

> 高丽，海外诸夷中最好儒学。祖宗以来，数有宾客贡士登第者。自天圣后，数十年不通中国。熙宁四年，始复遣使修贡，因泉州黄慎者为向导，将由四明登岸。比至，为海风飘至通州海门县新港。先以状致通州谢太守云："望斗极以乘槎，初离下国；指桃源而迷路，误到仙乡"。词甚切当。使臣御事民官侍郎金悌与同行朴寅亮诗尤精，如《泗州龟山寺》诗云："门前客棹洪涛急，竹下僧棋白日闲"等句，中土士人亦称之。寅亮尝为其国词臣，以罪废。久之，从金第使中国。①
>
> 元丰中，高丽使朴寅亮至明州，象山尉张中以诗送之，寅亮答诗序有"花面艳吹，愧邻妇青唇之敛；桑闲陋曲，续郢人白雪之音"之语。有司劾：中小官，不当外交夷使。奏上，神宗顾左右"青唇"何事，皆不能对，乃以问赵元老，元老奏："不经之语，不敢以闻。"神宗再谕之，元老诵《太平广记》云：有覩邻夫见其妇吹火，赠诗云："吹火朱唇动，添薪玉腕斜，遥看烟里面，恰似雾中花。"其妇告其夫曰："君岂不能学也。"夫曰："汝当吹火，吾亦效之。"夫乃为诗云："吹火青唇动，添薪墨腕斜，遥看烟里面，恰似鸠盘茶。"元老之强记如此，虽怪僻小说，无不该览。②

《高丽史·朴寅亮传》："（文宗）三十四年，与户部尚书柳洪奉使如宋，至浙江遇飓风，几覆舟，及至宋，计所贡方物失亡殆半，帝敕王勿问王乃释洪等。有金觐者亦在是行。宋人见寅亮及觐所著尺牍、表状、题咏，称叹不置，至刊二人诗文，号《小华集》。"③中国《朝鲜史略》卷六《高丽纪》有

① 王辟之、欧阳修：《渑水燕谈录·归田录》，北京：中华书局，1981年，第112页。

② 王辟之、欧阳修：《渑水燕谈录·归田录》，北京：中华书局，1981年，第118页。

③ 韩国学文献研究所编：《高丽史》下册卷95，首尔：亚细亚文化社，1983年，第125页。

北宋时“右仆射参知政事朴寅亮卒，谥文烈。寅亮文词雅丽。宋熙宁中，与金觐使宋，其所著述，宋人称之，至刊二公诗文，号《小华集》”。[①]

晁公武《郡斋读书志》卷二十录《高丽诗》三卷，注云：“右元丰中，高丽遣崔思齐、李子威、高琥、康寿平、李穗入贡，上元宴之于东阙下，神宗制诗，赐馆伴毕仲衍，仲衍与五人者及两府皆和进。其后，使人金第、朴寅亮、裴口、李绛孙、卢柳、金花珍等，途中酬唱七十余篇，自编之为《西上杂咏》，绛孙为之序。”[②]

沈括《梦溪笔谈》：“元祐六年，高丽使人入贡。上元节于阙前赐酒，皆赋观灯诗，时有佳句。进奉副使魏继延句有‘千仞彩山擎日起，一声天乐漏云来’。主簿朴景绰句有‘胜事年年传习久，盛观今属远方宾。”[③]

这些高丽使臣工于吟咏，因而爱好词曲，乃其馀事，况且北宋招待高丽来使，“高丽使入贡，依式用妓乐”，[④]他们对于北宋词曲耳濡目染，传归本国是很自然的事。高丽使者应该创作了很多词作，尤其是朴寅亮“词臣”“文词雅丽”，可以看出词应当十分优秀，但令人遗憾的是这些作品没有流传于世，我们只能从一些零星的史料中找到残句。

2. 词人亲自到中国学习促进词传播

朝鲜历史上到中国学习词文学的词人很多，最著名的是李齐贤。李齐贤也曾经自豪地说：

> “吾大人三昆季，俱以文笔显于东方。伯父季父，相次仙去，唯公无恙。年今七十有奇。若使北来，得与中原贤士大夫，进退词林间，虽不敢自比于苏家父子，亦可以名动一时。顾水陆千里，干戈十年，所处而安，无慕乎外，故天下莫有知之者。”[⑤]

从以上可以看出来李齐贤之所以能成为朝鲜的词学名家，与他良好的家庭环境是分不开的，他耳濡目染，加上天资聪颖，从小打下深厚的文学根基，

---

① 出自《钦定四库全书·史部·朝鲜史略》。

② 晁公武撰，孙猛校证：《郡斋读书志》，上海：上海古籍出版社，1990 年，第 1075 页。

③ 沈括著，胡道静校注：《梦溪笔谈校正》，上海：上海古籍出版社，1987 年，第 1088 页。

④ 李焘：《续资治通鉴长编》第 23 册卷 343，北京，中华书局，1990 年，第 8246 页。

⑤ 李齐贤：《益斋乱稿》卷一，《韩国文集丛刊》第 2 集，首尔：景仁文化社，1990 年，第 508 页。

特别是后来长期生活在中国，积极吸取中国文学的优秀成果。李穑说："凡所谓'宏博绝特之观'既已包括而无余，则其疏荡奇气，殆不在子长下矣。"①他的评价是对的，直接指出了李齐贤词取得很高成就是因为他亲历中国，饱览风光，并与"朝之大儒搢绅先生若牧庵姚公、阎公子静、赵公子昂、元公复初、张公养浩咸游王门。先生皆得与之交际，视易听新，磨砺变化，固已极其正大高明之学"② 努力师从中国文学名家的创作艺术，善于融合诸家之长，以充实自己，经过努力经营和苦心熔裁使他熟悉中国的语言和文化，领悟到中国文学的艺术真髓。所以李齐贤自豪地认为如果他的三哥到中国来，与中原贤士大夫交往，也会出现不逊于"三苏"的李氏词文学家族。徐居正赞曰"先生北学中原，师友渊源，必有所得者"。③ 正是由于其与元朝当时的著名文学家学习、交往和美好风水光促使其成为朝鲜古代第一词文学家。

元代到中国来的高丽人极多，许多中国的书籍包括词集传到高丽。如元好问的《遗山乐府》现存较早的刊本就是高丽晋州本。朝鲜文人李宗准曾经到中国燕京学习，他专门为《遗山乐府》作跋："遗山所著，清新婉丽。其自视似羞比秦晁，贺晏诸人。而直欲追配于东坡，稼轩之作。岂是以东坡为第一。而作者之难得也耶。"④ 他认为元好问的词有很高的造诣。

不少高丽人在元朝侨居为宦，许多精通汉文的高丽学者与僧人，或奉命出使，或结伴游学，来到中国。他们广泛结交中国文人，相互切磋，与中国文人唱和酬答，关系十分密切，元人文集中这类例子举不胜举。中统二年(1261)，高丽国相李藏用来上都，他是高丽状元，汉文学造诣极深，被中国文人誉为"鸭绿江头老谪仙"⑤。李藏用颇能欣赏词，《词林纪事》中有："高丽宰相李藏用，字显甫，从其主入朝于元。翰林学士王鹗邀宴于第，歌人唱吴彦高《人月圆》、《春从天上来》二曲，藏用微吟其词，抗坠中音节。鹗

---

① 李齐贤：《益斋乱稿序》，《韩国文集丛刊》第2集，首尔：景仁文化社，1990年，第497页。

② 李齐贤：《益斋乱稿序》，《韩国文集丛刊》第2集，首尔：景仁文化社，1990年，第497页。

③ 徐居正：《东人诗话》，见蔡美花、赵季主编：《韩国诗话全编校注》第1册，人民文学出版社，2012年，第183页。

④ 李宗准：《慵斋遗稿·遗山乐府诗跋》，《韩国文集丛刊》第16集，首尔：景仁文化社，1990年，第641页。

⑤ 《文渊阁四库全书》第1200册，王恽《秋涧集》卷22，《赠高丽乐轩李参政甥朴学士》，第276页。

起执其手，叹为海东贤人”。[①] 这种友好往来在词中亦有体现。如程钜夫《雪楼乐府》：

太常引 寿高丽王

沁园岁岁菊留芳。待此日、庆真王。
金鼎燮和元。造寿域、同开八荒。
河山带砺，一传千岁，地久与天长。
晴日上扶桑。便先照、琼阶玉觞。[②]

此处的高丽王就是王璋，这说明高丽君王、文人与元朝文人之间经常作词相和。

3. 文人之间的侑宴唱和促进词传播

文人间的赋词交流，文人朋友之间相互拜访、大设华宴豪饮即席的赋词或和词是词传播的一种途径。李奎报《桂枝香慢》“丙申年门生及第等，设宴慰宗工朴尚书。予于筵上，作词一首。并序：五月十七日，丙申年门生及第等，大设华筵，慰座主朴尚书廷揆致政。以予其年亦预试席，故并邀参赴。又迎朴枢院椐、朴学士仁著、朴侍郎晖同宴，予酒酣，即席作词一首呈云”。[③]“是日三朴学士见和，复次韵”；[④]《望江南》有“衿州客舍次孙舍人留题词韵”。[⑤] 李奎报至少与五人以上互赋和词，他们是朴枢院朴椐、朴学士朴仁著、朴侍郎朴晖和李侍郎李需和，这五个以上的词人都有词作品，遗憾的是没有保存下来。李奎报现存词的三分之一是和词，这有力地说明词在高丽时期文人士大夫之间广泛传播交流。

其他如李承休《临江仙》“庆原李侍中扈驾，游衫廊城，作临江仙令。以庆中兴之兆，承休谨依韵课成一首，奉呈”。[⑥] 李安讷《奉次李判官汝涵见贻二首韵，菩萨蛮》“余尝用俚语，作居忧民短歌，李判官翻以文字，演成《菩

① （清）张思岩、宗樠《词林纪事》卷20，成都：成都古籍书店，1982年，第539—540。
② 唐圭璋主编：《全金元词》，北京：中华书局，1979年，第794页。
③ 柳己洙：《历代韩国词总集》，首尔：韩信大学出版社，2007年，第21页。
④ 柳己洙：《历代韩国词总集》，首尔：韩信大学出版社，2007年，第22页。
⑤ 柳己洙：《历代韩国词总集》，首尔：韩信大学出版社，2007年，第20页。
⑥ 柳己洙：《历代韩国词总集》，首尔：韩信大学出版社，2007年，第22页。

萨蛮》一章，遂用其韵而答之”。[①] 李安讷《忆秦娥》“李判官知余有区区爱群之心，作《忆秦娥》一章，以示余。余亦用其韵，作为恋主词以自暗云”。[②]

4. 文人自身爱好创作促进词传播

自古好学者会自主发展，主动学习，在朝鲜有的文人出于爱好，在闲暇之余会小试词技，比较典型的有南义采和申光汉。申光汉《企斋集》中说：

> 仆久病无聊，忽承玉堂直学士辱示所制三词，且谓求正。此事古而今始见之。奉读再三，不觉沉痾去体。观其词意高古，格律森严，虽置古人作中，不多让焉，况敢有所评议耶？且其所赋，实皆先得病夫未到之怀。谨依来韵和之，此亦相长之意也。[③]

南义采《龟磵诗话》也有：

> 顷世申光汉作小词，尹春年为乐音稿，自谓能解音律。而近世李吉焕自号醴轩居士，尝作小词，因燕使便，送质于大方词家，词家称之为好文章而，但不解词法云。燕使归以语之，吉焕模仿唐宋人词法，使合于清浊音节，又送质之。词家以为此则合于词体而，但文不如前云，盖以牵合声律为主故也。观此则申、尹所撰乐词，未知果能谐和于中朝音响否也？余酷爱诗余，种种画葫，尝以“三子”词寄湖社诸友。“三子”即《卜算子》《行香子》《更漏子》也。[④]

5. 中朝文人跨国友好交往促进词传播

清朝时期，文人通过商贸交易主动购买词书，清朝两本词资料中记录了两则朝鲜词人购买词书和中朝文人朋友之间寄词书的事例。冯金伯《词苑萃编》记载：

> 清朝康熙年间，礼部定例，每年宁古塔人应往朝鲜国会宁交易一次。

① 柳己洙：《历代韩国词总集》，首尔：韩信大学出版社，2007 年，第 165 页。

② 柳己洙：《历代韩国词总集》，首尔：韩信大学出版社，2007 年，第 166 页。

③ 申光汉：《企斋集》，首尔：景仁文化社，《韩国文集丛刊》第 22 集，1990 年，第 476 页。

④ 南义采：《龟磵诗话》卷 23，见蔡美花、赵季主编：《韩国诗话全编校注》第 10 册，北京：人民文学出版社，2012 年，第 8044—8045 页。

本朝照例，差六品通事一员、七品通事一员，带领宁古防御一员、晓骑校一员、笔帖式一员，赴会宁地方，监看交易。康熙十七年（1678年），吴江吴孝廉兆骞，因丁酉科场事，久戍宁古塔，将《菊庄词》及成容若《侧帽词》、顾梁汾《弹指词》三本，与骁骑校带至会宁地方。有东国会宁都护府记官仇元吉、前观察判官徐良崎见之，用金一饼购去，仍各题一绝于左。其仇元吉题《菊庄词》云："中朝寄得《菊庄词》，读罢烟霞照海湄；北宋风流何处是，一声铁笛起相思。"徐良崎题《弹指》《侧帽》二词云："使车昨渡海东偏，携得新词二妙传；谁料晓风残月后，而今重见柳屯田。"以高丽纸书之。仍令骁骑带回中国，遂盛传之。①

清代徐釚《词苑丛谈》曰：

余旧有《菊庄词》，为吴汉槎在宁古塔寄至朝鲜，有东国会宁都护府记官仇元吉，题余词云："中朝寄得《菊庄词》，读罢烟霞照海湄；北宋风流何处是，一声铁笛起相思。"故阮亭先生有"新传春雪咏，蛮徼绣弓衣"；益都相国冯公有"记载三长矜虎观，风流一调动鸡林"之句；皆一时实录也。同时有以成容若《侧帽词》、顾梁汾《弹指词》寄朝鲜者。朝鲜人有"谁料晓风残月后，而今重见柳屯田"句。②

这说明徐釚《菊庄词》、纳兰性德《侧帽词》、顾梁汾《弹指词》三本词集在康熙年间由文人民间交往传播至朝鲜。

---

① 冯金伯：《词苑萃编》卷18，见唐圭璋主编：《词话丛编》第41辑，北京：中华书局，1986年，第2139页。

② 徐釚编著，王百里校笺：《词苑丛谈校笺》，北京：人民文学出版社，1988年，292页。

第二章　朝鲜词文学创新与民族特色

第一节　词文学的创作与创新

朝鲜词文学创作不是简单对中国词的复制照搬，而是以中国词文学为基石，在继承中国传统词文学的基础上朝鲜词人勇于创新，并形成鲜明的民族特色，主要表现为三个方面：首先，继承发展了中国的《巫山一段云》词，并有所创新。其次，朝鲜词人作词改变中国传统以阴柔为主的词学风格，独辟蹊径，创作词风介于豪放与婉约之间，主体特征为自然清新，主要表现在词语言、感情和构思三个层面。最后，建构富有朝鲜特色的词学理论。

一、朝鲜的《巫山一段云》词

中国《巫山一段云》词作品不多且香艳凄婉，在邻邦朝鲜词中却发生质性变化。高丽词人李齐贤学鉴赵孟頫词，以《巫山一段云》词为基础，改变其艳丽词风，勇于创新，创作朝鲜《巫山一段云》词，为朝鲜词人所喜爱，后人纷纷效仿。朝鲜共有52位词人写了400首《巫山一段云》词（按韩国柳己洙标准占朝鲜词数量的30%，如果按本书1626首统计也占1/4）。权遇提出“巫山一段云体”，后世人们多沿用，“巫山一段云体”其实质是对中国《巫山一段云》词的继承和发展，朝鲜词人进一步丰富了《巫山一段云》的题材、风格、写景范式，并在词中大量构建中国文化元素。

（一）中国“巫山一段云”的发展历程

战国宋玉作《高唐赋》《神女赋》两赋。其中《高唐赋》有：

昔者楚襄王与宋玉游于云梦之台，望高之观，其上独有云气，崪兮直上，忽兮改容，须臾之间，变化无穷。王问玉曰：“此何气也？”玉对曰：“所谓朝云者也。”王曰：“何谓朝云？”玉曰：“昔者先王尝游高唐，怠而昼寝，梦见一妇人曰：‘妾，巫山之女也。为高唐之客。闻君游高唐，愿荐枕席。’王因幸之。去而辞曰：‘妾在巫山之阳，高丘之阻，旦为朝云，暮为行雨。朝朝暮暮，阳台之下。’旦朝视之，如言。故为立庙，号曰朝云。”王曰：“朝云始楚，状若何也？”玉对曰：“其始楚也，榯兮若松榯；其少进也，晰兮若姣姬，扬袂鄣日，而望所思。忽兮改容，偈兮若驾驷马，建羽旗。湫兮如风，凄兮如雨。风止雨霁，云无所处。”……①

《神女赋》中有“梦与神女遇”② 这两篇赋直接将巫山、云、神女结合起来，“巫山一段云”由此滥觞。

自宋玉二赋传世，巫山进入文学家的创作视野。其后屈原《山鬼》吟咏巫山神女，汉代出现乐府诗《巫山高》。乐府古题《巫山高》是汉“铙歌十八曲”中的一篇，诗歌将巫山特殊的地理环境和风土人情结合，呈现出深厚的文化底蕴和丰富的想象空间。北魏郦道元《水经注》介绍了巫山雄险奇峻之后，其中“巴东三峡巫峡长，猿鸣三声泪沾裳”③ 加入文学的感伤色彩。六朝时，关于巫山的诗出现了三十多首，其意象有所拓展，不但指巫山的雄峻，而且指楚王艳遇神女。唐朝时有关巫山的诗倍增，其中以李白、杜甫、李商隐、元稹较为著名，仅李白写过与巫山有关的诗就有 27 首。巫山意象更加丰富，出现“云雨”“神女”“梦”等意象。唐诗中元稹的“曾经沧海难为

---

① （梁）萧统编，（唐）李善注：《文选》上册，西安：陕西出版集团太白文艺出版社，2010 年，第 519 页。

② （梁）萧统编，（唐）李善注：《文选》上册，西安：陕西出版集团太白文艺出版社，2010 年，第 525 页。

③ （北魏）郦道元：《水经注》，长春：时代文艺出版社，2001 年，第 257 页。

水，除去巫山不是云"① 最为著名。同期"巫山一段云"也由乐工加工为乐坊曲。

巫山题材最早入词出现于《花间集》。毛文锡是第一个将巫山十二峰作为词题材的词人。他的《巫山一段云》："雨霁巫山上，云轻映碧天。远风吹散又相连，十二晚峰前。暗湿啼猿树，高笼过客船。朝朝暮暮楚江边，几度降神仙。"② 毛闺情词中直接将少女思念亲人（恋人）与巫山十二峰相结合，通过环境描写来抒发情思。李珣首先进行《巫山一段云》组词创作：

一

有客经巫峡，停桡向水湄。楚王曾此梦瑶姬，一梦杳无期。
尘暗珠帘卷，香销翠幄垂。西风回首不胜悲，暮雨洒空祠。

二

古庙依青嶂，行宫枕碧流。水声山色锁妆楼，往事思悠悠。
云雨朝还暮，烟花春复秋。啼猿何必近孤舟，行客自多愁。"

李珣为以后巫词联章开创先河。李珣善借山水抒发情感，他采用写景、叙事、想象与抒情相结合的手法使两首词具有连贯性。第一首写词人孤舟过巫山神女祠遗址，传说中曾是楚王梦见神女峰神女瑶姬的地方，本是一座金炉珠帐、画帘高耸的神殿，现在却香消云散，冷落荒凉，今昔对比，繁华落尽留空祠，从想象转到现实；第二首写破烂的楚王行宫：破庙依山，行宫靠水，闻到水声，见到山色。由眼前景联想起悠悠往事：楚国神女，朝云暮雨，景物更换，几经春秋。楚王神女，巫山云雨，两词相互对应。词人从神女祠与楚王、瑶姬的传说转到楚灵王细腰宫遗址，又从吊古引出个人身世之感。由于神女传说与细腰宫都与楚国郡王有关，楚国因君王昏庸、国事腐败而被秦国所灭，所以词中弥漫着今昔兴亡之感。这两首词，寓写山水景物与咏史事为一体，颇具低回流连，回环曲折之致。

北宋柳永将《巫山一段云》由二首拓展为五首联章。柳永《巫山一段云》是五首游仙组词：

① 苏仲翔选注：《元白诗选》，上海：古典文艺出版社，1957年，第92页。
② 赵崇祚辑，李一氓校：《花间集校》，北京：人民文学出版社，1958年，第92页。

巫山一段云

其一

六六真游洞，三三物外天。九班麟稳破非烟。何处按云轩。
昨夜麻姑陪宴。又话蓬莱清浅。几回山脚弄云涛。仿佛见金鳌。

其二

琪树罗三殿，金龙抱九关。上清真籍总神仙。朝拜五云间。
昨夜紫微诏下。急唤天书使者。令赍瑶检降彤霞。重到汉皇家。

其三

清旦朝金母，斜阳醉玉龟。天风摇曳六铢衣。鹤背觉孤危。
贪看海蟾狂戏。不道九关齐闭。相将何处寄良宵。还去访三茅。

其四

阆苑年华永，嬉游别有情。人间三度见河清。一番碧桃成。
金母忍将轻摘。留宴鳌峰真客。红猊闲卧吠斜阳。方朔敢偷尝。

其五

萧氏贤夫妇，茅家好弟兄。羽轮飙驾赴层城。高会尽仙卿。
一曲云谣为寿。倒尽金壶碧酒。醺酣争撼白榆花。踏碎九光霞。

柳永《巫山一段云》作于真宗大中祥符“天书封祀”期间。《宋史·真宗纪》：“大中祥符元年（1008）春正月乙丑，有黄帛曳左承天门南鸱尾上，守门卒涂荣告，有司以闻。上召群臣拜迎于朝元殿启封，号称天书。”① 六月，复见“天书”于泰山醴泉亭，遂以六月六日“天书”再降为天贶节。《巫山一段云》第二首：“昨夜紫微诏下，急唤天书使者。令赍瑶检降彤霞，重到汉皇家”即咏此事。又《宋史·五行志》（一上）：“大中祥符三年（1010）十一月丁酉，陕西河清。十二月乙巳，河再清。”② 此时集贤校理晏殊献《河清颂》。《巫山一段云》第四首：“人间三度见河清，一番碧桃成”即咏此事。他将神话故事、民间故事、祭祀礼节整合为一，凝练为帝王喜欢的词文学，

① 许嘉璐主编：《二十四史全译·宋史》卷7，上海：汉语大词典出版社，2004年，第111页。
② 许嘉璐主编：《二十四史全译·宋史》卷61，上海：汉语大词典出版社，2004年，第1147页。

拓展了空间想象力。

元朝时赵孟頫作《巫山一段云》。他的《巫山一段云》为双调小令，共有三种体式，赵孟頫用的是四十四字，前后片各四句，三平韵的格式。赵孟頫在柳永五首词基础上发展为十二首。

十二首《巫山一段云》是联章词，分别写了巫峡上十二座著名的秀丽山峰，即净坛峰、登龙峰、松鹤峰、上升峰、朝云峰、集仙峰、望霞峰、栖凤峰、翠屏峰、聚鹤峰、望泉峰、起云峰。现录如下：

净坛峰

叠嶂千重碧，长江一带清。瑶坛霞冷月胧明。敧枕若为情。
云过船窗晓，星移宿雾晴。古今离恨拨难平。惆怅峡猿声。

登龙峰

片月生危岫，残霞拂翠桐。登龙峰下楚王宫。千古感遗踪。
柳色眉边绿，花明脸上红。欲寻灵迹阻江风。离思杳无穷。

松鹤峰

枫鹤堆岚霭，阳台枕水湄。风清月冷好花时。惆怅阻佳期。
别梦游蝴蝶，离歌怨竹枝。悠悠往事不胜悲。春恨入双眉。

上升峰

云里高唐观，江边楚客舟。上升峰月照妆楼。离思两悠悠。
云雨千重阻，长江一片秋。歌声频唱引离愁。光景恨如流。

朝云峰

绝顶朝云散，寒江暮雨频。楚王宫殿已成尘。过客转伤神。
月是巫娥伴，花为宋玉邻。一听歌调一含颦。幽怨竹枝春。

集仙峰

雨过苹汀远，云深水国遥。渡头齐举木兰桡。纤细楚宫腰。
映水匀红脸，偎花整翠翘。行人倚棹正无聊。一望一魂销。

望霞峰

碧水鸳鸯浴，平沙豆蔻红。云霞峰翠一重重。帆卸落花风。
淡薄云笼月，霏微雨洒篷。孤舟晚泊浪声中。无处问音容。

栖凤峰

芍药虚投赠，丁香漫结愁。凤栖鸾去两悠悠。新恨怯逢秋。
山色惊心碧，江声入梦流。何时弦管簇归舟。兰棹泊沙头。

翠屏峰

碧水澄青黛，危峰耸翠屏。竹枝歌怨月三更。别是断肠声。
烟外黄牛峡，云中白帝城。扁舟清夜泊苹汀。倚棹不胜情。

聚鹤峰

鹤信三山远，罗裙片水深。高唐春梦杳难寻。惆怅到如今。
十二峰前月，三千里外心。红笺锦字信沉沉。肠断旧香衾。

望泉峰

晓色飘红叶，平沙枕碧流。泉声云影弄新秋。触处是离愁。
脸泪横波漫，眉攒片月收。佳人欲笑卒难休。半整玉搔头。

起云峰

袅娜江边柳，飘摇岭上云。卸帆回棹楚江滨。归信夜来闻。
欲拂珊瑚枕，先薰翡翠裙。江头含笑去迎君。鸾凤尽成群。

作者运用写景抒情的艺术表现手法，借古代神话传统题材，把春怨秋思、离愁别恨融入大自然秀丽的山光水色之中，使词作具有浓厚的感情色彩，每一首都由江上奇峰的山水风光写起，或比或兴，进而引入世间恋人伤感别离的叙写。美丽山水与男女情感，在词里互为表里，融合无间。赵孟頫以艺术家独特的眼光，用传神的妙笔描写山川景物，做到不即不离、亦真亦幻，创造出空灵隐秀、凄婉缠绵的意境。整组词就像一幅长轴画卷，显得千姿百态，琳琅满目。它反映了作者不慕功利、向往大自然、追求安逸生活的思想。赵孟頫的《巫山一段云》词对朝鲜词人李齐贤产生了重要影响。

（二）李齐贤与《巫山一段云》词

李齐贤二十八岁来中国，直到六十一岁多次往返高丽与中国。在元朝寓居期间，与赵孟頫、元明善、张养浩等文学名家结交公游。其中赵孟頫对李齐贤的词学影响最为深远。李齐贤曾写《和呈赵学士子昂》二首。

珥笔飘缨紫殿春，诗成夺得锦袍新。侍臣洗眼观风采，曾是南朝第一人。

风流空想永和春，翰墨遗踪百变新。千载幸逢真面目，况闻家有卫夫人。(学士夫人管氏，亦工书)①

李齐贤诗中先赞赵孟頫的诗才，称赞其书法，尊奉赵为“南朝第一人”并连其擅长书法的夫人管道升也赞扬一番，将她与东晋著名女书法家卫铄(别称卫夫人）相比，足见推崇备至。赵孟頫的词对李齐贤影响尤为深远。李齐贤在中国生活了三十余年，他的词不仅是朝鲜文学史上最优秀的作品，在中国文学史上亦有其地位。

李齐贤《巫山一段云·潇湘八景》的体式与赵孟頫一样。八景分为《平沙落雁》《远浦归帆》《潇湘夜雨》《洞庭秋月》《江天暮雪》《烟寺暮钟》《山市晴岚》《渔村落照》，对每一景都作词两首，是两组联章词，共16首，分写16处景物，可惜最后一首《烟寺暮钟》遗失。现录如下：

平沙落雁

玉塞多缯缴，金河欠稻粱。兄兄弟弟自成行。万里到潇湘。
远水澄拖练，平沙白耀霜。波头人散近斜阳。欲下更悠扬。

远浦归帆

南浦寒潮急，西岑落日催。云帆片片趁风开。远映碧山来。
出没轻鸥舞，奔腾阵马回。船头浪吐雪花堆。画鼓殷春雷。

潇湘夜雨

潮落蒹葭浦，烟沉橘柚洲。黄陵祠下雨声秋。无限古今愁。
漠漠迷渔火，萧萧滞客舟。个中谁与共清幽。唯有一沙鸥。

洞庭秋月

万里天浮水，三秋露洗空。冰轮辗上海门东。弄影碧波中。
荡荡开银阙，亭亭插玉虹。云帆便欲挂西风。直到广寒宫。

江天暮雪

风紧云容惨，天寒雪势严。筛寒洒白弄纤纤。万屋尽堆盐。
远浦回渔棹，孤村落酒帘。三更霁色妒银蟾。更约挂疏帘。

① 李齐贤：《益斋乱稿》卷1，《韩国文集丛刊》第2集，首尔：景仁文化社，1990年，第510页。

烟寺晚钟

楚甸秋霖卷，湘岑暮霭浓。一春容罢一春容。何许日沉钟。
摇月传空谷，随风渡远峰。溪桥有客倚寒筇。一径入云松。

山市晴岚

远岫螺千点，长溪玉一围。日高山店未开扉。岚翠落残霏。
隐隐楼台远，蒙蒙草树微。市桥曾记买鱼归。一望却疑非。

渔村落照

远岫留残照，微波映断霞。竹篱茅舍是渔家。一径傍林斜。
绿岸双双鹭，青山点点鸦。时闻笑语隔芦花。白酒换鱼虾。

平沙落雁

醉墨疏还密，残棋整复斜。料应遗迹在泥沙。来往岁无差。
水暖仍菰米，霜寒尚苇花。心安只合此为家。何事客天涯。

远浦归帆

解缆离淮甸，扬舲指楚乡。风声飒飒水茫茫。帆席上危樯。
断送浮云影，惊回过雁行。江楼红袖倚斜阳。远引客心忙。

潇湘夜雨

暗澹青枫树，萧疏斑竹林。篷窗夜雨冷难禁。攲枕故乡心。
二女湘江泪，三闾楚泽吟。白云千载恨沉沉。沧海未为深。

洞庭秋月

衡岳宽临北，君山小近南。中开北百里湖潭。吴楚入包含。
银汉秋相接，金波夜正涵。举杯长啸待鸾骖。且对影成三。

江天暮雪

向夕回征棹，凌寒上酒楼。江云作雪使人愁。不见古潭洲。
声紧云边雁，魂清水上鸥。千金骏马拥貂裘。何似卧渔舟。

山市晴岚

海气蒸秋热，山容媚晓晴。森森万树立无声。空翠袭人清。
镜里双蛾敛，机中匹练横。隔溪何处鹧鸪鸣。云日翳还明。

渔村落照

雨霁长江碧，云归远岫青。一边残照在林坰。绿网晒苔扃。
波影明重绮，沙痕射远星。鲈鱼白酒醉还醒。身世任浮萍。

《巫山一段云·潇湘八景》每篇均有自己的特色，各自独立的意境，即使两篇共写一景，绝无雷同。如《远浦归帆》，上阕写帆影自远而来，“寒潮”“落日”皆是远清薄幕之景，“急”“催”二字，暗点争归之情。“云帆”二句写景极工。下阕写轻帆出没于波浪间，如轻鸥旋舞、而晚潮汹涌，如阵马回驰。“船头”两句则实写远帆归来，银涛如雪，南于船头如鼓如雪。下阕化用枚乘“沌沌浑浑，状如奔马；混混庉庉，声如雷鼓”①，描写浪花奔腾汹涌澎湃之势。全词画面鲜活，栩栩如生，充满活力和动感，的确是一幅潇散而壮阔的“远浦归帆”图。又如《洞庭秋月》既写出洞庭湖水光接天的雄远气势，又表现了月夜的明净澄澈，情怀高远，浮想联翩，富有浪漫主义色彩。《巫山一段云·潇湘八景》呈现千姿百态，光彩夺目，合起则成为两幅景物长卷，匠心神运，是朝鲜写景词的巅峰之作，具有很高的文学价值。现以《潇湘夜雨》进行分析。

《潇湘夜雨》这首词是《潇湘八景》的第十一首。作者远离家乡，客居潇湘，“虽信美而非吾土兮，曾何足以少留”②（王粲《登楼赋》），客地虽好，也难免有思乡的愁绪。作者从不同的角度，反复抒写了内心孤独凄苦的怀乡之情，十分感人。作者十分善于移情入景，以景写情，使情景妙合无垠。开头二句即从渲染环境入手：“暗澹青枫树，萧疏斑竹林。”暗澹，亦作“暗淡”，昏暗不明貌。斑竹，即紫竹，因竹身有紫色或灰褐色斑纹。故名，亦称湘妃竹。传说舜南巡死于苍梧，葬于九嶷，其妃娥皇、女英追至，思至不已，泪洒竹上，留下痕迹斑斑。枫树、竹林最容易撩拨羁旅之人的相思之情，这大概是古人的一种普遍的心理现象。刘长卿《余干旅舍》、刘禹锡《潇湘神》、李祐《袁江口怀王司勋王吏部》等这些诗中都以枫、竹写相思。更何况是昏暗的青枫树在夜雨中起伏、萧疏的斑竹林在秋风里摇曳这样一派萧瑟凄凉的景象，又怎么能不引动客子强烈的思乡之情呢？作品所包含的意蕴离不开作者对生活、事物的细致观察和体验。开头两句是视觉形象在作者心理上的投影，“篷窗夜雨冷难禁”则是感觉所引起的心境上的变化。“篷窗”本来就挡不住秋日的风寒，却偏偏又遇上凄冷的夜雨，饱尝思乡折磨之苦的主人公又怎能抵御得了这阵阵袭来的寒气呢？

---

① 周啸天选编：《先秦八代诗赋鉴赏》，成都：四川人民出版社，2003年，第97页。
② 周啸天选编：《先秦八代诗赋鉴赏》，成都：四川人民出版社，2003年，第155页。

一个“冷”字用得十分巧妙，既有气候上的“冷”，又有心境上的“冷”。经过层层渲染笔足墨饱，终于把主人公推到了台前：“攲枕故乡心。”攲同“倚”。至此，一个被乡愁折磨得难以成眠的客子形象就清晰地凸现在读者的面前。

上阕写乡愁之苦，下阕写乡愁之深。“二女湘江泪，三闾楚泽吟。”这二句是用典。二女，指舜的两个妃子娥皇、女英。她们得知舜已死，伤心至极，便投身湘水，成为湘水之神。三闾，指屈原，他曾任楚国三闾大夫，后遭谗被放逐到楚国的大泽中，日夜思念故国，写下了《离骚》等不朽的爱国诗篇。那滔滔的湘江水，似乎就是娥皇、女英的泪水汇成；那旷远的大泽好像到处回荡着屈原吟诵怀国诗篇的音响。他们的忧思是那样的深广、强烈。下面二句仍然扣住“二女”“三闾”来写。“白云千载恨沉沉”句将自然景物人格化、诗意化了。千百年来，连白云也为之动容，为之愤慨不平。“沉沉”二字不仅写出了幽怨的深沉，而且还给人一种绵绵不断和悠悠不尽之感。末句“沧海未为深”，犹如鹰击长空，石破天惊。愁是一种内在的情感，是看不见，摸不着的，到底愁到什么程度，作者认为沧海与愁相比还不算深。在这里，作者表面上是写“二女”“三闾”，实际上是写自己的乡愁，在他们身上融入了自己深沉而强烈的思乡之情。这首词在环境气氛的渲染上非常出色，用典也很贴切，有力地突出了作者的怀乡之情，具有很强的艺术感染力。

不仅如此，他还把《巫山一段云》词牌灵活运用，把中国的“潇湘八景”替换为朝鲜的“松都八景”，这样描写的重心就由中国转向自己的祖国，歌颂朝鲜的壮美河山，命名为《巫山一段云·松都八景》，这八景依次是《紫洞寻僧》《青郊送客》《北山烟雨》《西江风雪》《白岳晴云》《黄桥晚照》《长湍石壁》《朴渊瀑布》，也各写两首，两组联章词共16首。《巫山一段云》词的数量比重占李词的一半以上，可见其对李影响之深。李齐贤用其深厚的汉文化底蕴，把《巫山一段云》内化为朝鲜本土的文学，不但思想内容丰富多样，而且在艺术方面也表现精彩纷呈，对朝鲜词文学发展产生重要影响。

（三）朝鲜《巫山一段云》词

据韩国柳己洙《历代韩国词总集》统计，从高丽朝（918）至李朝末年

（19 世纪末包括日伪统治时期）800 多年的时间内出现近 171 位词人，约 1250 首词①，这是目前搜集朝鲜词作家作品最多的一部总集，自李齐贤首创朝鲜《巫山一段云》词之后，朝鲜词人对此词情有独钟，以《历代韩国词总集》为底本，笔者统计朝鲜共有 40（表中第 37 朴兼山所存词不详未统计在内）位词作家作《巫山一段云》词，总计 300 首，约占朝鲜词总数的四分之一。后笔者又查阅 460 集《韩国文集丛刊》及其续刊，（《韩国文集丛刊》及其续刊是韩国民族文化推进会编辑影印的大型丛书，是收录朝鲜历代作家作品最全的大型文学集萃，共 460 集收录公元 9 世纪至 19 世纪一千多年间 1093 位作家作品的重要文集，其中《韩国文集丛刊》共 350 册，收入 663 位作家作品，其续编 110 册共收录 430 位作家。）据笔者从《韩国文集丛刊》及续刊统计，又发现 12 位词人②写了 100 首《巫山一段云》词，这样朝鲜历史上共有 52 位词人写了 400 首《巫山一段云》词，约占总词数 1350 的 30%，详见表 2-1。

表 2-1　韩国《巫山一段云》词作品统计表

序号	作者	年代	作品	具体名称	词数目
1	李齐贤	1287—1367		平沙落雁、远浦归帆、潇湘夜雨、洞庭秋月、江天暮雪、烟寺暮钟、山市晴岚、渔村落照	《巫山一段云》16，现存在 15 首
				由此衍生出松都八景依次为紫洞寻僧、青郊送客、北山烟雨、西江风雪、白岳晴云、黄桥晚照、长湍石壁、朴渊瀑布	《松都八景》16

① 此统计数字由于资料不同，数字有所差别，韩国学人柳己洙认为朝鲜总计有 171 位词人，有 1250 首词（柳己洙：《历代韩国词总集》序言，首尔：韩信大学出版社，2007 年。）李承梅统计，朝鲜李朝就有词人 135 人，作品 1135 首，（李承梅：《朝鲜词文学研究》，韩国成均馆大学校大学院国语国文学科博士论文，2005 年；延边大学李宝龙认为古代朝鲜出现词人 180 多人，写词近 1400 篇，（李宝龙：《朝鲜词文学发展略论》，载《东疆学刊》，2009 年第 4 期），本书以柳己洙统计数据为标准。

② 朴兼山因其词数目所存不详，未统计在内。

续表

序号	作者	年代	作品	具体名称	词数目
2	李谷	1298—1351	次郑仲孚蔚州八咏	大和楼、藏春坞、平远阁、望海台、白莲岩、碧波亭、开云浦 、隐月峰	《巫山一段云》8
3	郑诵	1309—1345		平远阁、望海台、碧波亭、隐月峰、藏春坞、大和楼、白莲岩、开云浦	《巫山一段云》8
4	金九容	1338—1384	送李直门下出按西海		《巫山一段云》1
5	权近	1352—1409	新都八景，次三峰郑公道传韵	畿甸山河、都城宫苑、列署星拱、诸坊碁布、东门教场、西江漕泊、南渡行人、北郊牧马	《巫山一段云》8
6	权遇	1363—1419		畿甸山河、都城宫苑、列署星拱、诸坊碁布、东门教场、西江漕泊、南渡行人、北郊牧马	《巫山一段云》8
7	安鲁生	14 世纪前后		腾云山、望日峰、西泣岭、南眠岘、燕脂溪、丑山岛、揖仙楼、奉松亭、观鱼台、梵兴寺、含恨洞、贞信坊	《巫山一段云》12
8	李原	1368—1430	次蔚州太和楼诗	大和楼、平远阁、白莲社、碧波亭、隐月峰、望海台	《巫山一段云》6

续表

序号	作者	年代	作品	具体名称	词数目
9	李承召	1422—1484	次益斋潇湘八景诗韵	远浦归帆、平沙落雁、洞庭秋月、潇湘夜雨、山市晴岚、江天暮雪、烟寺暮钟、渔村落照	《巫山一段云》8
10	姜希孟	1424—1483	潇湘八景	远浦归帆、平沙落雁、洞庭秋月、潇湘夜雨、山市晴岚、江天暮雪、烟寺暮钟、渔村落照	《巫山一段云》8
11	金宗直	1431—1492	两宫倖圆觉寺		《巫山一段云》1
12	洪贵达	1438—1504	次朴良甫巫山一段云		《巫山一段云》1
13	李婷	1454—1488	贡串春潮、广德朝岚	贡串春潮、广德朝岚	《巫山一段云》2
14	李湜	1458—1488	赠成上人		《巫山一段云》1
15	申光汉	1484—1555	效益斋八咏	平沙落雁、远浦归帆、潇湘夜雨、洞庭秋月、江天暮雪、烟寺暮钟、山市晴岚、渔村落照	《巫山一段云》8
			故山秋思	故山秋思	《巫山一段云》1

续表

序号	作者	年代	作品	具体名称	词数目
16	崔演	1503—1549	1 新都八景，次权阳村近韵	畿甸山河、都城宫苑、列署星拱、诸坊碁布、东门教场、西江漕泊、南渡行人、北郊牧马	《巫山一段云》8
			2 离词一阕，奉贶奏闻使宋守初纯燕京之行	离词一阕，奉贶奏闻使宋守初纯燕京之行	《巫山一段云》1
			3 集胜亭十咏	郡城晓角、山寺暮钟、远林白烟、长桥落照、堂洞春花、鹤峰秋月、芦浦牧笛、箭滩渔火、北山行雨、南川飞雪	《巫山一段云》10
			4 定州迎春堂八咏	原田棋布、里闾星罗、出水新荷、倚墙稚栢、庭畔翠梧、阶前红药、转柳黄莺、出塘碧草	《巫山一段云》8
17	李洪南	1515—1572	公山十景	锦江春游、月城秋兴、熊津明月、鸡岳闲云、东楼送客、西寺寻僧、三江涨绿、五岘积翠、金池菡萏、石甕菖蒲	《巫山一段云》10
18	朴承任	1517—1586	次集胜亭十景韵“巫山一段云体”丙午在东湖作	郡城晓角、山寺暮钟、远林白烟、长桥落照、堂洞春花、鹤峰秋月、芦浦牧笛、箭滩渔火、北山行雨、南川飞雪	《巫山一段云》10
19	黄俊良	1517—1563	集胜亭十咏“巫山一段云体”，次崔东原演，乃安上舍承宗亭	郡城晓角、烟寺暮钟、远林白烟、鸡桥落照、堂洞春花、鹤峰秋月、芦浦牧笛、箭滩渔火、北山行雨、江天暮雪	《巫山一段云》10

续表

序号	作者	年代	作品	具体名称	词数目
20	丁希孟	1536—1596	龙山精舍八景、长短四律	宅边柳、篱下菊、窗外蕉、泉底芹、井上桐、轩前梅、园中栗、屋后松	《巫山一段云》8
21	金圻	1547—1603	朴渊瀑布		《巫山一段云》1
22	林悌	1549—1587			《巫山一段云》1
23	金烋	1597—1638	1 青溪堂八咏	西山翠柏、东巅丹枫、溪边钓月、垄上耕云、秋郊放鹰、野亭争鹄、花晨醉客、邻夕农谈	《巫山一段云》8
			2 春怀词	春怀词	《巫山一段云》1
24	李殷相	1617—1678	示诸崑季		《巫山一段云》1
25	孙佺	1634—1712	蔚山八咏	平远阁、望海台、隐月峰、藏春坞、太和楼、开云浦、碧波亭、白莲岩	《巫山一段云》8
26	李衡祥	1653—1733	1 闲中八咏	神倦即寝、气调始兴、机事不萌、俗礼自简、案多真迹、门无杂踪、逸乐忘贫、快活当贵	《巫山一段云》8
			2 次华阴处士四首	移卜商山、僦屋龙洞、鲁谷送友、华阴答书	《巫山一段云》4
			3 寿孙玄叟	寿孙玄叟	《巫山一段云》1

续表

序号	作者	年代	作品	具体名称	词数目
27	法宗	1670—1733	题金刚山		《巫山一段云》1
28	李晚松	18 世纪前后	春山雨		《巫山一段云》1
29	黄胤锡	1729—1791	北楼八咏 并序 戊戌	白岳晴岚、西山爽气、云台看花、天街步月、隐岩临流、古亭赏枫、清昼散帙、静夜理琴	《巫山一段云》8
30	金养根	1734—1799	龟亭八景 效锦溪《集胜亭》“巫山一段云体”	鹤峤晴峰、马崖峭壁、县里烟花、峄洞寒松、长郊观稼、曲江打鱼、三伏避暑、中秋玩月	《巫山一段云》8
31	李养吾	1737—1811	谨次益斋先生“潇湘八景”	平沙落雁、远浦归帆、潇湘夜雨、洞庭秋月、江天暮雪、烟寺暮钟、山市晴岚、渔村落照	《巫山一段云》8
32	李周祯	1750—1813	冬至日与柳下兄，次从先足留守公《腾云山十二咏》，效“巫山一段云体”		《巫山一段云》12
33	高圣谦	1810—1886	玉渊诸胜，达观台		《巫山一段云》1
34	申晋运	1849—1922		山亭观稼、水田农讴、石径樵歌、江郊牧笛、春圃香蔬、积园黄果、榆社春酒、松灯夜话	《巫山一段云》8

续表

序号	作者	年代	作品	具体名称	词数目
35	郑道传	1337—1398	①新都八景，次三峰郑先生道传韵		《巫山一段云》8 权近《阳村集》卷八，《韩国文集丛刊》第5集，第88页
			②新都八景，次三峰郑先生道传韵，先生首列八景之目，各赋“巫山一段云体”，独谷、阳村皆效其体而赋之		《巫山一段云》8（有目无词）权遇《梅轩集》卷五，《韩国文集丛刊续刊》第1集，第94页
36	成石璘	1338—1423	新都八景，次三峰郑先生道传韵，先生首列八景之目，各赋“巫山一段云体”，独谷、阳村皆效其体而赋之（有目无词）		《巫山一段云》8（有目无词）权遇《梅轩集》卷五，《韩国文集丛刊续刊》第1集，第94页
37	朴兼山	不详	次朴良甫《巫山一段云》（有目无词）		词数未知（有目无词）
38	孙佺	1634—1712	（有目无词）	碧波亭、白莲岩	《巫山一段云》2

续表

序号	作者	年代	作品	具体名称	词数目
39	留守公	不详	冬至日与柳下兄，次从先祖留守公《腾云山十二咏》，效“巫山一段云体”（有目无词）		《巫山一段云》12（有目无词）
40	华阴处士	不详	次华阴处士四首（有目无词）		《巫山一段云》4（有目无词）
41	金用谦	不详	嘐嘐先生顷示《北楼八咏》，顾以授简之勤，有不得终辞，谨依李益斋《松都八咏》调，寄《巫山一段云》者以俟进退（有目无词）		《巫山一段云》8（有目无词）
补 1	孙起阳	1559—1617	竹院十景	三峰雪月、七谷烟花、琴郊刈稻、盏渊钓鱼、竹林夜饮、栗堤春行、东山眺望、南亩游观、长浦丝蓴、沈溪石蠏	《巫山一段云》10 孙起阳：《聱汉文集》卷 2，《韩国文集丛刊续刊》第 11 集，第 196 页。

续表

序号	作者	年代	作品	具体名称	词数目
2	李光胤	1564—1637	晋州清心轩题咏		《巫山一段云》2,李光胤:《瀼西文集》卷3,《韩国文集丛刊续刊》第13集,第251页。
			秋月堂八咏,姜参判公信别墅,在韩山地	右黄桥牧牛、右南阳劝耕、右石寺朝烟、右西林夕烽、右珠岭双松、右歧浦片帆、右鱼城宿雾、右圣山骤雨	《巫山一段云体》8,《瀼西文集》卷3,《韩国文集丛刊续刊》第13集,第249页。
			江村落照		《巫山一段云》1《瀼西文集》卷3,《韩国文集丛刊续刊》第13集,第251页。
			登咸兴望德山		《巫山一段云》2《瀼西文集》卷3,《韩国文集丛刊续刊》第13集,第252页。
			龟鹤亭四时词	右春、右夏、右秋、右冬	《巫山一段云》4《瀼西文集》卷3,《韩国文集丛刊续刊》第13集,第252页。

续表

序号	作者	年代	作品	具体名称	词数目
3	郑荣邦	1577—1650	芝圃八景,“巫山一段云体”兼禁题体	龙渊夜雨、烟寺暮钟、山店朝岚、河桥晚雪、长郊牧篴、曲浦渔灯、平沙落雁、广津维舟	《巫山一段云》8,郑荣邦:《石门集》卷3,《韩国文集丛刊续刊》第19集,第264页。
4	申楫	1580—1639	咏关东八景	越松亭、望洋亭、竹西楼、镜浦台、洛山寺、清涧亭、三日浦、丛石亭	《巫山一段云》8,申楫:《河阴文集》卷2,《韩国文集丛刊续刊》第20集,第54页。
5	李弘有	1588—1671	冶溪八咏,养一所居,戊辰七月既望	命峰霁月、道洞新花、松村暮烟、妙谷朝霞、乐山飞雪、敬岘骤雨、禾寺樵僧、巨川钓叟	《巫山一段云》8李弘有:《遯轩文集》卷2,《韩国文集丛刊续刊》第23集,第30页。
6	柳楔	1602—1663	次郑石门荣邦,芝圃八景韵,“巫山一段云体”	龙渊夜雨、烟寺暮钟、山店朝岚、江天暮雪、长郊牧篴、曲浦渔灯、平沙落雁、广津维舟	《巫山一段云体》8,柳楔:《百拙庵文集》卷1,《韩国文集丛刊续刊》第29集,第240页。

续表

序号	作者	年代	作品	具体名称	词数目
7	李矩	1613—1654	秋夜有感，效“巫山一段云体”		《巫山一段云》1，李矩：《活斋文集》卷1，《韩国文集丛刊续刊》第32集，第417页。
8	金夏九	1676—1762	申汝钦，新居八咏韵，“巫山一段云体”，此篇首句多平声起可欠	处士里、翰林墟、春山采蔬、夕矶钓鱼、富岭晴岭、遁岑落照、芝圃晚景、松台晓云	《巫山一段云》8，金夏九：《庵集》卷1，《韩国文集丛刊续刊》第61集，第23页。
9	权相一	1679—1759	次雪谷八咏“巫山一段云体”	平远阁、太和楼、藏春坞、隐月峰、碧波亭、白莲庵、望海台、开云浦	《巫山一段云》8，权相一：《清台文集》卷2，《韩国文集丛刊续刊》第61集，第244页。
10	柳升铉	1680—1746	瓢溪八景“巫山一段云体”	右溪村细雨、右山郭浓烟、右南畮农讴、右西岑牧笛、右罗浮晚霞、右水晶秋月、右覆砌新竹、右依岩古松	《巫山一段云》8，柳升铉：《慵窝集》卷1，《韩国文集丛刊续刊》第62集，第268页。

续表

序号	作者	年代	作品	具体名称	词数目
11	李镇宅	1738—1805	关东八景“巫山一段云体”	平海月松亭、蔚珍望洋亭、三陟竹西楼、江陵镜浦台、襄阳洛山寺、杆城清磵亭、高城三日浦、通川丛石亭	《巫山一段云》8,李镇宅:《德峰文集》卷1,《韩国文集丛刊续刊》第94集,第632页。
12	南龙万	不详	次益斋潇湘八景诗韵	远浦归帆、平沙落雁、洞庭秋月、潇湘夜雨、山市晴岚、江天暮雪、烟寺暮钟、渔村落照	《巫山一段云》8,南龙万:《活山集》卷2,《韩国文集丛刊续刊》第79集,第40页。

说明：本表所列统计数据，1—41来源于柳己洙《历代韩国词总集》，共有300首《巫山一段云》词，其中第35项②与第36属重复统计，是柳己洙统计有误，故不列入总数之列，第35②—40为有目无词，表中第37朴兼山所作词数不详未列入统计之列，补充1—12为笔者在460辑《韩国文集丛刊》及续刊中找到的国内外学界没有发现的《巫山一段云》词，共计100首。

（四）《巫山一段云》与“以词和诗”

1. 中国的“以诗为词”与朝鲜“以词和诗”

中国古代文学史上，曾经出现过“和韵诗”“和韵词”赓和诗词的形式，在词的创作手法上出现过苏轼的“以诗为词”，在朝鲜却出现了独特的“以词和诗”。

清吴桥在《围炉诗话》中关于“和韵诗”这样说：

今有癖疥而为害甚大，本举手可除，而人乐此美，固留不舍，习以成风，安然不觉者，是步韵和人诗。夫和诗之体非一，意如问答而韵不同部者，谓之和诗；同其部而不同其字者，谓之和韵；同其字而次第不同者，谓之用韵；次第皆同，谓之步韵。萧衍、王筠《和太子忏悔》诗，始是步韵。步韵，乃趋承贵要之体也。和诗之体不一，意如答问而不同韵者，谓之和诗；同其韵而不同其字者，谓之和韵；用其韵而次第不同者，谓之用韵；依其次第者，谓之步韵（亦称次韵）。步韵最困人，如相驱而自縶手足也。盖心思为韵所束，而命意布局，最难照顾。①

“和韵诗”采用一篇既有诗的句式、韵脚、情感大意用词进行奉和的形式。中国文学传统中，有文人写诗词赋等文学体裁，友人即席赋和，或后人和其韵，唐朝前期，和诗不要求次韵（或称步韵），如七律《和贾至舍人早朝大明宫之作》，贾至原诗用七阳韵，和诗，岑参用十四寒韵，王维用十一尤韵，杜甫用四豪韵（而且第一句仄收，不入韵）。据说由白居易起，作和诗，也愿意限制多一些，用原诗韵字，以显示在高难动作中还游刃有余。文人总是既相轻又自负的，自负的资本是自己本事大，所以唐以后，和诗次韵就成为定例。说次韵高难，是因为：一，要依次序用原诗韵字，而意思却不雷同；二，原诗韵字，可能有些是罕用的（韵字故意用罕用的，然后求和，以为难他人，也不少见），这样和，照用，就必致大费脑筋。这第二种困难，有时还会升到顶端，和韵词，指依原作原韵唱和一类词体。和韵之作最先出现在诗体中，后来也移入词体之中。唐五代时已经出现和韵词，如刘禹锡《忆江南》词即明确标示“和乐天春词，依《忆江南》曲拍为句”。另外，据记载，中唐时期张志和作《渔夫》词五首，其中张松龄即有和作一首。这是可考的较早的和韵词。宋词中的和韵之作逐渐增多，和韵词体大致可分为三种类型，第一类为同时唱和，如上举中唐刘禹锡、白居易的《忆江南》张志和、张松龄的《渔夫》等，皆属于此类型；第二类后人和韵，如宋末刘辰翁《醉江月・北客用坡韵改赋访梅》一词，即依苏轼《念奴娇・赤壁怀古》原韵而和；第三类为全集唱和，如南宋方千里、杨泽民各有《和清真词》一卷，又陈三聘有《和石湖词》一卷。朝鲜和《巫山一段云》主要属于第二种，就是后人和前人词韵。并且出现“以诗为词”转向“以词和诗”。

“以诗为词”指以作诗之法填词，语出陈师道：“子瞻以诗为词，如教坊

① 王云五主编：《围炉诗话》（一），上海：商务印书馆，民国20年，第13页。

雷大使之舞，虽极天下之工，要非本色。”① 宋人严诗词界限，“诗庄词媚”“诗言志词言情”“词以入乐”等都说明了这个问题，苏轼打破成规，以诗的题材入词，做到“无意不可入，无事不可言”②；创立了清新旷达的新词风；冲破音乐藩篱，使词渐渐成为独立的抒情诗。苏轼的这种革新，称为“以诗为词”。在当时遭到多数词人的讥讽，然逐渐影响词坛。至南宋，由于社会背景的巨变，被辛弃疾等人发扬光大，苏词中较成功的表现有用题序和用典故两个方面。

苏轼之前的词，大多是应歌而作的代言体，词有调名表明其唱法即可，所以绝大多数词并无题序。苏轼则把词变为缘事而发、因情而作的抒情言志之体，词作所抒的是何种情志或因何事生发，必须有所交代和说明。然而词体长于抒情，不宜叙事。为解决这一矛盾，苏轼在词中与诗一样大量采用标题和小序的形式，使词的题序和词本文构成不可分割的有机统一体。与张先的词题仅起交代创作的时间、地点的作用相比，苏轼赋予了词的题序以新的功能。东坡“以诗为词”最大的突破与变化，是打破原有的诗词分工的界限壁垒，扩大词的表现领域从而实现功能的扩大。像写诗那样，向现实生活撷取广泛的题材和多种表现对象，大力开拓词的意境，使词由原先为曲造文、依声填词转变为缘事而发，把词的表现范围由单一的艳情、闲情扩大到人的全部丰富复杂的主观心灵世界和广阔的现实人生。现存东坡词，约有三百首左右。举凡叙事绘景、言志抒情、咏物记游、酬唱英达、赠别悼亡，乃至谈禅说理、滑稽戏谑，几乎无所不有。东坡词不仅打破了诗词界限，把词的视野纳入广阔的社会人生，而且打破了温庭筠以来笼罩词坛的抒情模式：类型化的抒情主体、普泛化的情感指向、虚拟模糊的时空场景，确立起崭新的抒情方式。这种抒情方式与花间以来的抒情方式相对应：抒情人物的自我化、情感的个性化、场景的纪实化。

在词中大量使事用典，也始于苏轼。词中使事用典，既是一种替代性、浓缩性的叙事方式，也是一种曲折深婉的抒情方式。《江神子·密州出猎》具有较浓厚的叙事性和纪事性，但写射猎打虎的过程非三言两语所能穷形尽相，

① （清）何文焕辑：《历代讲话》，北京：中华书局，1981 年，第 309 页。
② （清）刘熙载：《艺概》，上海：上海古籍出版社，1978 年，第 108 页。

而作者用孙权射虎的典故来做替代性的概括描写，就一笔写出了太守一马当先、亲身射虎的英姿。词的下阕用冯唐故事，既表达了作者的壮志，又蕴含着历史人物和深深怀才不遇的隐痛，增强了词的历史感和现实感。苏词大量运用题序和典故，丰富和发展了词的表现手法，对后来词的发展产生了重大影响。以上介绍的是中国的“以诗为词”，在朝鲜文学史上出现了“以词和诗”。

郑道传（1342—1398）是由高丽朝向朝鲜朝过渡的文人，李氏朝鲜建立政权之后，定都汉城，李成桂是一个非常勤政的君王，后人在郑道传《三峰集·附录事实》中记载：

> 冬，定都汉阳，命公相宅。僧无学欲以仁王山作镇。白岳木觅为龙虎，公难之曰：“自古帝王皆南面而治。未闻东向也。”无学曰：“不从吾言，垂二百年，当思吾言矣。”竟从公言。以高丽肃宗所营基址狭隘，遂相其南，亥山为主，壬坐丙向。先是新罗僧义相有言曰：“择都汉阳者，不信僧言，必有郑姓人出而是非之。”至是果验。五山说林，众村汇言通修。十月，汉阳宫庙既成。上亲祭太室，御正殿宴。公等赐廏马一匹。本集及权阳村集通修。上命公名新宫诸殿及诸门。公撰名并书所撰之意以进。按撰进后颁赏。在丁丑五月，名新宫曰“景福”，燕寝曰“康宁”，东小寝曰“延生”，西小寝曰“庆成”，燕寝之南殿曰“思政”，其南正殿与门曰“勤政”，东西二楼曰“隆文”“隆武”，南曰“正门”，按后改“光化”。宫殿及门名疏注见集中，东白“建春”，西曰“迎秋”，北曰“神武”，都城八门，南“崇礼”，东“兴仁”，西“敦义”，北“肃清”，北“弘化”，按后改“惠化”，东南“光熙”，西南“昭德”。按后改“昭义”，西北“彰义”，都城内外四十九坊，亦公所名也。按公在寿进坊，不得其终。人以为谶。盖进与尽同音也，后改“寿重”，又制进《新都八景诗》，诗见集中、本集及《国朝宝鉴稗乘通修》。①

从文献中看郑道传做的是诗，而非词。他欣然赋诗歌颂这伟大的时代，新迁的都城，进《新都八景诗》，即畿甸山河、都城宫苑、列署星拱、诸坊

① 郑道传：《三峰集》卷十四附录，《韩国文集丛刊》第5集，首尔：景仁文化社，1990年，第525页。

棋布、东门教场、西江漕泊、行人、北郊牧马，他的颂诗，为后人所喜欢，文人成石璘、权近、权遇做和韵词，这就出现朝鲜文学史上的“以词和诗”。

2.《新都八景诗》与“以词和诗”

徐居正《独谷集序》中说：

> 文运之于时运，相为表里，而有升降，盖光岳气全。而人才盛，人才盛而雅音作。文辞之与政化，乃流通无间矣。我国家之始兴，天地运盛，异材间出。当时以文鸣世者，皆勋臣硕辅，如三峰郑先生、浩亭河文忠公、松堂赵文忠公、独谷成文景公、星山李文景公及我外祖阳村权文忠公，以雄伟杰出之才，遭遇显隆，功烈炳炜，其发而为言语文辞者，舂容博大。有治世之音。呜呼！岂独文章而已哉！三峰《阳村集》盛行于世，余皆散逸不传，为博雅君子惜之。今平安监司金相国连枝独谷姻婿也，欲寿遗稿，属居正为序。尝闻世之谈公者，皆曰：“公姿相瑰奇，气度豪逸，风流文彩。迥出尘表，人望之为神仙。”又或拟之曰：“公诗酒跌荡，学太白，真草妙绝，法羲之，功名终始。比白传。”闻之未尝不拱手加额，公早仕高丽，已升宰辅，及相我太宗，有佐命勋。入居廊庙。利泽声利之加时见后者，吁甚盛矣！诗之传不传，何足论哉？然诗非徒诗也。心之发气之充辞之达，读其诗，可以知其人。今是编，气雄以放，词赡而丽，不屑于雕篆，精彩烂然可喜，非他文人词士安一字下一句，苦心捻须者之比也。抑因是概见公道德之高，勋业之盛。文章之富，而能鸣一代之盛者矣。诗果传不传乎？①

徐居正说成石璘“词赡而丽”，曹伸撰《謏闻琐录》“柳巷韩修独谷成石璘僧幼庵，近在百余年间，而传播不多。”② 以上材料显示成石磷写词有一定的水平。权遇在《巫山一段云》小序中说“新都八景，次三峰郑先生道传韵，先生首列八景之目，各赋“巫山一段云体”，独谷、阳村皆效其体而赋之”③，

---

① 成石璘：《独谷集序》，《韩国文集丛刊》第6集，首尔：景仁文化社，1990年，第55页。

② 曹伸撰《謏闻琐录》，见蔡美花、赵季主编：《韩国诗话全编校注》卷1，北京：人民文学出版社，2012年，第327页。

③ 权遇《梅轩集》卷五，《韩国文集丛刊续刊》第1集，首尔：景仁文化社，1990年，第94页。

其中独谷就是成石璘（1338—1423），阳村就是权近（1352—1409）。成石璘字自修，号独谷，是朝鲜朝文学家。根据权遇小序，成石璘首和《新都八景》，用“巫山一段云体”，从资料分析应该是和词，但其和词在其后一百年没有传播留存，他为什么“以词和诗”却令人匪夷所思。成石磷开创了一个朝鲜文学史的先河，即“以词和诗”，其后权近、权遇效仿赓和。成石璘、权遇、权近“以词和诗”，以词对六言绝句的韵却是一件很有意义的事情，诗词两种不同的文体互相和韵，在朝鲜文学史上非常有趣。成石磷首开“以词和诗”先河，权遇首提“巫山一段云体”词体概念与体例，三人的和韵词有两个重要意义：一是对歌颂祖国大好河山的继承；二是对研究古代朝鲜文人如何利用汉语进行词文学创作具有一定的价值。根据词序可以判断成石磷首和；其后是权近；再后是权遇；最后是崔演赓和权近的词韵。由史料知成石磷是“以诗和词”，后三人是“以词和诗”。

下面分别对郑诗与权近词进行分析。

表 2-2 郑道传六言绝句《进新都八景诗》与权近《新都八景，次三峰郑公道传韵》比较表

作者	标题	内容
郑道传	畿甸山河	沃饶畿甸千里，表里山河百二。德教得兼形势，历年可卜千纪。
权近	畿甸山河	叠嶂环畿甸，长江带国城。美哉形胜自天成，真个是王京。 道里均皆适，原田沃可耕。居民富庶乐升平，处处有歌声。
郑道传	都城宫苑	城高铁瓮千寻，云绕蓬莱五色。年年上苑莺花，岁岁都人游乐。
权近	都城宫苑	天作鸿都壮，云横雉堞开。觚棱金碧欝崔嵬，钖佩此徘徊。 上苑三春乐，深宫万寿杯。君王勤政坐朝回，花影转楼台。
郑道传	列署星拱	列署岧峣相向，有如星拱北辰。月晓官街如水，鸣珂不动纤尘。
权近	列署星拱	弦直长街阔，星环列署分。天门冠盖蔼如云，济济佐明君。 庶政皆凝绩，英材惣出群。笼街喝道遆相闻，退食正纷纷。
郑道传	诸坊棋布	第宅凌云屹立，闾阎扑地相连。朝朝暮暮烟火，一代繁华晏然。
权近	诸坊棋布	新邑天开府，诸坊局布碁。千门万户正参差，冠盖日追随。 市肆家家富，园亭处处奇。远闻歌吹月明时，适际大平期。

续表

作者	标题	内　　容
郑道传	东门教场	钟鼓轰轰动地。旌旗旆旆连空。万马周旋如一，驱之可以即戎。
权近		五校容仪壮，三军号令行。东门钲鼓响铿轰，万骑耀戈兵。 日照明金匣，风生动画旋。献禽奏凯象功成，四域振雄声。
郑道传	西江漕泊	四方辐凑西江，拖以龙骧万斛。请看红腐千仓，为政在于足食。
权近		南海恬风浪，西江蔟画船。乌樯栉立蔽云天，委积与山连。 红腐千仓粟，青生万户烟。公私富足各安然，王业永绵绵。
郑道传	南渡行人	南渡之水滔滔，行人四至镳镳。老者休少者负，讴歌前后相酬。
权近		杂沓争官道，繁华近国门。街亭日日拥高轩，迎送倒芳樽。 野路连江岸，汀沙带水痕。往来皆向此中奔，谁识济川恩。
郑道传	北郊牧马	瞻彼北郊如砥，春来草茂泉甘。万马云屯鹊厉，牧人随意西南。
权近		豊草长郊外，清川断岸边。龙媒万匹竞腾骞，蔼蔼五花连。 走坂蹄生电，嘶风鬣舞烟。无邪一念正超前，思欲献駉篇。

成石璘的和词已经失佚，对“以词和诗”的原貌无法还原，但通过权近的词可以发现端倪。通过表 2-2 可以看出，权近的和词有许多字根本不和韵，以诗和词别有一番味道。

3. 权近词、权遇词、崔演词三人和词

下面对权近、权遇、崔演的和韵词进行比较。

表 2-3　权近、权遇、崔演的和韵词表

作者	标题	内　　容
权近	畿甸山河	叠嶂环畿甸，长江带国城。美哉形胜自天成。真个是王京。 道里均皆适，原田沃可耕。居民富庶　升平。处处有歌声。
权遇		浩渺流成带，嵬峨矗作城。山河磅礴是天成。枕臂控瑶京。 绮陌连阛阓，云阡乐凿耕。狼烽永静贺时平。弦诵溢欢声。
崔演		浩渺流成带，嵬峨矗作城。山河磅礴是天成。枕臂控瑶京。 绮陌连阛阓，云阡乐凿耕。狼烽永静贺时平。弦诵溢欢声。

续表

作者	标题	内　　容
权近	都城宫苑	天作鸿都壮，云横雉堞开。觚棱金碧欝崔嵬。钌佩此徘徊。 上苑三春乐，深宫万寿杯。君王勤政坐朝回。花影转楼台。
权遇		翼翼都城壮，嵬嵬象魏尊。五云佳气正氤氲。凝作大平痕。 剑佩趋丹阙，旌旗映紫门。天颜咫尺赐温言。稽首谢鸿恩。
崔演		九陌联街列，重城匝地开。离宫别院共嵬嵬。化日政迟徊。 瑞气浮金殿，祥光艳玉杯。诸臣拜赐罢朝回。醉舞乐春台。
权近	列署星拱	弦直长街阔，星环列署分。天门冠盖蔼如云。济济佐明君。 庶政皆凝绩，英材惣出群。笼街喝道遳相闻。退食正纷纷。
权遇		天近金宫邃，星排粉署多。乌台凤阁　清华。相望欝嵯峨。 夜直消银烛，晨趋动玉珂。丹青王化德无瑕。也合沐恩波。
崔演		双阙中天起，诸司列宿分。明良相庆会风云。拱北奉明君。 待漏开鱼钥，趋庭整鹭群。鸣珂振佩响相闻。驷盖正缤纷。
权近	诸坊棋布	新邑天开府，诸坊局布碁。千门万户正参差。冠盖日追随。 市肆家家富，园亭处处奇。远闻歌吹月明时。适际大平期。
权遇		错落闾阎密，纵横道路分。千车万马自成群。来往互纷纷。 市贾日中聚，街钟风里闻。繁华一代正修文。城阙蔼祥云。
崔演		绮陌平于掌，云街列似棊。诸坊鸯瓦碧鳞差。冠盖好追随。 列肆蛮珍错，盈机蜀锦奇。熙熙富庶属清时。歌舞趁佳期。
权近	东门教场	五校容仪壮，三军号令行。东门钲皷响铿轰。万骑耀戈兵。 日照明金匣，风生动画旌。献禽奏凯象功成。四域振雄声。
权遇		地势平如掌，军容迅若雷。鼓行金止几番回。万骑共徘徊。 善阵精明术，摧锋勇决才。能令敌国自降来。预养岂徒哉。
崔演		雷鼓三军合，沙场万马行。金戈霜刃响轰轰。大阅教治兵。 匝地堂堂阵，翻风孑孑旌。扬威耀德武功成。刁斗熄边声。

续表

作者	标题	内容
权近	西江漕泊	南海恬风浪，西江蔟画船。乌樯栉立蔽云天。委积与山连。 红腐千仓粟，青生万户烟。公私富足各安然。王业永绵绵。
权遇		漕运通千里，楼船累万艘。长江水阔抱汀洲。潮至众帆投。 贡赋年年入，仓箱日日收。民膏国脉各充周。舞蹈答王休。
崔演		汴水联唐舶，褒渠簇汉船。帆樯隐隐拂晴天。运谷舳舻连。 万廪堆陈粟，千家起爨烟。熙河岂若宋人然。国富柞长绵。
权近	南渡行人	杂沓争官道，繁华近国门。街亭日日拥高轩。迎送倒芳樽。 野路连江岸，汀沙带水痕。往来皆向此中奔。谁识济川恩。
权遇		遥望迢迢路，横流脉脉津。南来北去几千人。络绎日相臻。 风定舟行稳，烟开水气新。济川亭上送迎频。烂漫设华茵。
崔演		路接秦官渡，人多汉国门。济人何必用乘轩。浑似醉衢樽。 棹楫弥烟渚，舟梁扑涨痕。民无病涉互争奔。随处足君恩。
权近	北郊牧马	豊草长郊外，清川断岸边。龙媒万匹竞腾骞。蔼蔼五花连。 走坂蹄生电，嘶风鬣舞烟。无邪一念正超前。思欲献駉篇。
权遇		野阔青烟羃，春深碧草齐。奔腾阵马自东西。飞电入轻蹄。 渡水成群饮，迎风向侣嘶。牧人终日逐长堤。蓑笠雨凄凄。
崔演		野接鲁垧外，屯分秦渭边。入坊群马恣腾骞。苜蓿与天连。 影动吴门练，毛凝汉苑烟。无邪致效古无前。作颂继诗篇。

权近、权遇词赓和郑道传韵，崔演赓和权近词韵，由于三人的和韵不同，在此不对两种韵进行比较研究。三人的词主旨是表现朝鲜君王圣德政绩，国家政治清明，百姓殷实富有，军队捍卫祖国大好河山，盛赞统治者的思想和权威深入民心。这与中国北宋王朝风雨飘摇，积贫积弱，徽宗却认为海宇晏清，四夷向风，天下升平，在虚假升平的掩饰和麻痹下，皇帝放纵享乐，好大喜功，授意御用文人撰制粉饰太平和颂美自己的词截然不同。大晟词人如周邦彦、万俟咏、晁端礼、徐申等为了迎合统治者的需要，创作了大量谀颂粉饰的词作，歌颂皇朝熙盛、升平祥瑞。晁端礼、裴湘的词就是为迎合皇帝的虚幻太平而作。如晁端礼《鹧鸪天》：

八彩眉开喜色新。边陲来奏捷书频。百蛮洞穴皆王土，万里戎羌尽汉臣。丹转毂，锦拖绅。充庭列贡集珠珍。宫花御柳年年好，万岁声中过一春。

圣泽昭天下漏泉。君王慈孝自天然。四民有养跻仁寿，九族咸亲迈古先。歌舜日，咏尧年。竞翻玉管播朱弦。须知大观崇宁事，不愧生民下武篇。

万国梯航贺太平。天人协赞甚分明。两阶羽舞三苗格，九鼎神金一铸成。仙鹤唳，玉芝生。包茅三脊已充庭。翠华脉脉东封事，日观云深万仞青。

词主旨都是天下太平，万国仰慕，四方臣服，杜撰“玉芝生”等祥瑞现象，以迎合徽宗的虚妄心理，其正是上有所好，下有所趋皆阿谀奉承之词。三人的词却是饱含着他们对朝鲜国家的无比热爱、对君王无限忠诚的情感来写和韵词的。而三人所处的时代正是朝鲜朝蒸蒸日上时期，权近、权遇是朝鲜朝初期人，崔演是朝鲜前期人，这一时期的朝鲜君王勤政为国，文武奋发向上，整个国家生机勃勃。郑道传《进新都八景》热情讴歌新都的壮美，奠定了三人和词的基本篇目，三人均沿袭郑道传确定的篇目，即畿甸山河、都城宫苑、列署星拱、诸坊棋布、东门教场、西江漕泊、南渡行人、北郊牧马。

三人的联章词气势恢宏，具有连续性，是一个不可分割的整体，并有内在的共同性。三首词开篇都写首都，以首都为拓展空间，君臣民的三个阶层不同的人生状态，君勤、臣贤、民富，然后以首都为中心向四方辐射，东西南北，兵精、漕通、人乐、马壮，这样就呈现一幅幅美丽的画卷：锦绣壮美的京郊山川，祥瑞恢宏的帝王宫殿，众星环绕的百官之署，星罗棋布的市肆园亭，威严克敌的万骑雄师，繁华忙碌的水路漕运，闲庭信步的殷实百姓，恣腾竞超的北郊牧马，三人笔下的朝鲜国富民强，百姓安居乐业，新都“真个是王京”，出现如此盛景的最终原因是“君王勤政坐朝”。

为什么会出现“以词和诗”的特殊文学现象呢？主要原因是成石璘、权近、权遇诗词不分，没有发现词在文学发展史上是一种特殊的文体，其句子的结构，四声的配合，章法的变化，都与一般的诗歌截然不同，是介于诗与曲之间的一种文学体裁，一直以诗的方式来对待词。词人金夏九的记载就是一个例证。在《庵集》中有：

> 安俊日章氏，袖一簇诗属余曰："是仆远祖提学公《谪守丹山十二咏》也。"得之于丹山舆地图，而二咏字漫灭不堪读，不克收。后竟得于真城宗人家为完璧，子缮写而归之，将葆藏焉。余受而读之，律格冲澹，兴寄清越，与李仲思《吴中八景》《松都八咏》等篇。同一体裁，诗法为"巫山一段云"。而至于扶民彝奖礼俗之意，又惓惓焉溢于词表，不特文章之妙，言语之工而已。①

金夏九的文章明确地表现了他诗词不分，以诗写词"同一体裁，诗法为巫山一段云"。

（五）"巫山一段云体"与《巫山一段云》

"巫山一段云体"在中国词文学史上没有这样一个概念，是朝鲜文人在非母语的特殊环境下用汉语进行词文学创作提出，属于第二语言创作的特定语境中产生并发展起来的，是部分朝鲜文人在词理论高低不同的情况下，依照中国《巫山一段云》词牌与词体格式进行创作，某种程度上为了把词与诗分开，是朝鲜词文学发展史上的特殊产物。

中国《钦定词谱》中对《巫山一段云》的定义：

> 《巫山一段云》唐教坊曲名。《乐章集》注：双调。
>
> 《巫山一段云》：双调四十六字，前段四句三平韵，后段四句两仄韵、两平韵。
>
> 又一体：双调四十六字，前段四句三平韵，后段四句两仄韵、两平韵。
>
> 又一体：双调四十四字，前后段各四句，三平韵。
>
> 此词全押平韵，换头两句，又各减去一字，与昭宗词异。唐欧阳炯、李珣词，元赵孟頫词，俱与此同。前段第一句，赵孟頫词"松雪堆岚霭"，松字平声；第三句"风清月冷好花时"，风字平声，月字仄声；第

① 金夏九：《庵集》，《韩国文集丛刊续刊》第61集，首尔：景仁文化社，1990年第99页。

四句“新恨怯逢秋”，新字平声；后段第一句，李珣词“尘暗珠帘卷”，尘字平声；第二句“烟花春复秋”，春字平声；第三句，欧阳炯词“远游蓬岛降人间”，远字仄声，蓬字平声；第四句，毛文锡词“年代属元和”，年字平声，谱内可平可仄据此。①

朝鲜李齐贤文字上受赵孟頫的影响特别深，他的《巫山一段云》格式与赵词完全相同，即双调小令，用的是四十四字，前后片各四句，三平韵的形式。他摒弃了《巫山一段云》词的其他体式，为朝鲜“巫山一段云体”定型，其后李谷、郑誧、金九容都按李齐贤确定的《巫山一段云》格式进行创作，权遇提出“巫山一段云体”是朝鲜词人在第二语言环境下用汉语创作词文学造成诗词不分的特殊文字产物。朝鲜词人仍是遵循中国《巫山一段云》词牌体式进行创作。因此，“巫山一段云体”实质仍是中国风貌。朝鲜词人在继承基础上有所创新。其历程如下：

1. 李谷、郑誧、金九容采用《巫山一段云》进行创作。此三人词属于词高丽朝后期，朝鲜词文学兴盛的尾声，三人词文学具有深厚的基础，所以此三人《巫山一段云》作品词艺术水平较高。

2. 在郑道传晚年李氏朝鲜建立，定都汉城，他欣然歌颂这伟大的时代、新迁的都城《进新都八景》，他为“八景”奠定了一个基本范式，即畿甸山河、都城宫苑、列署星拱、诸坊棋布、东门教场、西江漕泊、南渡行人、北郊牧马八个基本题目。成石璘以诗作和韵词，遗憾的是作品没有流传下来。其后权近、权遇、崔演仿效和“新都八景”词，联章组词篇目与郑道传相同。权遇提出“巫山一段云体”后崔演、朴承任、黄俊良、李洪男、李光胤、郑荣邦、申楫、李弘有、柳楔、李矩、金夏九、柳升铉十二位词人沿用此名”。“巫山一段云体”成为朝鲜词文学特有的文学印记符号，也是朝鲜文词发展史上的特殊文学产物。

① （清）陈廷敬、王奕清等编：《钦定词谱》第1册，北京：中国书店，1983年，第353—355页。

表 2-4　朝鲜用“巫山一段云体”的词人、词作统计表

序号	作者	年代	题目	朝鲜人划分体裁	出处
1	权遇	1338—1423	新都八景次三峰郑先生 道传韵。自注：先生首列八景之目，各赋“巫山一段云体”。独谷、阳村皆效其体而赋之	杂体诗	《梅轩集》卷五，《韩国文集丛刊续刊》第1集，第94页。
2	崔演	1503—1549	题集胜亭十咏“巫山一段云体”	诗	《艮斋文集》卷二，《韩国文集丛刊》第32集，第37页。
			定州迎春堂八咏“巫山一段云体”	诗	《艮斋文集》卷二，《韩国文集丛刊》第32集，第40页。
			新都八咏。次权阳村近韵，“巫山一段云体”	诗	《艮斋文集》卷二，《韩国文集丛刊》第32集，第40页。
			离词一阕，奉贶奏闻使宋守初，纯燕京之行，“巫山一段云体”	诗	《艮斋文集》卷二，《韩国文集丛刊》第32集，第41页。
3	朴承任	1517—1586	次集胜亭十景韵“巫山一段云体”丙午在东湖作	诗	《啸皋文集》卷一续集，《韩国文集丛刊》第36集，第332页。
4	黄俊良	1517—1563	集胜亭十咏，“巫山一段云体”，次崔东原演，乃安上舍承宗亭	诗	《锦溪文集》卷二，《韩国文集丛刊》第37集，第77页。
5	李洪男	1515—1572	公山十景　“巫山一段云体”		《汲古遗稿》卷中，《韩国文集丛刊续刊》第2集，第437页。

续表

序号	作者	年代	题目	朝鲜人划分体裁	出处
6	郑荣邦	1577—1650	芝圃八景，“巫山一段云体”兼禁题体	杂诗	《石门集》卷三，《韩国文集丛刊续刊》第19集，第264页。
7	申楫	1580—1639	“巫山一段云体”咏关东八景	诗	《河阴文集》卷二，《韩国文集丛刊续刊》第20集，第54页。
8	李弘有	1588—1671	冶溪八咏，养一所居，戊辰七月既望，“巫山一段云体”	诗 七绝	《遁轩文集》卷二，《韩国文集丛刊续刊》第23集，第30页。
9	柳稷	1602—1663	次郑石门荣邦、芝圃八景韵，“巫山一段云体”	诗	《百拙庵文集》卷一，《韩国文集丛刊续刊》第29集，第240页。
10	李矩	1613—1654	秋夜有感，效“巫山一段云体”	诗	《活斋文集》卷一，《韩国文集丛刊续刊》第32集，第417页。
11	金夏九	1676—1762	申汝钦新居八咏韵，“巫山一段云体”，此篇首句多平声起可欠	五言律诗	《庵集》卷一，《韩国文集丛刊续刊》第61集，第23页。
12	柳升铉	1680—1746	瓢溪八景“巫山一段云体”	诗	《慵窝集》卷一，《韩国文集丛刊续刊》第62集，第268页。

3.“巫山一段云体”的创新

朝鲜的“巫山一段云体”的创新主要表现在以下几个方面：

（1）词题材的创新

中国《巫山一段云》从始创者毛文锡、李珣，经柳永发展为五联章组词，以后至元代赵孟頫《巫山一段云》，其写作的主题是巫山，赵孟頫的《巫山一段云》词是以巫山十二峰为对象，写景的比例大大超过前人。李齐贤《巫山一段云》是对中国词的继承和发展，他长期生活在中国，对中国的山川名胜、民情风俗十分熟悉，对中国的哲学 、历史、文学有很深的造诣，更为重要的是他善于继承中国诗词的优良传统，从中吸收丰富的养料，以充实自己的作品，以中国的“潇湘八景”为基础，接着从传统的中国“潇湘八景”中分离出来，实现大转变，彻底摆脱巫山的主题束缚，转而描写自己祖国大好河山的秀美风光，独创朝鲜特色的“松都八景”，题为《松都八咏》，开启朝鲜文学描绘本国秀美风光的新时代，丰富了朝鲜文学的创作内容，并形成地点加景物的四个字为一单元的组合方式，后人又加入三字的方式，朝鲜的地方八景融合朝鲜的自然景观与历史人文的观照，进入历史的思考，从而开创朝鲜的词主题文学创作。其后词人对此更是喜爱尤佳，此一主题的开创开阔了词人的视野，由模拟中国的山水词风转型到歌颂自己祖国的大好河山和人文风光，创立地方胜景、园林楼台、生活情趣等八咏词或八咏诗，并且由八景词扩展到十景甚至十二景，增强民族的自信心、自豪感，从而提倡本民族的文化，这是一种文学的振兴，也是民族文化的振兴。此一主题的开创，大至自然风景，小到日常生活交往都进入词人的创作视野。从歌颂祖国大好河山到帝王勤政为民，转变为地方胜景、园林楼阁，转变为日常生活起居、竹林炊烟、牧童短笛，既有自然风光，又有人文景观，动静结合，实现了词的生活化、情趣化、自然化。具体题材范围变化见表2-5。

表 2-5　“巫山一段云体”题材范围列表举释：

题　目	题　　材
松都八景	紫洞寻僧、青郊送客、北山烟雨、西江风雪、白岳晴云、黄桥晚照、长湍石壁、朴渊瀑布
新都八景	畿甸山河、都城宫苑、列署星拱、诸坊棋布、东门教场、西江漕泊、南渡行人、北郊牧马
蔚州八咏	大和楼、藏春坞、平远阁、望海台、白莲岩、碧波亭、开云浦 、隐月峰
龙山精舍八景	宅边柳、篱下菊、窗外蕉、泉底芹、井上桐、轩前梅、园中栗、屋后松

续表

题　目	题　　材
定州迎春堂八咏	原田棋布、里闾星罗、出水新荷、倚墙稚栢、庭畔翠梧、阶前红药、转柳黄莺、出塘碧草
闲中八咏	神倦即寝、气调始兴、机事不萌、俗礼自简、案多真迹、门无杂踪、逸乐忘贫、快活当贵
竹院十景	三峰雪月、七谷烟花、琴郊刈稻、盏渊钓鱼、竹林夜饮、栗堤春行、东山眺望、南亩游观、长浦丝莼、沈溪石蝌
瓢溪八景	右溪村细雨、右山郭浓烟、右南畮农讴、右西岑牧笛、右罗浮晚霞、右水晶秋月、右覆砌新竹、右依岩古松
青溪堂八咏	西山翠柏、东巅丹枫、溪边钓月、垄上耕云、秋郊放鹰、野亭争鹄、花晨醉客、邻夕农谈

（2）词学风格的创新

在中国传统词作中，《巫山一段云》词的情调或者基调是低沉悲切的。《巫山一段云》不再局限于写巫山神女情凄缠绵之事，也不拘泥于巫山风光，取而代之的是“潇湘八景”和“松都八景”，《巫山一段云》过去的范围仅仅局限于巫山或男女之间的云雨，在朝鲜风格出现质的蜕变，不再是男女之间的卿卿我我，风花雪月，由婉约转变为豪放。

（3）奠定朝鲜写景词的范式

李齐贤之前，金克己也有写景词，但作品数量少，质量不高，影响力弱，不成气候，李齐贤的羁旅客舟思乡的绵绵情感，其《巫山一段云》是朝鲜古代写景词的巅峰之作，成为后世人竞相仿效的典范。这一类作品一个共同的特点是都以自然景物为中心，以表现人的情感为归宿，在画境中创造传达出人间情感。朝鲜写景词开始蓬勃发展，如雨后春笋，代有传承，蔚为大观，正是由于他的创作，写景词在朝鲜词坛的主流地位才得以确定，写景的范式，包括选择的题材、表现的手法、整体风格、选调用韵、题目形式、构建方式等也由此而定。有几个非常明显的特点：首先是后世词人大多喜欢用李齐贤曾经用过写景的词牌来写景，尤其喜欢用“巫山一段云体”来写。其次是多喜欢以组词的形式联章写景，题目制定上多喜用整齐的四言；再次是写景大多写得摇曳生姿、纵横奔放。而这些形式可以说是李齐贤给规定下来的。李齐贤不仅开创了以词写景的风气，还奠定了写景的范式。这种范式一直延续到朝鲜朝末期。其范式影响后人几百年。更为重要的是，由于这种范式的开创和影响，造就了朝鲜词坛与中国词坛迥然不同的风貌。特别是从高丽朝末期到朝鲜朝前期这一段时间，差别明显。而这种差别，又绝不是用简单的高下好坏所能概括得，在一定程度上，它体现出了思维习惯、民族心理、地域影响上的差异，或者文化上的差异，从而使朝鲜词虽然形式上仍不可避免地受到中国词和词人的影响，但在气质和内容特色、艺术表现上则有了自己特色。

（4）奠定朝鲜词学运用中国元素模式

李齐贤的《巫山一段云·松都八景》词写的是高丽王宫所在地景物，但作者却在词中加入不少中国地名、历史人物和典故等中国文化元素。如《青郊送客》中“春风是处别离多，祖帐簇鸣珂”中“祖帐”“鸣珂”是化用李白与储光羲的诗句，“渭城歌”是王维的“渭城曲”。又如《西江风雪》中的“酒楼何处咽丝簧，愁杀孟襄阳”，说得是孟浩然；《白岳晴天》中的“明朝去学种瓜侯，身世寄菟裘”，提到东陵侯召平；《紫僧寻洞》中的“但教沽酒引陶潜，来往意何厌”，提到陶渊明；《青郊送客》中有“聚散今犹古，功名梦也非。青山不语暗相识，谁见二疏归”，说得是疏广、疏受；《北山烟雨》中“良式吮笔未形容，疑是九嶷峰”，提到苍梧九嶷山。李齐贤长期生活在中国，把中国当作他的第二故乡，对中华文明无限热爱，从而确立中朝一家、翰墨同文的观点。他词中加入的中国文化元素对后世作“巫山一段云体”的词人影响很大，后世词人词中都融入了中国文化元素以表达自己的情感。

二、别是一家的自然清新风格

朝鲜词人作词与中国传统以阴柔为主的词学风格不同，创作词风介于豪放与婉约之间，主体特征为自然清新，主要表现在词语言、感情和构思三个层面。

（一）介于豪放与婉约之间的词学风格

词肇始于唐代，至五代时渐成为文人自觉创作的主要文体。由于受当时政治气候、文化环境和人生态度的影响，这一时期的词作绝大多数以咏男女情事为主，其旨趣不外乎离情别恨、春恨秋悲等。简言之，摇荡词人心旌的是男女情事掩饰下的生命的原始渴望、欲望与想念。而这种渴望、欲望与想念，或者言其体验与梦幻的表现形态则是隐秘和细微的，丝丝纹动在词人生命的血管里。故而诉之于笔端，其情则幽婉，其辞则细柔，没有重拙的粗粝叫嚣。这种情况从早期的《花间集》中就可看出来。在《花间集》中，被称为"花间鼻祖"的温庭筠不仅词作最多，而且其语言风格也当为《花间集》典范。温庭筠词极流丽是其词语言华丽精艳的体现。温庭筠极力从色彩明艳、重量轻巧、体积小、形状巧等方面用词造句，使被描绘的物象清晰明亮地在眼前，如"银烛""香烛""红蜡""银屏""金屏""画楼""凤楼""绣帘""珠帘""翠幕""残月""落花"等语辞，都鲜艳绮丽，炫人眼目，同时也显轻细纤柔，可谓字字迤逦，字字玲珑。其后北宋以降，词家大多沿袭花间而来，即使词中所叙写的题材范围扩大了，由男悲女怨延伸到志士潦倒与英雄失意，但词人仍在斜风、细雨、断云、疏星、弯月、兰舟、画船、枯柳、败叶、飞絮、轻燕等意象所嵌合而成的清丽秀美或萧条衰竭的自然画图中凸显自己的情感意绪，其语辞也不减花间风致。即使磅礴雄健、一吐为快的辛弃疾之词，也有缠绵悱恻之作，足见花间影响的深远。俞樾说："词之体大率婉媚深切，虽或言及出处大节，以至君臣朋友遇合之间，亦必以微言托意、借美人香草寄其缠绵悱恻之思。"① 这实质上就是对词的清丽秀美之语言风格的积极肯定和大力提倡。

在中国古代词史上，豪放与婉约相对。明人张綖在《诗余图谱》中说"词体大约有二，一体婉约，一体豪放，婉约者欲其词情蕴藉，豪放者欲其气象恢宏。然亦存乎其人，如秦少游之作，多是婉约，苏子瞻之作，多是豪放"② 从而奠定了后人以婉约、豪放论词的传统，并以此来评论词人，撰述词史，成为一种传统的做法，其影响一直至于现在。以婉约、豪放两派论词。但就整个中国词文学史发展来看，中国词文学的风格，著名词文学专家杨海明先生说："柔媚婉丽的风格美""词的主体风格偏于柔美"。③ 郭麐曾说：

---

① 清代诗文集汇编编纂委员会：《清代诗文集汇编六四五·眉绿楼词》，上海：上海古籍出版社，2010年，第317页。

② 张綖：《诗余图谱》，《续修四库全书·集部·词类》。

③ 杨海明：《杨海明词学文集》第5册，南京：江苏大学出版社，2010年，第218页。

“（词）自太白起，非儿女之情不道也。”[①] 他之前的著作也说：“词之初起，事不出于闺帷。”[②] 他指出了词在早期以男女恋情为其母题的显著特征。而证之以晚唐五代小词的实际情况如《花间集》中就特多艳情之作，则果知此言之非虚。到了宋代，词的题材当然大有拓展，特别当苏轼及后来的辛派词人登上词坛以后，情况更加显然，但坚持“本色”观念和固守“本色”阵地的词人却依然大有人在，因此“词为艳科”的状况仍在很大程度上得到维持和继续。而由此种恋情母题所衍生出来的一系列词篇，如相思词、闺怨词、幽会词、冶游词、狎妓词、调情词等，其词风自也会表现为香艳柔婉。试以贵为人主的李煜为例，当他描写自己与小周后幽会的情景时，竟不惜扯下皇帝尊贵的“面具”，“设身处地”地代小周后写下了这样一首《菩萨蛮》：

花明月暗笼轻雾，今宵好向郎边去。刬袜步香阶，手提金缕鞋。

画堂南畔见，一向偎人颤。奴为出来难，教君恣意怜。

其词风就正可用词中“偎人颤”三字来做形容，真个是娇慵柔婉得扶将不起。再如苏轼的《少年游》：

去年相送，余杭门外，飞雪似杨花。今年春尽，杨花似雪，犹不见还家。

对酒卷帘邀明月，风露透窗纱。恰似姮娥怜双燕，分明照、画梁斜。

因是假借思妇怀人之口吻来代友人抒写思念妻子之恋情，故就特别显得委婉缠绵。由上可知，恋情题材的词篇因其感情内容本身的香软，很易导致其词风的柔化。除开直接派生出的多类艳情词外，男女恋情之母题另又间接衍生了与之相关的大量离情词。虽然离别主题在前代诗文中早就被写过了不知多少次，但唐宋词中的离情词却因渗透或结合着男女爱情来写，所以格外具有哀感顽艳的艺术魅力。再如欧阳修的《踏莎行》：

候馆梅残，溪桥柳细，草薰风暖摇征辔。离愁渐远渐无穷，迢迢不

① 江顺诒：《词学集成》卷 5，见唐圭璋《词话丛编》第 55 种，北京：中华书局，1986 年，第 3273 页。

② 程洪：《词洁辑评》，见唐圭璋《词话丛编》第 29 种，北京：中华书局，1986 年，第 1347 页。

断如春水。

寸寸柔肠，盈盈粉泪，楼高莫近危栏倚。平芜尽处是春山，行人更在春山外。

此词的风格，正可用其中“迢迢不断如春水”一语来做形容，显得极为柔婉和软绵。而其原委盖在于词人心中怀有拉扯不断的恋情，由此恋情的辐射，词人所感知的事物无不笼罩着一层哀怨悱恻的感情色彩，故其描绘的一切也因此而显得百般的柔绵哀婉。又如吴文英的《风入松》：

听风听雨过清明，愁草瘗花铭。楼前绿暗分携路，一丝柳、一寸柔情。料峭春寒中酒，交加晓梦啼莺。

西园日日扫林亭，依旧赏新晴。黄蜂频扑秋千索，有当时纤手香凝。惆怅双鸳不到，幽阶一夜苔生。

此词写于清明节，其时风雨交加，春寒料峭，所以词情中首先映现的就是那一片伤春的愁苦心态——词人真想为坠落的花瓣写一篇祭文（即“瘗花铭”，指葬花的铭文）。但接着读下去我们便又发现，词人之所以怀有这么深浓的伤春之情，却又与他所深怀的“伤人”之情密不可分。这不是吗，当他举目四望之时，顿又涌发了对于昔日恋情的无限怅忆：这楼前一片暗绿成荫的道路，岂非当年和她分手之地？故当抬头睹柳，就唯觉万丝柳枝中竟包藏着千尺柔情！下阕则越写越妙，甚至在雨过天晴、黄蜂频扑秋千架索的景象中想象出她的纤手曾在此地留下了散不掉的遗芳余香，因此引得无情的蜂蝶犹为之狂吻乱扑，这更写出了他的一片痴情。而结尾“惆怅双鸳不到，幽阶一夜苔生”两句，则又把伤春和怀人这两种心态合而为一，表达了既怜香惜玉又怜惘春光流逝的双重伤感。我们看唐宋词集的名称，如《花间集》《金荃集》《兰畹集》《珠玉词》《花外集》《东泽绮语债》《近情词》《竹屋痴语》《惜香乐府》《漱玉词》《碎锦词》《断肠词》等，也就不难看出它们偏于恋情和风格方面的偏柔美了。总之中国词所表现的是高度的隐柔之美好，通过以上分析，它虽有刚健豪放的一面，不过从质和量来看，中国词还是以柔和婉约为主。

朝鲜的词文学写闺情艳情词作品不多，其中写得较好的有两个代表，一位是高丽朝的金九容，一位是朝鲜朝的金烋。

下面以柳永的词与金九容的词做比较。柳永的《雨霖铃》：

寒蝉凄切，对长亭晚，骤雨初歇。都门帐饮无绪，留恋处，兰舟催发。执手相看泪眼，竟无语凝噎。念去去，千里烟波，暮霭沉沉楚天阔。

多情自古伤离别，更那堪，冷落清秋节！今宵酒醒何处？杨柳岸，晓风残月。此去经年，应是良辰好景虚设。便纵有千种风情，更与何人说！

柳永的《雨霖铃》是宋词中的名作，清秋送别词，写离情可谓淋漓尽致，备足无余。寂寥清秋，寒蝉凄切，雨后黄昏，恋人相离，执手相对，泪眼模糊，无语凝噎，对未来的想象，更是发出自己的心声“多情自古伤别离”，声情哀怨，凄、苦、惨、悲、痛、恨、愁贯穿始终，凄恻缠绵。柳永的词托物言情，是刻意铺叙自然景物，感情描述更加细腻。

下面来看金九容的词。

卜算子　代人

倚户望着斜阳，正在孤村树。泪眼昏昏鸟正飞，京国知何处。

一别似千秋，此恨凭谁语。极目千山又万山，底是郎归处？

长相思　代人

松山青，胜山青，两地相望知几程。难堪送别情。

独归京，未归京。别后伤心梦不成。满窗寒月明。

画堂春　代人

绿杨堤畔杏花香，马头旌旆尽□，阛街珠翠更奔忙。争睹擅郎。

却恨春宵苦短，锦衾才展鸳鸯。娇娆总是汉宫妆，□暗断肠。

鹧鸪天　送节廉使

持节朗官出凤城，满城花柳雨晴□。先声已逐春光启遍，到处歌谣咏太平。

山缭绕，水澄清。骊江楼上最多情。夜深人静栏杆外，一叶扁舟载月明。

（□为原文缺字）

金九容的词包含了艳情、相思、送别、写景、感怀等方面的内容。相思离别题材写得特别成功。如《画堂春》《代人》其中杏花绿杨的背景，珠翠奔忙的场面，还有春宵苦短、锦衾鸳鸯的描绘，妖娆粉面、伤心断肠的叙说，都给人一种香艳之感。这种印象在朝鲜词中是不多见的。比较而言《卜算子》《长相思》相对来说清淡了许多，更富情韵。这两首词写别后相思，都是写盼归的。但又略有不同。

《卜算子》着重写的是望中之思。上阕起笔即从远望写起，“倚户望着斜阳，正在孤村树”两句虽然看似在描绘斜阳，其实用意根本不在斜阳，望斜阳并非目的，只是望的结果而已。而在这个结果中，又渗透出了抒情主人公深深的失望和无奈。透过词句，我们仿佛看到一个红粉佳人，登楼台凭窗，放目远眺，希望能够看到那日夜思念的熟悉的身影。然极目天边，看到的却只有渐渐西下、刚好挂到远村树梢上的一枚落日而已。而这斜阳，又是最容易惹人愁思的东西。“泪眼昏昏鸟正飞，京国知何处”两句，透过斜阳，主人公悲从中来，泪眼婆娑，“泪”是相思，也是伤心泪。泪眼昏花中，不见人归来，但见鸟远飞，隐约有以鸟喻人之意。“京国知何处”五字之中，终归是包含了一种茫然不知在何处的悲苦之情。下阕极写相思之苦。“一日不见，如隔三秋”，这是恋人间渴望厮守，不愿暂别的正常感受。而词中的女主人公明显对这一点体会更为深刻。“一别似千秋”极写别后每分每秒都成为煎熬，别离的时间仿佛被无限地拉长，犹如千万年一样。而这煎熬之苦难、相思之痛，却是欲诉无人。结尾两句，照应开篇，以远望起，又以远望结。此词余味隽永。

《长相思》着重写的深闺之感，也是一首情韵兼胜之作。词中用松山、胜山说两个人隔着重重山岭，给人一种一唱三叹的感觉，所以后面“两地相望知几程”的感叹就来得格外有力量。“难堪送别情”一句，是追忆当年之事。盖当初游子远行之际，两个人不忍骤别，于是送了又送，直送入青山之中。此时望着重重青山，回想彼时心境，自是那个人，偏偏在别的人纷纷回来之后，独独他还没有回来。“别后伤心梦不成”一句，感慨极深。其中包含好梦难成的悲哀和无奈。结句“满窗寒月明”借景传情，收到余韵不绝的艺术效果。

朝鲜朝的金烋是写闺情词的高手，但其香艳之词的意境，与中国词人辛弃疾好有一比，他不是就写闺情词来表现女子的缠绵婉娈的情思，而是以词言志。他的《宫词》：

其一　鹧鸪天

梦侍君王觉不看。梨花寂寞晓窗寒。
帘开翡翠香风暖，帐掩芙蓉缺月残。
今日恨，昔年欢。一声长笛倚阑干。
此身已极高明享，坐咏黄裳且莫叹。

其二　沁园春

爱极恩疏，白日移光。番华未终。
忆金床初拂，琼楼侍宴，桃花夜月，柳絮春风。
环佩无声，罗纨有恨。夜雨长门锁别宫。
谁知道，把君情妾意。各自西东。
残灯独伴朦胧。柰绮殿瑶台梦旋空。
但兰膏香尽，歌屏怨翠，玉奁尘满，妆镜愁红。
柳絮风还，桃花月在谁遣。悲欢已不同。
那堪度，又莺穿庭院，燕扑帘栊。

其三　望海潮

烟消庭院，春晴池馆，叮当玉漏声迟。
莺恼燕愁，梨香柳嫩，阑干曲曲帘垂。风动紫棠枝。
试看镜中貌，云发成丝。咫尺长门，一回金辇更难期。
何心复画双眉。怅颜秾宠极，颜变恩移。莲步没尘。
梅妆委地，谁知昔日娇姿。
绨绤叹凄其，空思友琴瑟，长咏周诗寂寞。
蓝宫夜锁，花落月明时。

其四　卜算子

泣奏绿桐琴，敢愿君王顾。深锁重门翠草长，凤辇频频度。
不卷水晶帘，寂寞纱窗暮。银箭金壶漏水多，滴滴梧桐雨。

金烋这四首宫词是学习屈原《离骚》以男女爱情比拟君臣关系的手法来写词，即所谓“灵修美人，以媲于君；宓妃佚女，以譬贤臣”。[1] 此组宫词受到宋代辛弃疾《摸鱼儿·更能消几番风雨》作品影响而写成。

① 王逸：《离骚经序》，见洪兴祖《楚辞补注》，北京：中华书局，1983 年，第 2 页。

摸鱼儿　更能消几番风雨（辛弃疾）

淳熙己亥，自湖北漕移湖南，同官王正之置酒小山亭，为赋更能消、几番风雨。匆匆春又归去。惜春长恨花开早，何况落红无数。春且住。见说道、天涯芳草迷归路。怨春不语。算只有殷勤，画檐蛛网，尽日惹飞絮。

长门事，准拟佳期又误。蛾眉曾有人妒。千金纵买相如赋，脉脉此情谁诉。君莫舞。君不见、玉环飞燕皆尘土。闲愁最苦。休去倚危楼，斜阳正在，烟柳断肠处。

辛在词中将自己比作失宠的皇后陈阿娇期盼皇帝的宠幸，委任重用，以报国杀敌。辛词对金烋有巨大影响。在这里金烋也将自己化成一个失宠的妃子，深切期盼帝王的垂青与到来，如“梦侍君王觉不看”“泣奏绿桐琴，敢愿君王顾”等句，直接表达对圣贤名君的期盼与渴望，我们从作者当时所处的写作背景可以看出，其暗指当时朝政黑暗。“然时值昏朝，政乱伦斁。群壬满朝，士趋卑污。先生愤惋不自胜，有时纵酒以沈冥。又有人唱言‘圣人出太白山，能祸福饮酒不饮酒’，远近惑之。至覆家酿，先生语从叔瓢隐先生曰：‘邪说横流，当与破惑。’遂相对大酌，至六七日乃已。盖其愤世守正，有所激焉。”① 其词寄托不便直接明言的政治情志。

朝鲜词属于豪放词的作品不多，李齐贤的《水调歌头·过大散关》《大江东去·过华阴》《水调歌头·望华山》等词是豪放词的代表，瑰奇境界，气势奔放，笔意纵横，善用夸张，借助想象，用一种大气魄、大胸襟、大才力来勾勒描绘，笔下之绚丽多姿，在朝鲜词文学发展史上，前无古人，后无来者。李齐贤北学中原不仅有所得，而且有所创新。李齐贤是正统儒家思想的继承者，在他的词绝少女性意象，在他的影响下，朝鲜古代词坛在相当长的历史时期看不到中国词坛从一开始就非常流行的香艳词风，也很少男女相思、伤春悲秋等充斥着中国词作中的典型意绪，从而形成朝鲜词坛特有的风尚传统，而且统治朝鲜词坛词风无数年，直到后来许筠的出现才有所改变。通过分析我们可以发现，朝鲜的词文学风格是介于豪放与婉约之间朝鲜风格，不同于中国词文学的阴柔风格，其主要呈现自

① 金烋：《敬窝文集》，《韩国文集丛刊》第100集，首尔：景仁文化社，1990年，第388页。

然清新的朝鲜特征。

（二）自然清新是朝鲜词风格的主要特征

朝鲜词按文学价值高低可分为三个发展阶段：两宋时期是中国词文学发展的巅峰时期，高丽与北宋友好交往等原因，由于君王的提倡极大地促进了高丽词文学的发展，因此高丽朝词文学水平最高，出现了像李齐贤这样的词学巨擘；朝鲜朝前期词文学水平开始下滑，词文学总体水平相对较高，朝鲜朝后期词稍弱。朝鲜历史上近200位词人写词水平参差不齐，有些词人词学渊博，有些词人词文学知识并不熟悉。虽然如此，但他们都有一颗热爱词文学的心，他们用自己的热情，用自己的真情，全力投入词文学创作。

朝鲜词的自然清新风格主要体现在三个方面：一是词语言自然清新，二是词感情自然真挚，三是词构思清新。

1. 词语言自然清新

亚里士多德早在两千多年前就提出过："一个作家必须使他的艺术给人以自然的印象，而不是矫揉造作。自然是有说服力的，而矫揉造作则适得其反。矫揉造作会使人以为我们是在玩弄阴谋诡计，就像给他们的酒搀上水一样。"①自然是一种看似容易成却难的风格。主要体现于构思、语言和情感上，它同雕琢、夸饰、艰涩等相对，不矫饰、不造作，讲究浑然天成的本色美。自然之作就像五色云霞、鲜艳花草，能给人以巨大美感。

如李齐贤的《巫山一段云·潇湘八景》：

渔村落照

远岫留残照，微波映断霞。竹篱茅舍是渔家。一径傍林斜。

绿岸双双鹭，青山点点鸦。时闻笑语隔芦花。白酒换鱼虾。

这首词是《潇湘八景》的第八首。作者用浓墨重彩描绘了一幅充满诗情画意的渔村落照图，散发出浓烈的渔村生活气息。上阕写渔村周围的自然环境，作者先将镜头推向远景，"远岫留残照，微波映断霞"，落日的余晖还残

① 伍蠡甫主编：《西方文论选》上册，上海：上海译文出版社，1979年，第90—91页。

留在远处的峰峦上，一片金黄，微波跃动的湖水映照着断断续续的晚霞，红光闪烁。远眺之间，给人一种清新愉快的感受。远山与湖水遥相呼应，残照与断霞交相辉映，好一湖光山色。这里虽然写了残照、断霞，但丝毫没有萧瑟的气象，恰恰相反而是充满了生机活力，给人一种和煦如春的暖意。接着，作者又把镜头拉回到身边：竹片篱笆，茅屋草舍，一条小径沿着竹林边蜿蜒而去，这便是渔民的住处，显得那样朴素、自然。作者笔下的暮色景色，令人赏心悦目，美不胜收。依山傍水，淳朴幽静，这不正是作者心目中恬淡适意的理想之地吗？

下阕写暮色中的人物活动。开头两句没有直接写人物，而是先渲染人物活动的场景："绿岸双双鹭，青山点点鸦"成双成对的白鹭在绿草如茵的湖边戏耍，归巢的暮鸦在苍翠的山林中翩翩飞舞。作者用他那枝神奇的彩笔，把淡淡的暮色中的景物描绘得生机勃勃，犹如一位高明的画师，在白色的画布上轻轻点染几笔，整个画面顿时便生机活现。接着是人物的出场。"时闻笑语隔芦花"，这是一句倒装句。隔着芦花，时时传来一阵阵欢声笑语。这与王维的"空山不见人，但闻人语响"① （《鹿柴》）有异曲同工之妙。王维写的是山林的幽深，这里说的是渔民打鱼归来时的欢乐情景。乍一看，平平淡淡，细细咀嚼，却声情摇曳，韵味无穷。妙就妙在"隔芦花"三字。试想，如果作者从正面写一群渔民挑着捕获的鱼虾，说着笑着走过来，就会使人觉得一览无余，淡而无味。但是隔着芦花，看不到人物活动的具体场景，只是听见一阵阵欢声笑语，这不免会在读者心上打下几个问号：什么人在说笑？为什么笑？……从而调动了读者丰富的想象力。于是欢乐的场面便不断涌现在读者面前，甚至人物的音容笑貌也历历在目，把"笑语"的意蕴充分地具体化了。那场面，那气氛，那神态，尽在其中，省去了作者多少笔墨。表现作者受到渔民欢乐情绪的感染，想与他们分享生活喜悦的美好愿望，写出作者对淳朴的渔村生活的热爱。如果没有农村生活的经历，没有与渔民休戚相关的深厚感情，是写不也这样的诗句的。我们读这篇作品，就会感到一股浓郁的生活气息扑面而来。这首词具有鲜明的特色。其一善于着色，以色感人。作者用艳丽的色彩，描绘了如画的渔

① 金性尧注：《唐诗三百首新注》，上海：上海古籍出版社，1993 年，第 306 页。

村风光。这里有金色的余晖、火红的晚霞、翠绿的竹林，以及绿岸、青山、白鹭、乌鸦，还有雪白的芦花。这些色彩鲜艳的景物很自然有机地交织在一起，构成一幅五光十色的画面，富于诱人的魅力、有力地烘托出作者热爱渔村生活的感情。其二语言自然流畅。作品中既有精雕细琢的工对，又有韵味醇厚的口语，雅俗兼擅，使作品显得典雅而又亲切，给人一种美的享受。

又如《烟寺晚钟》：

楚甸秋霖卷，湘岑暮霭浓。一春容罢一春容。何许日沉钟。
摇月传空谷，随风渡远峰。溪桥有客倚寒筇。一径入云松。

词开篇就提到秋天的雨后，楚湘大地的青山被浓浓的暮霭沉岚所笼罩，廖廖几字就表现凉湿之气可感，弥漫之状可见。逼真之景之感如在眼前，接着“摇月传空谷，随风渡远峰”写月出空山，光影摇荡，风扫远峰，随意飘流，其刻画之精，描绘之细，表现得更为具体深刻。词的结句，意味隽永，含蓄不尽，引人遐想，深得意在言外之致。

又有金允植《声声慢·夜坐》：

悠悠惚惚，杳杳冥冥，寥寥寂寂历历。内照无言，仿佛少林朝壁。谁能寄住猿马，一刹间、周流六合。游广漠，返冷风依旧，寸田尺宅。

开眼森罗陈迹，如幻境、惊过去沧桑劫。槁木形骸，剩得不生不灭。算来功名富贵，总纷纷、梦里蚁穴。这苦海，没一个、能度觉筏。

这是一首反映古代文人进取功名利禄的词，开篇颇似李清照词，寻寻觅觅，不断追求荣华富贵、功名利禄，于是悠悠惚惚，杳杳冥冥，有佛也有道，游历多方，返回依然是寸田尺宅，为此渡尽沧桑，自己也形如槁木，到头来功名富贵是过眼云烟，南柯一梦，为了这身陷苦海，这样的尘世欲望，没有一个俗人能摆脱。全篇无一个悲怨苦恋，自然衔接，一气呵成，把作者追求功名利禄最后一事无成的人生表现得淋漓尽致，无半点雕琢之痕。

安命夏的《踏莎行·晚春》《浣溪沙·渔跃》《长相思·埘鸡》等词语言更是纯朴自然。

浣溪沙·渔跃

咏物曾闻旱麓歌。盆池意趣更无加。媚春花柳于吾何。
得意藻间迎暖日，无心雨里跃清波。天机活泼尔鱼多。

踏莎行·晚春

溪柳阴浓，山花霰乱。一年春信定谁管。
连天雨气助凄寒，小塘胜得新波漫。
怀思嘐嘐，索居寥寥。和风瑞日真难瞯。
服成欲伴沂雩人，同游烂漫咏而玩。

长相思·埘鸡

日向西，鸡上梯。庭畔悬窠帘半低。双雏落母啼。
一超跻，一逋携。求放几年勤畜养。自今可安栖。

柳梢青·自遣

松坞荆扉。慕濂旧址，树密苔稀。
荷叶青浮，梅花香歇，春色将归。
北窗颓卧忘机。掉头处，人间是非。
胜日偷闲，芒鞋随侣，川上芳菲。

女冠子·白发

无卑无贵。公道世间有尔。岁如环。
飘絮黏鬓上，秋霜满鬓端。
元戎携镜泣，壮士抚剑叹。
濩落今犹古，意曼曼。

安命夏的《踏莎行·晚春》《浣溪沙·渔跃》《长相思·埘鸡》是三首田园词，《柳梢青·自遣》《女冠子·白发》是自遣感慨词。这五首词处处是朴实自然之语。《踏莎行·晚春》中描述这样的情景：溪柳阴阴，山花烂漫，作者禁不住问，这美丽的景色是谁创造出来的，也就是“一年春信定谁管”，创造美景之时又下起连绵细雨带来丝丝寒意，水塘泛起阵阵涟漪，和风瑞日真难得，作者要像曾点那样“暮春者，春服既成，冠者五六人，浴乎沂，风乎舞雩，咏而归”①，结伴同游咏诗是多么惬意。词人很自然地将《论语》中曾

① 杨伯峻译：《白话四书》，长沙：岳麓书社，1989 年，第 340 页。

点言志与自己的志向结合起来，来表达自己的理想。同时“一年春信定谁管”这是词眼，也是全词的佳句，把晚春天气的美好与百变揭示出来。《浣溪沙·渔跃》“得意藻间迎暖日，无心雨里跃清波。天机活泼尔鱼多。”把鱼在水中活泼可爱的嬉戏之态描绘得淋漓尽致。

《长相思·埘鸡》展示了优美的乡村画卷。夕阳西下，鸡回到悬在半空的鸡舍。小鸡雏落在后面啼叫，一起向上挤，一逋携。廖廖数字，乡村农家生活跃然纸上。《柳梢青·自遣》表现隐居后的自思。松坞荆扉，树密苔稀，荷叶青浮，梅花香歇，春色快要回来了。作者要像陶渊明长卧北窗忘掉烦事。世上一切是非成败转头即空。美好之日，忙里偷闲，作者穿草鞋携侣，象朱熹那样胜日寻芳。短短25个字，作者化用陶渊明、杨慎、朱熹三人的诗句，表现自己的隐居生活，却无半占补缀痕迹，浑然天成。《女冠子·白发》揭示人终将老白发生的自然规律，感慨人生易老岁月易逝。世间无卑无贵，老生白发是世间公理，是自然规律。“飘絮黏鬓上，秋霜满鬓端”这是此词中的传神之笔，鬓上（角）刚生出的白发像春天的飘絮，最后两鬓苍苍时如秋日之白霜，比喻极其生动贴切，没有半点雕琢。满头白发的将帅想起当年英武对镜潸然泪下，壮士抚剑扼腕叹息。对于岁月易逝、人生易老的叹惜感慨今人与古人是相同的。

2. 词感情自然真挚

沈祥龙说：“词以自然为尚。自然者，不雕琢，不假借，不著色相，不落言诠也。……不外自然而已”。[①] 这些在朝鲜词中得到充分的体现。下面进行分析。

柳宜健《浣溪沙·赠友词》：

> 日暮江云细雨时，南桦亭上送君归。手持芍药口吟诗。
> 一步一回又一笑，相逢相别更相思。丈夫不作儿女悲。

柳宜健的《赠友词》送别时天气与柳永相同都是雨天日暮，细雨纷纷时，柳宜健手持芍药在南桦亭送朋友归去，虽是细雨蒙蒙，但作者与离友之间，朋友一步一回首，相视而笑，柳宜健与朋友分别的感情基调是特别欢喜的，

① 沈祥龙：《论词随笔》，见唐圭璋《词话丛编》第65辑，北京：中华书局，1986年，第4054页。

与朋友相逢是高兴，分别之后更相思，但作者认为好男儿不应该有太多的儿女情长。他的另一首送别词《望江南·送远人》也别有味道。

望江南·送远人

送君去，三水路三千。宦海冥行宜被逐，书生何事更投边。堪笑亦堪怜。
为君贺，游览遍山川。黑石枌榆开壮瞩，白头风雪散吟鞭。赢得锦囊篇。

友人远行，作者作词送之，劝箴友人，宦海浮沉，人生无常，要有宽广的胸怀，最好的方式是游览名山大川，非常简洁明了。李齐贤《松都八景》中的两首青郊送客更是别具特色。

青郊送客

芳草城东路，疏松野外坡。春风是处别离多。祖帐簇鸣珂。
村暖鸡呼屋，沙晴燕掠波。临分立马更婆娑。一曲渭城歌。

青郊送客

野寺松花落，晴川柳絮飞。临风白马紫金袂，欲去惜芳菲。
聚散今犹古，功名梦也非。青山不语暗相讥。谁见二疏归。

这是李齐贤在开城青郊驿送友离别的情景。李齐贤在与友人青郊送别时，不是依依惜别的难隔难舍，而是处处欢快祥适。两首送别词的基调相当欢快。送别的时间都是在春天，一首是芳草碧碧的城东路上，村暖鸡鸣，燕掠青波，到处生机盎然的景象，作者与友人立马挥手告别，喜景衬离情，没有一些忧伤，内心更“婆娑”；一首是暮春野寺外松花闲落，柳絮飞扬，人世间聚散离合是寻常事情，古今亦然，为了追求功名利禄许多人背井离乡，但最后都是一场空，功名就像梦一样，人生何必那样碌碌无为。如果能把所有的利欲杂念、功名利禄抛到九霄云外，像汉朝疏广和疏受叔侄那样不贪恋权力，辞官还乡是多么的潇洒畅快，虽然青山不语却暗讥笑世上的芸芸众生。

同样的《忆江南》词，朝鲜词人的表现与白居易不同。具体内容见表2–6。

表 2-6 白居易的《忆江南》与赵观彬的《望江南》之比较

作者	标题	内容
白居易	《忆江南》一	江南好，风景旧曾谙；日出江花红胜火，春来江水绿如蓝。能不忆江南？
赵观彬	《望江南》一	吾邦好，圣化际鸿厖。贤父戒儿言在耳，愚臣爱主血盈腔。回首望吾邦。
白居易	《忆江南》二	江南忆，最忆是杭州；山寺月中寻桂子，郡亭枕上看潮头。何日更重游！
赵观彬	《望江南》二	吾家好，僻巷静无哗。妻酿女斟流槛月，翁吟儿和满园花。何是返吾家！
白居易	《忆江南》三	江南忆，其次忆吴宫；吴酒一杯春竹叶，吴娃双舞醉芙蓉。早晚复相逢！
赵观彬	《望江南》三	东湖好，古貊自名区。专壑梨花闭户静，满山枫叶拄筇孤。能不忆东湖？

赵观彬的《望江南》是模仿白居易《忆江南》（这个词牌原名《望江南》），白居易则即事名篇，题为《忆江南》，突出一个“忆”字，抒发他对江南的忆恋之情。这三首词从今时忆往昔，从洛阳忆苏杭。今、昔，南、北，时间、空间跨度都很大。赵观彬的《望江南》突出一个“好”字，用简单的几句话抒发他对祖国、家、东湖的无限热爱。第一首写对君王的热爱。君王的恩泽广播而厚重，贤父的教儿之言犹在耳边，贤臣满腔热情报答君恩。第二首写对家的热爱。作者家深居僻静陋巷，庭前月下贤妻酿酒女儿斟酒，父亲吟诗子唱和，满园的花香溢人，全家其乐融融，作者期盼何时安享天伦之乐？第三首写对东湖的喜爱。东湖是朝鲜的著名的风景区，山清水秀，最吸引作者的春日梨花绽放时闭户静养，秋日满山枫叶时扶杖攀援。每一首的头两句，都直抒胸臆，每一首的中间两句都以无限深情写出好之所在。这三首词每首自具首尾，有一定的独立性，而各首之间，脉络贯通，构成有机的整体。短短的几十字包含了作者对国、对家、对景的无比热爱之情，是作者本真情感的自然流露。

又如李瀷《水调歌头·孤青吟》：

徐孤青起，字待可。学城履素斋三年，返于乡，叹乡风鄙恶，欲行吕氏乡约，作讲信堂。里中恶少，火其室，遂挈妻子，入异智山红云洞。人迹所罕到处结庐，力田以供朝夕，犹不继。秋夏之交，煮山梨充饥，讲学不辍，远方之人，闻风负笈，各作书室于其侧，弊及邻寺。公恐缁流生怨，居四年罢出，卜居于鸡龙山孤青峰孔岩之洞。州之士莫不敬畏，而尊师来者日益。众谋作书院，告于州伯，州伯亦出财以助，不日而成。公自治之余，日至书院，谆谆教诲，前后十八年，乐而忘食，末年所得益高。万历辛卯卒，年六十九。

天地本空阔，山水自高深。藏名何去无地，志士但存心。竹杖芒鞋从此，唯见孤青独秀，松柏郁成林。负抱圣贤道，咀嚼味增钦。

采芳杜，搴宿莽，发长吟。有馨必发风便，吹度万重岑。身在樵苏渔钓，客问轩羲姚姒，涧壑有知音。欲识伊人迹，江月岸枫寻。①

李瀷现存词四首（加上笔者发现的一首，总计五首），他是儒家正统思想的坚定捍卫者，词文学的坚决反对者，但遇到他所敬仰的徐待可时，他用真情作了《水调歌头·孤青吟》。从词小序中可以看出徐待可一生为教育的执着之志。天远地阔，山高水深，徐待可隐居山野，负抱圣贤之道，志存高远，全心为教，依竹杖芒鞋踏遍青山，至此作者加入双关语，盛赞世间只有徐待可一枝独秀，松柏郁成林，其育人也都成材。“采芳杜，搴宿莽”作者直接化用屈原《湘君》《思美人》中“采芳草兮杜若”②、“搴长洲之宿莽”③ 中的诗句，把徐待可比作屈原，说他身为樵夫渔人，却关注天下大事，山涧沟壑有知音。“欲识伊人迹，江月岸枫寻”句子自然清新，了无半点雕琢之痕，把徐待可清高之志、闲云野鹤的隐居生活与平凡事迹富于诗般的意境表现出来。通贯全词作者感情如扑面清风，把对徐待可的佩服与敬仰之情如润物细雨融入词中。全词感情自然真挚，浑然天成，恰到好处。下面看金允植的词：

沁园春·望汉拏山

五岳真形，琅环秀色，矗入海天。讶远看冥杳，近看的历，横看磅

① 柳己洙：《历代韩国词总集》，首尔：韩信大学出版社，2007年，第220页。
② 黄寿祺、梅桐生译注：《楚辞全译》，贵阳：贵州人民出版社，1995年，第36页。
③ 黄寿祺、梅桐生译注：《楚辞全译》，贵阳：贵州人民出版社，1995年，第105页。

礴，变态殊千。玉醴长流，紫芝可采，白鹿来游不记年。云深处，问金堂石室，秘箓谁传。

开门。日望悠然。喜一幅、庐山面目全。更松间明月，林间宿雾，岩间积雪，齐到眼前。晚壑流丹，晴空耸翠，鳌背苍苍戴峤圆。知何日，办青鞋布袜，长啸登巅。

金允植的《沁园春·望汉拏山》严格意义上讲，不能称之为一篇词，其平仄、句式、格律都不完美，但他就是有热爱词文学勇于创作的勇气，从这个意义上讲是一篇歌颂祖国锦绣山河的好词，感情自然真挚。上阕写汉拏山的万千美姿。开篇第一句就把汉拏山与中国五岳相媲美，具有五岳真实的形秀，应其造化，景色秀丽，高耸海天，写出了汉拏山的高险秀美。接着他采用苏轼写庐山的方式来描述汉拏山的万千姿态，远眺杳冥深幽，近观鲜明光亮，横看气势磅礴，姿态万千。山涧流水潺潺，山上宝贵的灵芝俯首可采，祥瑞的白鹿来此游玩流连忘返，白云深处，谁造就这鬼斧神工的自然杰作。下阕作者做出了回答，写汉拏山的真实美景及作者热爱原因。

下面再以郑球《临江仙·万年松》和申应善《水调歌头·画松词》为例说明。

临江仙·万年松　郑球

亭亭落落岁寒期，凛凛作文人行。
受命于天应独正。托根寒士家，羞与大夫竞。
风霜摇落不关渠，劲节横空老哽。
傲视秋冬肃杀柄。独能全大材，意株明堂政。

水调歌头·画松词　申应善

苍苍一株松，特立大古心。
龙柯鸾叶眼前，惟有黛色深。
古有道人远来，自天台路摸写，一幅传至今。
春满亭亭盖，夏寒落落阴。
谁知根化石，山下寻。
出涧壑风百里，清籁爽尘襟。
若非人病于奇，也是木病于坚，抚尔盘桓吟。

如何冬岭上，霜雪不能侵。

申应善与郑球同样写松，稍有不同的是一个是现实意象，一个是虚拟意象，但两人的感情基点相同，都是对松的真情热爱，对松的由衷赞美。郑球《临江仙・万年松》歌颂松的高贵君子气节。松树亭亭落落耐岁寒，虽然扎根贫瘠的寒土，但却以与士大夫竞为耻，风霜摧残无所惧，秋冬严寒作伤不到，确实是“能全大材”文人也要像松树凛凛有气节。申应善《水调歌头・画松词》则是颂扬松的吃苦耐寒能力。画中之松化根入石，苍苍屹立于冬岭之上，霜雪不能侵。

沈祥龙《论词随笔》说：“词不宜过于设色，不宜过于白描，设色则无骨，白描则无采。如粲女试妆，不假珠翠而自然浓丽。”① 丁若镛的《满江红・渔父》和《水调歌头・思乡》两首词是对此理论的最好诠释。

满江红・渔父

一叶渔舟，我和你、烟波出没。了不管、西江骇浪，催人白发。举手长辞青玉佩，掉头不入黄金圈。听枫梢、晓露荻花风，寒侵骨。

哀箫瞬，短歌发。暮潮薄，晨潮滑。取江豚穿过，绿杨枝末。浊酒三杯酬至愿，薄帆一幅留长物。只借腾、熟睡到天明，江沉月。

水调歌头・思乡

潇洒粤溪水，淡荡白屏山。我家茅屋寄在，烟霭杳茫间。欲与云鸿高举，怪有重峦叠嶂，不许尔同还。一醉落花底，归梦绕沙湾。

钓鱼子，尘网外，十分闲。昔年何事狂走，漂泊抵衰颜。风里一团黄帽，雨外一尖青篛，此个胜簪绂。几日湖亭上，高枕看波澜。

丁若镛是朝鲜实学派的倡导者之一，他力主改革，一生希望除去弊病，实现国富民强。他清廉正直，敢于弹劾营私舞弊的贪官，改革主张遭到权贵的忌恨与排挤，被贬谪流放。这两首词是其受挫后表现其隐逸与思乡的作品。他的《满江红・渔父》词是隐居之作，改革之志受挫，他多想“举手长辞青玉佩，掉头不入黄金圈”，即辞掉官职，脱离污垢的官场，找一个知己，驾一

① 沈祥龙：《论词随笔》，见唐圭璋《词话丛编》第 65 辑，北京：中华书局，1986 年，第 4054 页。

叶渔舟，出没风波之中，任凭惊涛骇浪。到大自然中去听枫梢，晓露荻花风。暮潮薄，晨潮滑。在江边绿杨枝里，品江豚佳肴，饮浊酒三杯伴着江边沉月，熟睡到天明。《水调歌头·思乡》他描绘了优美的乡村画卷。欢呼的粤溪水边，澹然的白屏山下，烟雾缭绕的是作者美丽的家园。云鸿高举，重峦叠嶂，作者邀请你一醉落花底，归梦绕沙湾。风里戴着一团黄帽，身披青箬在江边垂钓，晴日时在湖边亭上，高枕看波澜，是多么舒心惬意。丁若镛的词没有“设色”，更无“白描”，表现出其仕途改革受挫后的退避、孤苦、彷徨，是作者性情的真实写照，感情自然真挚。这两首词是朝鲜脍炙人口的佳作。

3. 词构思自然清新

从构思角度看，自然清新大致有两种：一是出于天然巧合，主观与客观的天然契合。二是精心构思的结晶。

(1) 主观与客观的天然契合

谢榛说：“诗有天机，待时而发，触物而成，虽幽寻苦索，不易得也。”①这种自然往往不是诗人有意而为之，而是受到某种事物或现象的触发不期而遇，是主观感受与客观事物妙合天成的产物。下面以元朝赵孟頫《太常引》词与高丽李齐贤同名词牌不同一体的《太常引》进行比较。

太常引　赵孟頫

弄晴微雨细丝丝。山色淡无姿。柳絮飞残，茶蘼开罢，青杏已团枝。

栏干倚遍人何处，愁听语黄鹂。宝瑟尘生，翠销香减，天远雁书迟。

同样的两首《太常引》赵孟頫就是模拟女性口吻写思妇怀人之词。上阕写景。写的是春末夏初的季节，微雨丝丝，远处平时多姿多态的秀媚山色，被细雨遮得黯淡无光，只有淡淡的山形，近处柳絮飘飞殆尽，茶蘼花已经凋罢，“无姿”“飞残”“开罢”总是令人惆怅，上阕写景，感情基调已经注入景物，词中人为什么会如此惆怅？下阕第一句“栏干倚遍人何处”直接说出了原因，领起下阕。原以为春天总可与丈夫团聚，但杳无归期，倚遍栏干，望断天涯。在庭外倚栏之际，间听黄鹂鸣叫对语，黄鹂可对语谈情，自己却孤独无偶，故曰“愁听”。户外无聊，室内“宝瑟尘生，翠销香减”，表明分

① 谢榛：《四溟诗话》，见丁福保辑：《历代诗话续编》，北京：中华书局，1983年，第1161页。

别很久，没有心绪多年不弹的宝瑟已经蒙上灰尘，恹恹若此，只为相思之故。所以末句重笔再次揭出此旨：亲人远在天涯，云路遥遥，鸿雁传书迟迟未至，教人何以为怀！下阕叙事抒情。

太常引　暮行　李齐贤

栖鸦去尽远山青。看暝色，入林坰。灯火小于萤。人不见、苔扉半扃。

照鞍凉月，满衣白露，系马睡寒厅。今夜候明星。又何处、长亭短亭。

这首词是写景造境的佳作。词以“栖鸦去尽远山青。看暝色，入林坰”起调，看似寻常无奇，而实能摄得暮行题咏神理，为以下迤逦入胜作铺垫，是善于发端的笔法。薄暮光景，归鸦争树、斜日沉汀的时刻已过去了，现在是林际昏鸦尽，原野阒无人，眼前但余一片晚山缀紫，这是自然引出了苍然暮色自远而近的景色。暝色似雾如烟慢慢飘入客子所行的林野。看那黄昏暮色渐由浅而转深，日暮的客愁也由淡而增浓，夜幕完全从天宇落下，行人寻求栖宿的心情更切、脚步也更快了。暮行气氛笼罩了全篇。一路写下去，移步换形，又是妙境。“灯火小于萤，人不见，苔扉半扃。”《蕙风词话》卷三“益斋词不愧名家”“益斋词写景极工”“置之两宋名家词中，亦庶几无愧色”。[①] 灯火似萤，以萤比灯光，本足以形容灯光的微小和光焰的闪烁；“小于萤”则远火微茫、荒郊寂静之境要突出得多。时明时灭的一点微弱灯光，依稀照见那将要投宿的处所：人迹杳然，门扉半掩。寥寥几笔，随手点染，画出了野驿荒村那种冷寂萧条的环境氛围。下阕接写行人入歇宿的景况。这是一个明月白露、光影徘徊的秋夜，主人公解鞍系马，暂住征程，四顾萧然，发现此地唯有寒厅可宿、凉月伴人。歇下来，清露满意衣，空山独夜，旅魂何能安枕，疲躯怎得入梦！看来今宵大概只有耿耿不寐，默默愁思，待那启明星在天边出现。明日关山路远，问谁同客行，跋涉中州，前进路上，还有多少个十里五里、长亭短亭在等候漂泊者！这一结尾，蕴含着不尽情思。

赵孟頫的《太常引》整首词委婉缠绵，以女性口吻借景抒发相思之情，景情感怀颇显生涩，李齐贤的《太常引》是一个漂泊异乡的游子客居在中国，暮色黄昏，寒鸦返栖林，正是暗示游子应该返家。生活中原蕴藏着无穷丰富

① 况周颐：《蕙风词话》，见唐圭璋主编《词话丛编》第 76 辑，北京：中华书局，2005 年，第 4478—4479 页。

的词源，对于一位感情丰富、观察仔细的词人来说，生活中随时随地都可能撞击激发灵感的火花。当词人的主观感受同客观事物相契合时，诗思会像万斛泉水，喷薄而出，来不可遏。这就是司空图所说的："俯拾即是，不取诸邻，俱道适往，著手成春。如逢花开，如瞻岁新。"① 倘若主体与客体并未交融合一，灵感枯竭，那么挖空心思，硬挤强抠也无济乎事。这就是"真予不夺，强得易贫。"② 李齐贤词的构思做到主观情感与客观景物的妙合无垠，表现出自然清新的构思风格。

刘熙载《艺概》中说："词要清新，切忌拾古人牙慧。盖在古人为清新者，拾之即腐烂也。拾得珠玉，化为灰尘，岂不重可鄙笑。"③ 元天锡《鹧鸪天·白鸥》词构思极其清新自然。

鹧鸪天·白鸥

江海无涯浩荡春，随波逐浪自由身。浮云态度元无定，白雪精神固未驯。
心绝累，格离尘。淡烟疏雨伴渔人。平生我亦忘机者，莫负前盟日相亲。

元天锡《鹧鸪天·白鸥》这首词是客观景与主观情结合构思的好作品，揭示的主题是追求人生自由。浩瀚无垠的江海，白鸥随波逐浪自由飞翔。在天地间白鸥追求的是自由，浮云飘浮不定不受约束，白雪精神本来没有被驯服。而在尘世间碌碌无为的作者却心绝累，格离尘，决心淡烟疏雨去做个伴渔人，忘却人生的得失荣辱，做到宠辱不惊。通过客观的白鸥自由飞翔，浮云飘浮不定，抒发作者追求人生自由的主题，这在古代词中，尤其是限制个性发展的封建专制制度下，能有这样的思想境界与意识是非常宝贵的。

同样两首促织词，南宋张镃《满庭芳·促织儿》与朝鲜元天锡《鹧鸪天·促织词》呈现两种构思方式。

鹧鸪天　促织词　元天锡

风静空阶玉露清，隔窗啾唧动哀情。征夫一听就添恨，寒妇初闻忽暗惊。
秋七月，夜三更。弄鸣机杼到天鸣。却嗟尔事如吾事，往往叫阑无助声。

① 司空图：《诗品》，见何文焕《历代诗话》，北京：中华书局，1981 年，第 40 页。
② 司空图：《诗品》，见何文焕《历代诗话》，北京：中华书局，1981 年，第 40 页。
③ 刘熙载《艺概》卷 4，上海：上海古籍出版社，1978 年，第 120 页。

满庭芳·促织儿　张镃

月洗高梧，露漙幽草，宝钗楼外秋深。土花沿翠，萤火坠墙阴。静听寒声断续，微韵转，凄咽悲沉。争求侣，殷勤劝织，促晓破机心。

儿时曾记得，呼灯灌穴，敛步随音。任满身花影，独自追寻。携向华堂戏斗，亭台小，笼巧妆金。今休说，从渠床下，凉夜伴孤吟。

张镃词按传统词路模拟女性口吻表现女子思念恋人的闺情词。明月如洗照梧桐，静夜听到促织鸣叫，女子联想到促织争求侣，凄咽悲沉，月夜思忆儿时戏斗促织，最终思人不见，凉夜伴孤吟。“宝钗”“悲咽”“花影”“妆金”等意象仍没有摆脱闺情词的范畴。元天锡的《促织词》却与张镃的词完全不同。促织月夜的鸣叫是一种伴随人的哀鸣，这种哀鸣征夫听了添恨，寒妇初闻暗惊。它陪伴织布的妇人叫，把别人的事当作自己的事。词中的促织是为人解难的陪伴者。他写促织的这种构思在词文字中是不多见的。

又如郑奎汉《鹧鸪天·渔家秋景》：

江海霜前一雁飞，芦花烟水雪妒肥。渔翁醉宿篷窗雨，唯有沙头睡鹭知。

红蓼月，白苹涯，浮家泛宅不曾归。滩声惹起寒宵梦，楚竹生烟向晚炊。

“飞雁”“芦花”“烟水”“渔翁”“睡鹭”等好一幅秋江风景画，清丽的、恬静的景色，令人心旷神怡，这景色与悠然自在的渔人生活，很自然地融为一体。

再看赵冕镐《八声甘州·看书》：

古人无万里卷中来，还向卷中归。问来时归路，池窗夜雨，山阁斜晖。谈说千年往事，和我笑还悲。可意谁谁在，最上忘机。

记否看多看少，一斗时唤取，潮量红霏。有青青书带，小砌屐痕稀。爇金炉，名香一柱，也不妨、黄妳自相违。休嘲我，蠹鱼生活，纹锦为衣。

赵冕镐此词视角独特。他把书看作朋友，古代知识再渊博人还是要读书，即“还向卷中归”，池窗夜雨，山阁斜晖，自然幽静时刻正是读书的好时光，书中记录的过往陈事在与作者对话，像朋友一样使作者在悲笑中看透人生，得失荣辱皆忘记，读书之乐就在于此。看书不管记住多少，都不要太在意。景事相连，别有新意。

（2）精心构思的结晶

自然清新的另一种是精心构思的结晶。它经过词人匠心神运，但丝毫显示不出人工雕琢的痕迹，这就显示出词人惊人的语言技巧。好作品多是经过一番雕琢藻饰的功夫，经过一番酝酿的过程，一番刻苦推敲的思索。

清谢章铤在《赌棋山庄词话》中记载：

> 彭金粟云："词以自然为宗，但自然不从追琢中来，便率易无味。"此三语尤为词中中肯之论。又云："用古人之事，则取其新僻而去其陈因。用古人之语，则取其清隽而去其平实。用古人之字，则取其轻丽而去其浅俗。然用事亦不宜太新僻，恐有狐穴诗人之诮。熟事能生，旧事能新，更为妙手。盖辞有限，意无穷，以意运辞，何熟非生，何旧非新。"近秀水冯柳东登府好用僻典，然观其词，意为辞掩，颇觉晦涩，乃叹范赞之记云仙，陶谷之录清异，稍资谈柄，不是仙才。①

彭金粟强调作词用古人之事、之语、之字必须雕琢，合乎自然，不能生搬硬套，僵化生涩，要天然不留痕迹。崔演《题集胜亭十咏》词可谓朝鲜用古人之事、之语、之字自然的典范，做到了无一句无来历，无一字无来历是朝鲜凝练构思词的代表。下面全文收录《艮斋文集》对此词的注疏：

（一）郡城晓角

纤月依林落。老社诗。风林纤月落。荒鸡报晓催。晋书。祖逖中夜闻荒鸡鸣。蹴刘琨觉曰。此非恶声也。因起舞。○王维诗。绛帻鸡人报晓筹。江城画角数声来。老杜诗。鼓角动江城。又城阙秋生画角哀。又戎昱诗。楼上画角哀。○杜牧之雁诗。长门灯暗数声来。孤枕梦初回。杜牧之诗。酒醒孤枕雁来初。○陆放翁诗。梦回一灯翳复明。○韵海诗料。关山忆梦回。远引风传急。唐人诗。风引漏声来枕上。相和雁叫哀。老杜闻笛诗。风飘律吕相 和切。○

① （清）谢章铤：《赌棋山庄词话》，见唐圭璋《词话丛编》第56辑，北京：中华书局，1986年，第3327页。

王荆公诗。寒塞霜浓候雁哀。山斋早起碧窗开 韵海。寒气肃山斋。○老杜诗。春来常早起。又碧窗宿雾蒙蒙湿。寒日上高台 韩文公诗。杲杲寒日生于东。○韵海诗料。乘月醉高台。

（二）山寺暮钟

远树秋容淡。古选诗。斜阳森远树。○韵海诗料。一雨洗秋容。又烟雨带秋容。○韩魏公诗。莫言老圃秋容淡。遥岑暮色浓。韩文公诗。遥岑出寸碧。○后村诗。暮色苍然上野台。招提隐隐万云重。释书。招提，菩薩。皆古佛号。故寺称招提。○老杜诗。已从招提游。更宿招提境。○宋人诗。云中隐隐见柴扃。○韵海诗料。高与乱云重。鲸吼隔林钟。文选东都赋。发鲸音。撞华钟。○王荆公诗。好风遥送隔林钟。夜静摇残月。东坡诗。夜静无风势转严。○李齐贤烟寺暮钟诗。摇月传空谷。风飘度乱峰。白乐天诗。仙乐风飘处处闻。○李齐贤诗。随风度远峰。寻僧准拟谢尘踪。老杜诗。春来准拟开怀久。○韵海诗料。羸牛步步踏尘踪。莲社倘相从。晋义熙中。远公与十八贤同修净土。号白莲社。远师以书招渊明。渊明攒眉而去。○韵海诗料。白云半亩镇相从。

（三）远林白烟

万井迷桑柘。李郎诗。春风掩映千门柳。晓色妻凉万井烟。○谢眺诗。桑柘起寒烟。唐人诗。一村桑柘一村雨。○诗学大成烟诗。桑柘凝寒色。松篁暗晚辉。千村接树林。老杜诗。千村万落生荆杞。○东坡诗。树林幽翠满山谷。白烟溶曳半晴阴。诗学大成。溶曳笼江月。○欧阳公诗。秋色半晴阴。云壑窈而深。韩文公盘谷序。窈而深。廓其有容。素练笼寒水。唐人诗。山下晴烟匹练横。○老杜诗。素练风霜起。○杜牧之诗。烟笼寒水月笼沙。○诗学大成。翠色笼寒浦。轻绡罩远岑。韵海诗料。出岫曳轻绡。又烟诗。一幕似轻绡。○诗学大成烟诗。连绵罩远村。又连村无远近。罩树有高低。倚楼吟住日初沈。杜牧之诗。何人为倚东楼住。○老杜诗。山迴日初沈。分暝失栖禽。王荆公诗。岭云分暝与黄昏。○诗学大成。向晚岳阳楼上望。长空无处认栖禽。

（四）长桥落照

远树衔红日。诗学大成斜阳诗。红影数分归远树。又残影半含山。○李太白诗。青山犹含半边日。晴烟护白沙。韵海诗料。风暖扫晴烟。○老杜诗。白沙翠竹江村暮。又龙堆隐白沙。垂虹百尺卧江波。王荆公垂虹桥诗。荧煌丹砂柱。璀璨黄金壁。○杜牧之赋。长桥卧波。未云何龙。复道行空。不霁何虹。○苏舜钦诗。水面沉沉卧彩虹。○诗学大成。彩虹卧江流。又虹腰宛转三百尺。金柱界天斜。窦痒诗。落照金成柱。○成都记。相如过升仙桥题柱。○王荆公诗。暮霞随日界天斜。片影随蒲席。诗学大成。片影随孤鹜。○舟人编蒲席。为帆以泛风。○东坡诗。来趁西风十幅蒲。○僧本粹诗。数幅蒲帆破晓烟。余辉带绮霞。东坡诗。欲将诗句绊余辉。○诗学大成斜阳诗。余辉带落霞。○谢眺诗。余霞散成绮。林间闪闪数归鸦。老杜诗。昏鸦已满林。○诗学大成。林静归鸦晚。○韵海诗料。林间残照聚归鸦。○王荆公诗。鸦闪斜阳金背光。○王申之诗。细数归鸦定暮春。渔唱隔芦花。诗学大成。晚来渔唱外。孤鹜伴霞飞。○韩宗愈诗。十里平湖细雨过。一声长笛隔芦花。

（五）堂洞春花

迟日熏杨柳。诗。春日迟迟。○老杜诗。迟日江山丽。○陈简斋诗。暖日熏杨柳。浓春醉海裳。条风动草莱。史律书。条风。东北风也。言条治万物而出之。○王荆公诗。荣观流转动草莱。桃源洞里百花开。晋大元中。武陵渔人。溪行忽逢桃花。林穷水尽。得一山。从小口入。行数十步。土地平旷。○韩文公桃源诗。种桃处处唯开花。川原远近蒸红霞。○韵海诗料。春风任放百花开。红紫锦千堆。韩文公诗。百般红紫斗芳菲。○诗学大成。红紫夸春态。○东坡花诗。吉祥寺中锦千堆。不数河阳满。晋潘岳为河阳令。种桃李一县。人曰。河阳满县花。○韵海诗料。空看河阳满县花。宁须羯鼓催。唐明皇取羯鼓。临轩纵击催花。曲名春光好。回顾柳杏皆发。笑曰。不唤我作天公。可乎。○蔡蒙斋诗。不用唐宫羯鼓催。寻芳莫待委黄埃。杜牧之诗。自恨寻芳到已晚。○韩文公李花诗。力携一樽独就醉。不忍虚掷委黄埃。留与好含杯。李白诗。山花向我笑。正好含杯时。○老杜诗。生前相遇且含杯。○韵海诗料。花下共含杯。

（六）鹤峰秋月

云淡星火流。孟浩然诗。微云淡河汉。○程伯淳诗。云淡风轻近午天。○诗。七月流火。○陈羽诗。碧空云尽火星流。虹销雨洗秋。王勃滕王阁序。虹销雨霁。○韩文公诗。长安雨洗新秋出。○韵海诗料。翻看清露洗新秋。扬辉清月上峰头。渊明诗。秋月扬明辉。○韩文公诗。清月出岭光入扉。○吴融诗。攀缘应上玉峰头。桂影入帘钩。酉阳杂俎。月中有桂。高五百丈。又云。月中蟾桂。地影也。空处。水影也。○韵海诗料。山月入帘钩。○陈简斋诗。桂影婆娑入帘钩。彩彻三千界。王勃滕王阁序。彩彻云衢。○诗学大成。月明银色三千界。○梅月堂月诗。皎洁三千界。光生十二楼。李太白诗。天上白玉京。十二楼五城。○诗学大成月诗。人醉金风十二楼。○梅月堂月诗。婵娟十二楼。会须携饮酒添筹。乐天诗。花枝当酒筹。○诗学大成月诗。琼楼置酒剩添筹。不用忆吴州。李太白诗。吴州如见月。千里幸相思。

（七）芦浦牧笛

野润烟光腻。老杜诗。野润烟光簿。沙暄日色迟。○李太白诗。烟光草色俱氲氛。○杜牧之阿房宫赋。渭流涨腻。风暄草色柔。王荆公诗。陌上风暄草自熏。○韩文公诗。草色遥看近却无。○陈简斋诗。雨足郊原草木柔。牧童横笛立芳洲。王秋江牧童诗。短笛横吹牛倒骑。○诗学大成。横笛声高下。归鞭影短长。又横笛倒骑牛。○老杜诗。杖藜徐步立芳洲。声断暮江头。郭功甫诗。鸟飞不尽暮天碧。渔歌声断芦花风。○老杜诗。肠断春江欲尽头。缓响连樵唱。魏野诗。一曲樵歌声缓缓。○柳子厚诗。野迥樵唱来。余音答棹讴。东坡赤壁赋。余音袅袅。不绝如缕。○曾南丰诗。鸣弦叹余音。○老杜诗。三杯歌棹讴。○韵海诗料。波心发棹讴。又诗。远听棹郎讴。归来牛背稳于舟。东坡诗。我昔在田间。但知羊与牛。川平牛背稳。如驾万斛舟。○诗学大成。牛背稳于舟。○王荆公诗。日斜睡足黄牛背。不信人间有广舆。返照在林丘。初学记。日西落光返照。谓之返影。亦曰返照。○老杜诗。孤城返照红将敛。又返照入江翻石壁。又石门斜日到林丘。

（八）箭滩渔火

暝色来山径。老杜诗。暝色延山径。高斋次水门。○寇国宝诗。夕阳暝色来千里。人语鸡声共一丘。○孟子。山径之蹊间 溪光动野扃。唐人诗。溪光山色淡如烟。○老杜诗。寒江动夜扉。渔灯数点雨中青。韵海。江远照渔灯。又渔舟数点灯。又数点水中星。○诗学大成渔灯诗。雨中光不灭。又风雪一灯青。闪烁讶流星。诗学大成。闪烁光天际。○韩文公诗。渔火灿星点。○黄山谷诗。突如流星过。○诗学大成渔灯诗。荧煌疑腐草。来往讶流星。浪飐看难定。韵府。飐。职琰切。动也。○柳子厚诗。惊风乱飐芙蓉水。○东坡诗。青荧灭没转山前。浪飐风回岂复坚。○韩文公诗。迷魂乱眼看不定。风回影不停。风回。见上注。○诗学大成。倏烁影难停。一声羌笛夜深听。赵虾诗。长笛一声人倚楼。○郑谷诗。一声羌笛离亭晚。注。羌笛。胡人所吹之笛。三孔也。○宋人诗。萧萧偏向夜深听。惊雁起寒汀。王荆公诗。一双新雁下寒汀。

（九）北山行雨

土润先流础。礼记月令。建未之月。土润溽暑。大雨时行。○淮南子。山云蒸。柱础润。皆将雨之侯也。○东坡雨诗。重云凄以合。微润先流础。鸠鸣正熟梅。黄山谷诗。晴鸠更唤雨鸠归。○诗学大成鸠诗。欲知云脚雨。先向屋头鸣。○韵海诗料。鸣鸠唤雨来。○风土记。今江湘两浙。四五月间。梅欲黄落。则水润土溽。柱础皆汗。蒸郁成雨。谓之梅雨。三月谓迎梅。五月谓送梅。○老杜诗。南京犀浦道。五月熟黄梅。湛湛长江去。冥冥细雨来。顽云泼墨密难开。东坡雨诗。满座顽云泼不开。○诗学大成。泼墨浓云四望遮。○老杜雨诗。茅茨疏易湿。云雾密难开。飞雨度山来。东坡暴雨诗。天外黑风吹海立。浙东飞雨过江来。光助施鞭电。韩文公诗。雷电助光怪。气像难比侔。○淮南子诗。雷以电为鞭。○杨雄赋。霹雳列缺。吐火施鞭。○司马温公骤雨诗。雷公推车电施鞭。飞腾九泽舞百川。○诗学大成。蛇掣电鞭明户牖。鳌喧雷鼓撼乾坤。又云间列缺正施鞭。威加失箸雷。汉高祖大风歌。威加四海兮归故乡。○三国志。蜀先主方食。忽雷震。失匕箸曰。一震之威乃至此。○东坡诗。无限人间失箸人。吟边心眼觉增恢。韵海诗料。东风吹落在吟边。○陆放翁望雨诗。那知先生狂。自倚心眼大。知为好诗催。老杜诗。片云头上黑。应是雨催诗。○韵海诗料。片云知是急催诗。○陈简斋雨诗。忽觉好诗生眼底。

（十）南川飞雪

天黑云容惨。老杜诗。秋天漠漠向昏黑。○东坡诗。竹坡雁起天为黑。○杜牧之诗。云容水态还堪赏。○韵海诗料。阴破冻云容。又寒烟半惨容。○李齐贤雪诗。风紧云容惨 风严泽腹凝。韵海诗料。刮面塞风严。○礼记月令。十二月。水泽腹坚。○韵海诗料。风严泽腹凝。又冰凝泽腹坚。○又冰泽腹初坚。萦丛惹砌雪崩腾。秦韬玉雪诗。惹砌任他糕粉似。萦丛自学小梅娇。○韩文公雪诗。崩腾相排拶。○王荆公诗。江风吹浪雪崩腾。粉屑满沟塍。李奎报雪诗。痴女误疑筛粉屑。○王荆公诗。旅生犹可暗沟塍。○韵海诗料。暗溜满沟塍。○韵府。塍。稻畦也。浩荡银千界。韩文公雪诗。浩荡乾坤合。○宋望之雪诗。天地变成银世界。○诗学大成。月明银色三千界。模糊玉百层。白乐天雪诗。平明山雪白模糊。○东坡雪诗。模糊桧顶独多情。○王荆公雪诗。十二楼台玉作层。○宋人雪诗。天入虚楼倚百层。三更报霁彩蟾升。东坡雪诗。寒更报新霁。皎月悬半破。○李齐贤雪诗。三更霁色送银蟾。○李商隐诗。月娣曾闻下彩蟾。注。蟾。月中蟾蜍也。剡棹兴堪乘。晋史。王子猷居山阴。雪夜独命酌。因咏招隐诗。忽忆戴逵。便乘小舟。访之于剡溪。造门而返。或问之。对曰。乘兴而来。兴尽而返。何必见戴安道耶。○老杜诗。山阴夜雪兴难乘。又东行万里堪乘兴。又须向山阴上小舟。[①]

崔滋这首词最显著特点是做到了无一句无来历，无一字无来历，他饱读中国和朝鲜的典籍，腹笥甚广，含英咀华，每一句词化用、用典都有出处，甚至做到一句连用多处名家名句。不仅用中国李白、杜甫、韩愈、苏轼、王安石、陆游等文人的诗，更重视引用朝鲜著名文人如李齐贤、李奎报、金时习等的作品。词虽然用典、化用较多，但词中看不到半点罗列、堆砌之痕，佶屈聱牙之感。这组联章词形式上运用自如，写景清新，运笔灵活，集圣亭绝特之景展示的淋漓尽致。这组词在一定程度上艺术水平超过李齐贤的《巫山一段云》，这是作者仔细推敲锤炼、字斟句酌、容裁锻炼的结果。

---

① 崔演：《艮斋文集》，《韩国文集丛刊》第 32 集，首尔：景仁文化社，1990 年，第 37 页。

清彭孙遹《词统源流》中说："咏物词极不易工，要须字字刻划，字字天然，方为上乘。"[①] 金烋的《巫山一段云・青溪堂八咏》和李镇宅的《关东八景・巫山一段云体》就是自然清新的佳作。

巫山一段云　青溪堂八咏　金烋

西山翠柏

满地铺云影，连空作雨声。朔风吹雪太阴狞。凛凛守坚贞。

遗德思平仲，宗臣忆孔明。须将大厦要扶倾。共保岁寒盟。

东巅丹枫

远壑今朝冷，繁霜昨夜零。谁教千树着丹青。幻出碧山形。

浓淡花为幄，鲜明锦作屏。盘云石径到茅亭。可使林车停。

溪边钓月

石滑苔如洗，溪清水似空。烟波无限月明中。此乐胜三公。

东海思投饵，西周梦猎熊。平生最忆钓台翁。九鼎一丝风。

垄上耕云

谷中穿云去，溪边趁月耕。劈开春色亩纵横。俋俋且闲行。

世乱吟梁甫，时来作保衡。不须徒慕晋渊明。躬稼送平生。

秋郊放鹰

落木千峰秀，刚风一夜高。忽然遗却碧丝绦。霹雳让霜毛。

转目光芒闪，翻身气象豪。飞腾万里不辞劳。渭猎几时遭。

野亭争鹄

云卷张帿处，风恬破的时。心平自觉矢能持。彻札未为奇。

观德非今日，栖身是旧基。鼓声雷动有遗诗。吟罢起遐思。

花晨醉客

帘影低垂地，鹦声唤起人。几枝风露澹清晨。一一漏精神。

且看花时好，宁辞酒味醇。满怀都作一般春。此乐最为真。

---

① （清）彭孙遹：《词统源流》，见《学海类编》第63册，上海：上海函芬楼印，道光六安晁氏木活本。

邻夕农谈

樵木归来夕，桑麻寂历时。几家松火隔疏篱。各自闭门迟。

共慰耕耘苦，仍论稼穑宜。年登幸复政宽期。卒岁且遨嬉。

金烋的《青溪堂八咏》写出了深居农村乐而不改其志洒脱自然的田园生活。第一首写高尚志节，“朔风吹雪太阴狞，凛凛守坚贞”以青松喻自己高洁节操。第二首写枫树之美，“谁教千树着丹青，幻出碧山形”为传神之笔，是昨夜繁霜绘出千树丹青，把霜后红叶栩栩如生地展现在读者面前，仿佛传神阿堵所绘杰作。第三首写垂钓之乐，潺潺溪水声所奏音乐胜过“三公”，作者一生最爱就是做个钓鱼翁，功名利禄就似吹过身边的一丝清风。第四首写农耕之乐，月下耕地“劈开春色亩纵横”是妙句，作者不羡慕陶渊明的隐逸生活，躬耕陇亩度一生才是人生的乐事。第五首是放鹰之乐。“落木千峰秀”“霹雳让霜毛”“转目光芒闪，翻身气象豪”将雄鹰的展翅高飞、划过长空的雄姿生动地表现出来。第六首是安逸遐想之乐。云卷云舒，风淡风轻，心平自觉矢能持，吟罢诗歌起遐思。第七首侑宴之乐。醉时看花，满怀都是春，“此乐最为真”。第八首写与农交谈之乐。日出而作，日落而息。夕阳西下，农人劳作而归，几点灯火，农人共慰耕耘苦，并约好年底要相邀嬉戏。整组词围绕一个“乐”字展开。作者首先开篇言志——高洁的节操，淡泊名利，隐居田园。其他七首秋日丹枫、垂钓、农耕、放鹰、安闲、侑宴、交谈都是为第一首服务：就是自己不慕名利的清洁高风，潇洒物外，所以自己才自得其乐。整组词构思清新，布局合理，把自己对农村的爱融入自然与劳作之中。

李镇宅的《关东八景·巫山一段云体》词：

平海月松亭　平沙十里　长松蔚立

远浦寒波急，孤亭落照辉。须臾月出鹭鸥飞。天朗海风微。

水动光摇眼，沙明白耀衣。苍松影里钓翁归。却羡日忘机。

蔚珍望洋亭　俯临大海　波涛洋洋

万里天浮水，三春客倚楼。波翻浪吐一帆舟。渺渺使人愁。

极望茫无际，俯临碧似油。斜阳独立思悠悠。惟欲语沙鸥。

三陟竹西楼　沙明潭清　山秀岩奇

关景无多胜，江山第一楼。沙明十里玉川流。亭滀可容舟。

疏竹余根在，奇岩古壁留。登临无与共清幽。独步下西洲。

江陵镜浦台　海汇为泽　波如镜面

海汇山仍起，楼高影落空。朝来水面忽生红。日上海门东。

滢滢明如镜，青青色似铜。更看星月映波中。疑是广寒宫。

襄阳洛山寺 楼高海阔 极目无际 海隅有观音窟

匹马春风客，寒山暮寺钟。楼高海阔水溶溶。其下有潜龙。

万古烟霞洞，千年菩萨容。倚筇东望五云浓。擎出玉芙蓉。

杆城清硐亭　水汇山拥　波残风微

海曲千岩里，萧然一小亭。金刚余麓落东溟。插立作门屏。

日暖鱼游水，花残鸟语庭。清风拂面醉吟醒。涧草自青青。

高城三日浦　海决怀山　亭如泛船　岩下有梦天庵

小阁澄湖上，孤庵古壁中。萦回十里大洋通。一阵海棠红。

细雨双双鹭，微霞点点鸿。仙游三日迹何空。倚杖挹清风。

通川丛石亭　山入海中　石如丛立

地轴拖山入，天工削石森。神斧何日过东浔。丛立十余寻。

人力何能及，海灵亦苦心。孤楼愀倚久沉吟。落日挂西岑。

右八景虽是胜观，皆滨海故不甚奇爱。而唯竹西楼在于邑后客舍前，川流成潭。水清沙明，奇岩怪石，环列左右，山容秀丽，谷长十里，一望平阔，登临不觉心神爽然。扁曰“第一江山”，信关东之绝胜也。余于甲午秋，自京城游览金刚山，还归京城，以未见八景，殆成癖痞矣。今因谪行，处处览尽，足以遂平生之愿。莫非恩造也。

李镇宅的《关东八景・巫山一段云体》描写了关东八景，即月松亭、望洋亭、竹西楼、镜浦台、洛山寺、清硐亭、三日浦、丛石亭。作者深情赞美了关东八景，八景各有特色，表现自然明快，以清词丽句，素描淡抹，写出了诗意浓厚，自然幽雅，风光闲适，引人入胜的佳品。

三、富有朝鲜特色的词学理论

严格意义上讲，朝鲜古代没有产生过一部专门的词学（词话）专著或完整的词学理论，只是在文人的诗话或作品集中保存一些零星、散乱的、缺乏系统性和理论性的词评论。

韩国赵钟业1996年编纂的《修正增补韩国诗话丛编》共17册，全书收录诗话129种。2012年延边大学蔡美花主编的《韩国诗话全编校注》共收诗话136部。仔细研读这一百多部诗话，可以发现朝鲜古代论述与词相关的诗话主要有徐居正《东人诗话》（卷上、下），李齐贤《栎翁稗说》，曹伸《谀闻琐录》（卷三），权应仁《松溪漫录》（卷一），李宗准《慵斋遗稿·遗山乐府跋》，李睟光《芝峰类说》（卷八、十、十二、十四），高尚颜《效颦杂记》（卷下），申钦《晴窗软谈》（卷上、下），佚名《诗文清话》（卷一、二、三），洪万宗《小华诗评》（卷上、下），洪万宗《旬五志》（卷下），金春泽《囚海录》（卷十六），李瀷《星湖僿说·诗文门》《星湖僿说·人事门》，南义采《龟磵诗话》（卷一、二、五、六、十、十一、十三、十四、十七、二十一、二十三、二十四），许筠的《鹤山樵谈》（卷二）、《国朝诗删·四时词》《惺所覆瓿稿》[卷二（此本只有韩国奎章阁所藏本中才有）、卷十三]，佚名《诗话类聚》，成涉《笔苑散语》（编下第一），徐湄《清邱诗话拾遗稿》，朴永辅《绿帆诗话》（卷四、五），李圭景《诗家点灯》（卷一、二、五、十、续集卷一）、洪翰周《智水拈笔》（卷三、卷五）等。另外个人专著中林椿《西河集》（卷四），李衡祥《瓶窝集》（卷四），郑麟趾《高丽史·乐志》、李柬《巍岩遗稿》（卷二），韩文健《石山文集》（卷二），南有容《雷渊集·答吴伯玉书》，金允植《云养集》（卷六），张锡荩《果斋集》（卷二、卷十三）也涉及词论。另外李瀷《星湖全书·僿说·人事门》中提到《大晟乐》（448页）、《舞鼓》（525页）、《动动曲》（525页）、《乡乐》（525页）、《抛球乐》（526页）、《莲花台》（526页）、《五羊仙》（526页）、《寿延长》（526页）、《献仙桃》（526页）、《城上所》（527页）等①，李德懋《清脾录》（卷二）② 等关于词的论述是前人研究成果中所没有的。徐安琪、秦惠民的《朝鲜古代诗话中的词论资料辑录》③ 以赵钟业1989年《韩国诗话丛编》、韩国学文献研究所编《韩国汉诗选集》1980年版为底本对朝鲜古代的词论进行了资料辑录。朝鲜词人没有形成系统的词学理论，但他们关于词的评论完全可以看出他们的词学理念。

---

① 李佑成编：《星湖全书五·僿说·人事门》卷15，首尔：骊江出版社，1987年。

② 韩国版有、中国版无此收录。

③ 徐安琪、秦惠民：《朝鲜古代诗话中的词论资料辑录》，载《2008年词学国际学术研讨会论文集》。

朝鲜词论主要体现在三个方面：诗话保存了朝鲜部分词人的作品；李齐贤对朝鲜词学理论的贡献及影响；朝鲜词人对词文体及中朝语言的认识。

（一）文人对词及中朝语言的认知

朝鲜人从中朝两种语言视角出发探讨词文学。中国词话中没有论述，这是朝鲜词人的词论创新。朝鲜词人在创作词文学时，已经发现语言及文体因素是制约朝鲜词发展的最重要原因，纷纷在其著作中发表了自己的见解，表现出共性，其中包括徐居正、申钦、申光汉、洪万宗、许筠 、李宗准、李晬光、金春泽、南义采、李圭景。这些词人有的能正确认识词，有的则不能。下面以能否正确认识词为标准来阐述。

1. 对词文体正确认识的文人

以徐居正、南义采、李圭景、李宗准为代表。

（1）徐居正的词论

他在《东人诗话》中评论：

> 乐府句句字字，皆协音律，古之能诗者尚难之。陈后山（陈师道）、杨诚斋（杨万里），皆以谓“苏子瞻乐词虽工，要非本色语”况不及东坡者乎？吾东方语音，与中国不同，李相国（李奎报）李大谏（仁老）、猊山（崔瀣）、牧隐（李穑），皆以雄文大手，未尝措手。虽益斋备述众体，法度森严，先生北学中原，师友渊源，必有所得者。近世学者，不学音律，先作乐府，欲为东坡所不能，其为诚斋、后山罪人明矣。①

就现存资料来看，徐居正是《东文选》的选编者，作为朝鲜文坛的名宿没有一首词留存，也就是他可能没有作过词，因为他发现汉诗音律的难度本身就很大，词的音律难度更大，朝鲜的语音与中国不同，他认为只有李奎报、李仁老、崔瀣、李穑等熟练掌握汉语并运用自如的汉语大家才能成为写汉文章的雄文高手，李齐贤之所以汉语诸种文学体裁都取得很高文学造诣是因为他北学中原，与中国的文学名家切磋交往，才有如此成就。

---

① 徐居正：《东人诗话》，见蔡美花、赵季主编：《韩国诗话全编校注》第1册，北京：人民文学出版社，2012年，第183页。

(2) 南义采的词论

南义采《龟磵诗话·东人不解词》中说：

我东人不解音律，虽宗匠钜公至作小词，多不合曲。顷世申光汉作小词，尹春年为乐音稿，自谓能解音律。而近世李吉焕自号醴轩居士，尝作小词，因燕使便，送质于大方词家，词家称之为好文章而，但不解词法云。燕使归以语之，吉焕模仿唐宋人词法，使合于清浊音节，又送质之。词家以为此则合于词体而，但文不如前云，盖以牵合声律为主故也。观此则申、尹所撰乐词，未知果能谐和于中朝音响否也？余酷爱诗余，种种画葫，尝以"三子"词寄湖社诸友。"三子"即《卜算子》《行香子》《更漏子》也。《卜算子·梅》词曰："冻月挂珊瑚，透薄纱橱冷．不与梨花梦一春，耿介风姿挺。索笑起巡檐，竹睡黄昏静。手掇琼枝伫所欢，立尽横斜影。"《行香子·雪》词曰："宴罢璇宫，撒掷银钟。旗芙蓉，万玉妃从。山藏岚翠，路敛尘红。但云千堆，花千树，月千峰。清襟转冲，幽兴方浓。待王恭，鹤氅从容。弹瑶池宴（曲名），试密云龙（茶名）。对一窗梅，一轩竹，一庭松。"《更漏子·春》词曰："楝风前，榆后雨。淡荡一崦梅柳。夸白玉，矜黄金。动人游宕心。枕山亭，临水榭。无数去驴来马。云淡淡，月娟娟．美人阿那边。"又《点绛唇·咏梅次清山韵》曰："琴幌虚明，篆炉熏歇茶烟迸。参横屋角，海月珊瑚映。领得韵香，对咏寒宵竟。纱橱冷，练裙鲜净。莫是仙娥影。"又《思越人·次清山韵》曰："雪银堆，冰玉岸，曾飓透薄蓉裳。手掇琼枝南浦晚，敛红苹末斜阳。云端一点终南小，邮亭立望烟渺。酒歇芳罇音尘杳。香梅独自开了。"又《金池雪小酌》调《西江月》曰："絮拂王恭鹤氅，花粘孟浩驴鞍。金池霁景水晶寒。恰好我歌君乱。转觉神清似水，且看气涌如山。五更扶醉下朱栏。惆怅月斜人散。"又《坐啸楼逢别》调《望江南》曰："城角暮，泛艳月华浓。香透纱橱梅稳藉，烟消松架鹤从容。琴酒此相逢。虬箭咽，兰戽堕残红。风触离琴弦冻绝，悄轻云往两三峰。流水各西东。"恨不携秦太虚来，以就斤正。①

① 南义采：《龟磵诗话》，见蔡美花、赵季主编：《韩国诗话全编校注》第10册，北京：人民文学出版社，2012年，第8044—8045页。

他首先阐述了对词文学的理解，朝鲜人不能正确理解词的音律，所以即使是朝鲜的文学巨匠作词也多不合声律。他举了三个例子进行说明，前两个是申光汉和尹春年，对申、尹之词南义采没有评论；另一个是李吉焕。李吉焕曾作词，第一次让中国词人指正，回复是篇好文章，言外之意不是词。后李按词谱写词又请中国词家斧正，评价是合于声律，但文采不如上次。南义采认为李吉焕这样只是重声律等外在形式而忽视了内容。他十分仰慕秦观，亲自作《卜算子·梅》《行香子·雪》等七首词，渴求出现秦观这样的大词人评点指正。

（3）李圭景的词论

李圭景的《诗家点灯》详细阐述了他对词文学理论的理解，他从“词体叶律”“集词填词”“词曲源流”“词体源流辩证说”四个方面阐述了他对词的认识。其评论如下：

《诗家点灯·词体叶律》

词者，似诗非诗之一体，即歌曲也。……予亦以为我东本不解词，为言方域既殊，声音迥别，每仿中原词曲，清浊音调岂可同乎？如欲作词曲，用东方音声高低，然后可以叶于管弦矣。且中国亦有南北曲，况我东之歌词乎？《西厢记》乃北词也，今强取袁石公语评：“南曲如宋人画西湖，北曲如元人画山阴，花鸟人物，细如毫发，浓淡远近，色色臻妙，此西湖之山水也。人或无目，树或无枝，山或无毛，水或无波，隐隐约约，远意若生，此山阴之山水也。”中国人仿集句复有集词，谓之填词。朱彝尊有《蕃锦集》、庄泉有《填词集》，此其大概也，复有续论。①

《诗家点灯·集词填词》

我东素无词体，好事者或剽窃抄袭，专事依样，全无腔调，且所依样者不过《西厢记》与《小说杂记》，或留意《草堂诗余》，才情更不及焉。故虽风骚大家，于词不得强作，寻常构词亦不能工，而况集词填词也？朱竹垞集唐诗为填词一卷，名《蕃锦集》，其词曰：“有时半醉百花前（李贺），山月皎如烛（韦应物）。赠瑶笔之旖旎（陈子昂），得明珠

① 李圭景：《诗家点灯》，见蔡美花、赵季主编：《韩国诗话全编校注》第7册，北京：人民文学出版社，2012年，第5840—5841页。

十斛（李贺）。”“江海茫茫春欲遍（刘长卿），岸上无人（孙光宪），野色寒来浅（罗隐）。向晚因风一川满（薛奇童）。兰闺柳市芳尘断（骆宾王）。越女含情已无限（羊士谔）。洒雾飘烟（包佶），天畔登楼眼（杜甫）。此夜断肠人不见（顾况），纱窗只有灯相伴（裴说）。”此首咏春雨，尤字字入神。……竹垞集唐为填词名《蕃锦》，疑出鬼工云，则文人填词当以竹垞为首，词曲可以典故者有《词统》、朱竹垞《词综》、王渔洋《倚声集》、徐钒《词话》、钱涛《百花弹词》、俞悼《诗词余话》、涵虚子《词品》、陆辅之《词旨》、王思《词衍》，余不殚记。①

《诗家点灯·词曲源流》

王士禛《带经堂集·倚声集序》：“……诗之为功既穷，而声音之祕势不能无所寄，于是温、韦生而《花间》作，李、晏出而《草堂》兴，此诗之余而乐府之变也。诗余者，古诗之苗裔也。语其正，则南唐二主为之祖，至漱玉、淮海而极盛，高、史其嗣响也。语其变，则眉山导其源，至稼轩、放翁而尽变，陈、刘其余波也。有诗人之词，唐蜀五代诸人是也。有文人之词，晏、欧、秦、李诸君子是也。有词人之词，柳永、周美成、康与之之属是也。有英雄之词，苏、陆、辛、刘是也。至是，声音之道乃臻极致，而诗之为功，虽百变而不穷，《花间》《草堂》尚矣，《花庵》博而杂，《尊前》约而疏。《词统》一编稍撮诸家之胜，然详于隆万，略于启祯。邹子与予因网络五十年荐绅、隐逸、宫闺之制，汇为一书，亦犹古弦歌之意也。书成，命曰《倚声》。②

《诗家点灯·词体源流辩证说》

词者，似诗非诗之一体，即歌曲也。……（前与《诗家点灯·词曲源流》相同）吴讷《文章辨体廿四论》：“唐开元、天宝中，词曲成俗。才子始依乐工按拍之声，被之以辞。其句之长短，各随曲而度”云云。词外复有填词。《群雅集序》：用长短句制乐府歌词，由汉迄南北朝皆然。唐初以诗被乐，填写入调，则自唐开元、天宝始。逮五代十国，作者渐

① 李圭景：《诗家点灯》，见蔡美花、赵季主编：《韩国诗话全编校注》第7册，北京：人民文学出版社，2012年，第5866页。

② 李圭景：《诗家点灯》，见蔡美花、赵季主编：《韩国诗话全编校注》第7册，北京：人民文学出版社，2012年，第5859—5860页。

多……俞憕《诗词余话》。至于林希恩《学歌谱》，田艺蘅《阳关三叠图谱》亦可考者也。与《诗家点灯》参考焉。①

他对词主要有三个方面的认识：

首先他能正确地区分词与诗两种文体，认为词与诗不同，是一种似诗非诗的文学体裁，这种认知十分准确，他极其认同明朝王士禛的词文学产生发展理论，在《诗家点灯》卷二和论诗章节两次全文引用王士禛的《带经堂集·倚声集序》，认同词为诗之余，赞同把词分为诗人之词、文人之词、词人之词、英雄之词四类，认同词文学是一个逐渐发展不断完善的过程，词发展到英雄之词时才臻至完美。他赞同词可以用典故。对词文学家与作品也给予正确评价，他认为词作之冠冕是柳永的《望海潮》，“词以柳耆卿《望海潮》词为词之冠”。②

其次曲词不分。万树说：“词上承于诗下沿为曲，虽源流相继，而界域判然，”③ 由于受元曲理论的影响，他正确区分诗词的同时，却又走向了另一个误区，即词曲不分。他把中国词分为南词、北词，他说“《西厢记》乃北词也”，把学者对曲分南曲、北曲的划分标准套用到词文学中去，进入曲词不分的误区。

最后重华词轻己词。他重视中国词人词作，以中国词为正宗，轻视朝鲜词文学。他说朝鲜本来没有词文学，有些文人喜好作词只是剽窃抄袭，按图索骥，全无词样，这种观点是谬误，彻底否定了本民族词人的优秀作品。同时他也看到了中朝两种语言的差别影响到词人的创作，地域方言不同，清浊音调必有差异，他发现中国词与朝鲜歌词是有差别的。

（4）李宗准的词论

李宗准《慵斋遗稿》有：

乐府诗家之大香奁也。遗山所著，清新婉丽，其自视似羞比秦、晁、贺、晏诸人，而直欲追配于东坡、稼轩之作。岂是以东坡为第一，而作

① 李圭景：《诗家点灯》，见蔡美花、赵季主编：《韩国诗话全编校注》第8册，北京：人民文学出版社，2012年，第6621—6622页。

② 李圭景：《诗家点灯·诗词略拾》，见蔡美花、赵季主编：《韩国诗话全编校注》第7册，北京：人民文学出版社，2012年，第5861页。

③ （清）万树：《词律》第1册，北京：中华书局，1958年，第32页。

者之难得也耶？然后山以为：“子瞻以诗为词，如教坊雷大使之舞，虽极天下之工，要非本色。”李易安亦云：“子瞻歌词，皆句读不葺之诗耳，往往不协音律；王半山、曾南丰，文章似西汉，若作小歌词，则人必绝倒，不可读也。乃知别是一家，知之者少。”彼三先生之集大成，犹不免人之讥议，况其下者乎？夫诗文分平侧，而歌词分五音、五声、又分六律；清浊轻重，无不克谐，然后可以入腔矣。盖东坡自言平生三不如人，歌舞一也；故所作歌词，闲有不入腔处耳。然与半山、南丰，皆学际天人，其于作小歌词，直如酌蠡水于大海，岂可谤伤耶？吾东方既与中国语音殊异，于其所谓乐府者，不知引声唱曲，只分字之平侧，句之长短，而协之以韵，皆所谓以诗为词者。捧心而颦其里，祇见其丑陋耳！是以文章巨公，皆不敢强作，非才之不逮也。亦如使中国人若作《郑瓜亭》《小唐鸡》之解，则必且使人抚掌绝缨矣！惟益斋入侍忠宣王，与阎、赵诸学士游，备知诗余众体者，吾东方一人而已。然使后山、易安可作，未知以敝衣缓步为真孙叔敖也耶？以此知人不可造次为之。虽未知乐府，亦非我国文章之累也。愚之诵此言久矣，今以告监司广源李相国。相国曰：“子之言是矣！然学者如欲依样画葫芦，不可不广布是集也。”①

李宗准曾经到中国元朝大都出使，对词文学有深入了解。他认为词是诗中的“香奁”（闺阁），与中国传统认为的“词为艳科”相一致。他评价元好问词风清新婉丽，可与苏轼、辛弃疾相比肩，对元词给予高度评价。他准确认识到中朝两种语言殊异，由于语言文化的差异阻碍了两国文人的词文学创作。特别举例说明，王安石、曾巩两个词人皆学际天人，如果让二人作朝鲜的歌词那简直是酌蠡水与大海相比，东施效颦，所以即以文学巨匠不敢强作。中国的文学大家（如果不熟悉朝鲜的文字、文化）是创作不出像《郑瓜亭》《小唐鸡》这样著名歌词的。李宗准准确地道出两种语言两种文化背景下对文学创作的重要影响。一个文学家在自己母语文化背景下会创作出优秀的作品，如果他进入另一种陌生的语言文化环境下进行创作是不会有好作品的。同时如果文学家很快适应新语言文化环境并熟练掌握了语言，他就有可能创作出好作品。为此举了一个特例，朝鲜词学第一人李齐贤到中国长期居住，并与

① 李宗准：《慵斋遗稿》，《韩国文集丛刊》第16集，首尔：景仁文化社，1990年，第641页。

文学名儒交往成就其词学“东方一人”地位。

2. 对词文体不了解或者部分了解的文人

这包括申钦、申光汉、洪万宗、许筠 、李睟光、金春泽。

（1）申钦《象村集》

我朝人不得为词，言者以为声音与中国异，虽强为之，必不似。余则以为不然，声音出于自然，非有中国、外国之限，言词殊而押韵则同，推一而可反其隅。特我国之为诗者，华藻不足，无以为词，声音之异，非所患也。①

（2）申光汉《企斋集》

吾东人鲜有作词者，益斋后，无复继者。仆久病无聊，忽承玉堂直学士辱示所制三词，且谓求正。此事古而今始见之。奉读再三，不觉沉痾去体。观其词意高古，格律森严，虽置古人作中，不多让焉，况敢有所评议耶？且其所赋，实皆先得病夫未到之怀。谨依来韵和之，此亦相长之意也。②

（3）洪万宗

① 洪万宗《旬五志》

我东人不解音律，自古不能作乐府歌词，顷士湖阴郑士龙，作歌词一阕。沧州尹春年素知音律，见而笑之曰：“此不合五音六律。”湖阴怃然退，取《韵会》《五声集韵》等书，仿效“洞庭西望楚江分”一绝，字字较其清浊高低，作一绝以示尹春年，春年数三吟咏曰：“此稍协律。”湖阴曰：“然则可仿古何（代）乐章？”春年暂若深思曰：“此与李白《清平词》‘洞庭西望楚江分’音律相似。”湖阴大惊服，终不复作乐章。按苏东坡自言“平生有三不如人”，谓“着棋、吃酒、唱曲也”。故词虽工，而多不入腔。又按升庵杨用修所著《乐府》，流脍人口，而颇不为当家所许。盖杨本蜀人，故多川调，不谐南北本腔云。余谓“以中华之人，其词或不入腔，或不叶音，况我偏邦，宁望其能为词曲耶？湖阴之字字强究，希合音律者，不亦劳哉？我东人所作歌曲，专用方言，间杂文字，率以谚书传行于世，盖方言之用在其国俗，不得不然也。其歌曲虽不能与中国乐谱比，并亦有可观可听者。按《象村集》其书《芝峰朝天录》歌词曰：“中国之所谓

① 申钦：《象村集Ⅱ》卷 52，《韩国文集丛刊》第 72 集，首尔：景仁文化社，1990 年，第 341 页。

② 申光汉：《企斋集》别集卷 7《歌词》，《韩国文集丛刊》第 22 集，首尔：景仁文化社，1990 年，第 467 页。

‘歌词’即古乐府，暨新声被之管弦者俱是也。我国则发之藩音，协以文语，此虽与中国异，而若其情境咸载，宫商谐和，使人咏叹淫佚，手舞足蹈，则其归一也。”云信哉言乎？余取其长歌中，表盛行于世者，略加评语如左。《历代歌》陈复昌所制。述历代帝王之治乱，记圣贤君子之否泰，足为监古之一史。《劝善指路歌》曹南溟所制。形容性理源委，指示道具学蹊径，实是儒家之指南。《冤愤歌》忍斋暹所制。公少时，为安老所陷，惨被榜掠，死而董甦，窜于兴阳。述其冤愤之事，信不平之鸣也。《俯仰亭歌》宋二相纯所制。说尽山水之胜，铺张游赏之乐，胸中自有浩然之趣。《关西别曲》歧峰白光弘所制。公为平安评事，历遍江山之美，骋望夷夏之交、关西佳丽，写出于一词。《关东别曲》松江郑澈所制。历举关东山水之美，说尽幽遐诡恠之观，状物之妙，造语之奇，信乐谱之绝调。《思美人曲》亦松江所制。祖述《诗经》“美人”二字，以寓忧时恋君之意，亦郢中之白雪。《续思美人曲》亦松江所制。复申前词未尽之思，语益工，意益切，可与孔明《出师表》伯仲者也。……①

② 洪万宗《小华诗评》

我东人不解音律，自古不能作乐府歌词，世传李益斋齐贤随王在燕邸，与学士姚遂诸人游，其《菩萨蛮》诸作为华人所赏云。岂北学中国，深有所得而然耶？余见其《舟中夜宿》词：“西风吹雨鸣江树，一边残照青山暮。系缆近渔家。船头人语哗。白鱼兼白酒，径到无何有。自喜卧沧州。哪知是宦游。”其《舟次青神》词曰：“长江日落烟波绿，移舟渐进青山曲。隔竹一灯明，随风百丈轻。梦与白鸥盟，朝来莫谩惊。”词极典雅，华人所赞，其指此欤？②

（4）许筠《鹤山樵谈》

歌词之作，必分字之清浊，律之高下。我国音律不同中原，故无作歌词者。龚吴之来，湖阴不次之，世谓得其体。其后苏退休次华侍讲之韵，有“伤心人复卷帘看，目断凄萋芳草色”之句。华公赞赏不一，抑皆中于律邪？

① 洪万宗：《旬五志》，见蔡美花、赵季主编：《韩国诗话全编校注》第4册，北京：人民文学出版社，2012年，第2538—2539页。

② 洪万宗：《小华诗评》，见蔡美花、赵季主编：《韩国诗话全编校注》第3册，北京：人民文学出版社，2012年，第2319—2320页。

抑只取其藻丽而然邪？[1]

（5）李睟光《芝峰类说》

我国歌词，杂以方言，故不能与中朝乐府比并。如近世宋纯、郑澈所作最善，而不过脍炙口头而止。惜哉！长歌则《感君恩》《翰林别曲》《渔父词》最久，而近世《退溪歌》《南冥歌》宋纯《俯仰亭歌》、白光弘《关西别曲》、郑澈《关东别曲》《思美人曲》《续思美人曲》《将进酒词》盛行于世。他如《水月亭歌》《历代歌》《关山别曲》《古别离曲》《南征歌》之类甚多。余亦有《朝天》前后二曲，亦戏耳。[2]

（6）金春泽《囚海录》

古歌词，自舜皋陶及夏五子所为，至周之诗被管弦者，其音律节奏，皆当合于乐。而乐既亡，歌之音节，亦无以得考焉。后世之歌与乐，固非古之歌与乐，而然其自相谐合，则不害谓今犹古也。东人或效古人为歌词，而所辨推四声，其中清浊虚实，则昧然不知，何能与中华乐律相合哉？一其以本国言语为之者，不论其自合于本国乐律与否，就其辞意，或多悠扬婉切，真可以动人听、感人心者，不唯胜于效古人之歌词，其视诗文诸作，又不舍过之。无他，真与假之分也。诸词中如郑松江前后《思美人词》，又其最胜者，尝闻金清阴剧好听此词，家内奴使，皆令诵习。吾家老脾春台者，儿时逮事清阴，至老而犹道旧日事，能诵其“罗伟寂寞绣幕虚”等句。清阴之好之如此，岂无所以然者哉。[3]

申钦虽然知道朝鲜人作词困难的关键原因是朝鲜音与中国不同，但他很不以为然，他认为声音出于自然没有中国外国之分，这不影响朝鲜人创作词文学。申光汉根本就分不清词诗的界限，但他很欣赏词的高古清远，满腔热情投入词文学创作。洪万宗对词很是艳羡，但他把自己本民族的文学体裁与中国文学体裁混淆，即词、歌词、时调概念混为一体，分辨不清。他存在民族自卑心理，以中国文学为宗，认为朝鲜所作歌曲不能与中国乐谱比，这是

① 许筠：《鹤山樵谈》，见蔡美花、赵季主编：《韩国诗话全编校注》第 2 册，北京：人民文学出版社，2012 年，第 1448 页。

② 李睟光：《芝峰类说》，见蔡美花、赵季主编：《韩国诗话全编校注》第 2 册，北京：人民文学出版社，2012 年，第 1322—1323 页。

③ 赵钟业：《朝鲜诗话丛编》（修正增补）卷 6，首尔：太学社，1996 年，第 31 页。

应该纠正的。同时他的观点与李宗准相契合，就是盛赞李齐贤的词文学成就，并认同其取得如此高的成就是北学中国的结果。许筠在理论上能阐述诗、词的部分知识，但在实际应用中分不清诗词。李晬光和金春泽重点分析了朝鲜的歌词与时调，提出了中朝两国语言差异影响文学创作，对词文学的探讨相对较少。

（二）李齐贤的词学理论与贡献

李齐贤的《栎翁稗说》中有：

1. 古人之诗，目前写景，意在言外，言可尽而味不尽。若陶彭泽“采菊东篱下，悠然见南山”，陈简斋“开门知有雨，老树半湿身”之类是也。予独爱“池塘生春草”，以为有不传之妙。昔尝客于余杭，人有种兰盆中以相惠者，置之几案之上，方其应对宾客，酬酢事物，未觉有其香焉。夜久静坐，明月在牖，固得触乎鼻观，清远可爱而不可形于言也。予欣然独语曰：“惠连春草句也”。①

2.（李齐贤）山谷有言：“随人作计终后人，自成一家乃逼真。”信哉！②

3. 杜少陵有：“地偏江动蜀，天远树浮秦”之句，予曾游秦蜀，蜀地西高东卑，江水出岷山，经成都南东走三峡，波光山影荡摇上下。秦中千里地平如掌，由长安城南以望，三面绿树童童，其下野色接天，若浮在巨浸然。方知此句少陵为秦蜀传神，而妙处正在阿堵中也。“四更山吐月，残夜水明楼。尘匣元开镜，风帘自上钩。”崔翁瀣言：“人谓后二句皆言月，非也。‘尘匣元开镜’以言水明楼耳。如夔府咏怀诗‘峡束苍江起，岩排古树圆。拂云埋楚气，朝海蹴吴天’。拂云言古树，朝海言苍江，亦诗家一格也。”③

李齐贤的《栎翁稗说》是诗话，但这里完全可以看作是他的词学理论。在词学理论上，李齐贤主张“写景逼真，自成一家”“目前写景，意在言外”，才是“诗家一格”，这时李齐贤在诗学、词学上的重要贡献，他提倡作

---

① 李齐贤：《栎翁稗说》，见蔡美花、赵季主编：《韩国诗话全编校注》第1册，北京：人民文学出版社，2012年，第143页。

② 李齐贤：《栎翁稗说》，见蔡美花、赵季主编：《韩国诗话全编校注》第1册，北京：人民文学出版社，2012年，第156页。

③ 李齐贤：《栎翁稗说》，见蔡美花、赵季主编：《韩国诗话全编校注》第1册，北京：人民文学出版社，2012年，第143—144页。

词要“写景”，通过景的“逼真”，表达“意在言外”的情感，最后“自成一家”。在李齐贤看来，好的写景作品必须能体现出描写对象的外在特点和内在神韵，从而真正揭示出景物的独特气象，使生动刻画和情绪传达完美结合，景中有情，情寓于景，情景交融而又以景为主，这样才能自成一家，诗家一格，他非常重视写景，且比较偏爱写景作品，并对写景作品别有心得，所以其理论也偏重在此，这种创作观念对李齐贤的词创作明显起到了同样的指导作用，完全是他的词学主张，李齐贤的词恰恰以写景为主，而且也做到“逼真”“意在言外”，并且做到“自成一家”了，这是其理论的最佳体现。他的《巫山一段云》是理论付诸实践的最好代表，对朝鲜词人产生重要影响。朝鲜共有52位词人写了400首《巫山一段云》词，（按韩国柳己洙标准占朝鲜词数量的30%，如果按本书1626首统计也占1/4）本书前面已经论述，此处不赘。

（三）保存部分朝鲜词人的作品

1. 洪万宗的《小华诗评》中有郑星卿《步虚词》

江上仙翁藏室史，青牛紫气满关门。一去流沙不知处，人间只有五千言。①

2. 李圭景《诗家点灯》中有李瀷《黄叶飞词》

窗外风霜，黄叶倒飞，半壁青灯人倚书帏。一年今年真乐，关心知者稀。彼何处白鸥空谷，闲抱瑶琴对月辉。②

这首词是李瀷的作品，作为一个儒家思想的忠实捍卫者，李瀷坚决抵制词这种文学体裁，柳己洙《历代韩国词总集》收录4首词，加上这首，共计5首。

3. 许筠《鹤山樵谈》

许兰雪轩《渔家敖》

庭院东风恻恻，墙头一树梨花白。斜倚玉栏思故国。归不得，连天芳草萋萋色。

---

① 洪万宗：《小华诗评》，见蔡美花、赵季主编：《韩国诗话全编校注》第3册，北京：人民文学出版社，2012年，第2381页。

② 李圭景：《诗家点灯》，见蔡美花、赵季主编：《韩国诗话全编校注》第7册，北京：人民文学出版社，2012年，第5841页。

罗幕绮窗扃寂寞，双行粉泪霑朱臆。江北江南烟树隔。情何极？山长水远无消息。①

许兰雪轩《步虚词》

乘鸾夜下蓬莱岛，闲碾麟车踏瑶草。海风吹折碧桃花，玉盘满摘如瓜枣。

九华群幅六铢衣，鹤背冷风紫府归。瑶海月沉星汉落，玉箫声里霱云飞。②

4. 南义采《龟磵诗话》

《卜算子·梅》

冻月挂珊瑚，透薄纱橱冷。不与梨花梦一春，耿介风姿挺。
索笑起巡檐，竹睡黄昏静。手掇琼枝伫所欢，立尽横斜影。

《行香子·雪》

宴罢璇宫，撒掷银钟。旗芙蓉，万玉妃从。
山藏岚翠，路敛尘红。但云千堆，花千树，月千峰。
清襟转冲，幽兴方浓。待王恭，鹤氅从容。
弹瑶池宴（曲名），试密云龙（茶名）。
对一窗梅，一轩竹，一庭松。

《更漏子·春》

楝风前，榆后雨。淡荡一崦梅柳。
夸白玉，矜黄金。动人游宕心。
枕山亭，临水榭。无数去驴来马。
云淡淡，月娟娟。美人阿那边。

《点绛唇·咏梅次清山韵》

琴幌虚明，篆炉熏歇茶烟迸。
参横屋角，海月珊瑚映。

---

① 许筠：《鹤山樵谈》，见蔡美花、赵季主编：《韩国诗话全编校注》第2册，北京：人民文学出版社，2012年，第1448—1449页。

② 许筠：《鹤山樵谈》，见蔡美花、赵季主编：《韩国诗话全编校注》第2册，北京：人民文学出版社，2012年，第1467页。

领得韵香，对咏寒宵竟。
纱橱冷，练裙鲜净。莫是仙娥影。

《思越人·次清山韵》

雪银堆，冰玉岸，曾飏透薄蓉裳。
手掇琼枝南浦晚，敛红蘋末斜阳。
云端一点终南小，邮亭立望烟渺。
酒歇芳罇音尘杳。香梅独自开了。

《西江月·金池雪小酌》

絮拂王恭鹤氅，花粘孟浩驴鞍。
金池霁景水晶寒。恰好我歌君乱。
转觉神清似水，且看气涌如山。
五更扶醉下朱栏。惆怅月斜人散。

《望江南·坐啸楼逢别》

城角暮，泛艳月华浓。香透纱橱梅稳藉，烟消松架鹤从容。琴酒此相逢。
虬箭咽，兰庠堕残红。风触离琴弦冻绝，悄轻云往两三峰。流水各西东。①

5. 李德懋《青庄馆全书》卷53

清儒尤侗字展成，号悔庵，长洲人也，作《外国竹枝词》百余篇。

其一曰：高句丽降下句骊，未若朝鲜古号宜。千里王京陈百戏，汉城犹见汉宫仪。

其二曰：长衫广袖折风巾，硾纸狼毫汉字真。自序世家传国远，尚书篇内九畴人。

其三曰：杨花渡口杏花红，八道歌谣东国风。最忆飞琼女道士，上梁曾到广寒宫。

其四曰：小儿八岁号黄昌，舞剑能诛百济王。更唱嘉俳会苏曲，朝来蚕绩已盈筐。②

---

① 南义采：《龟磵诗话（卷二十三）·东人不解词》，见蔡美花、赵季主编：《韩国诗话全编校注》第10册，北京：人民文学出版社，2012年，第8045页。

② 李德懋：《青庄馆全书》，《韩国文集丛刊》第258集，首尔：景仁文化社，1990年，第455页。

第二节　词文学建构景几体发展基石

一、国文学得到发展的适宜条件

（一）高丽汉文化体制建立推动文学繁荣

高丽王朝，相当于中国的五代宋辽金元时期。高丽建国以后，为了巩固新建立的政权，需要大批管理国家政务的人才，于是积极吸收汉文化，采用中国选拔人才的方法。公元950年，第四代王光宗即位。他在位的27年间，在文化上实行了一系列的改革措施，奠定了高丽文化的基础。高丽朝958年实行科举制度，他们仿唐制，进士考试分乡贡试、国子监试、礼部试、殿试，用汉语进行考试。科举制度促进汉文化的空前普及，使高丽朝进入汉文学发达时期，对此朝鲜朝文人徐居正做了总结性的评价，巨擘徐居正说：

> 高丽光宗（945—975）始设科用词赋，睿宗喜文雅，日会文士唱和，继而仁（宗）、明（宗）亦尚儒雅，忠烈与词臣唱酬，有《龙楼集》。由是俗尚词赋，务为抽对，如朴文烈寅亮、金文成缘、金文烈富轼、郑谏议知常、李大谏仁老、李文顺奎报、金内翰克己、金谏议君绥、俞文安升旦、金贞肃仁镜、陈补阙澕、林上庠椿、崔文清滋、金英宪之岱、金文贞坵，尤其杰然者也。高丽中叶以后，事两宋、辽、金、蒙古强国，屡以文词见称，得纾国患。夫岂词赋而小之哉？厥后作者各自成家，不可枚数矣。吾友金颐叟尝语予曰："高丽诗文词丽气富而体格生疏，近代著述，辞纤气弱而义理精到，孰优？"予曰："豪将悍卒抽戈拥盾谈说仁义，腐儒俗士冠冕章甫从容礼法，先生何取？"颐叟大笑。①

徐居正列举了高丽朝出现的许多汉文名士，如朴寅亮、金缘、金富轼、郑知常、李仁老、李奎报、金克己、金君绥、俞升旦、金仁镜、陈澕、林椿、崔

① 徐居正：《东人诗话》，见蔡美花、赵季主编：《韩国诗话全编校注》第1册，北京：人民文学出版社，2012年，第198页。

滋、金之岱、金坵等汉文学大家，正是这些高丽朝杰出的文学家，以文辞著称于世，在事两宋、辽、金、蒙古强国时，屡以文辞见称，使高丽免予外敌之患。

在新罗文学的基础上，高丽文学发展了原有的体裁，并尝试了许多新的体裁。汉文文学方面，古、近体诗、词、骚各体兼备，均有名作问世：古文、骈文、赋、应用文等凡中国散文文体无所不有，而且技巧娴熟，水平很高，小品文的成就尤其令人瞩目。在众多的文体中，最受重视的是诗歌。这是科举制度和中国诗歌影响的结果。在高丽时期文学中，汉诗的成就最为突出，出现了一大批著名诗人，尤其是朝鲜古代三大诗人中的两位——李奎报和李齐贤都是高丽朝人。高丽还首次出现了风格鲜明的诗歌流派。汉诗已经成为上层社会文人必须掌握的技能，是社会交往的工具。由于汉文在文人中的普及和频繁使用，汉语已经成为高丽文人的第二用语，并成为官方语言，使用汉文进行文学创作对他们来说已得心应手。在汉文学的各个领域，高丽文人都进行了探索和创作。由此，高丽朝的汉文学取得了飞速的进步，并很快在各种文体的创作中达到了高峰。汉语诗歌的繁荣为朝鲜国语诗歌的发展奠定坚实基础。

（二）内外交困促进国文学的发展

在高丽朝发展过程中，高丽文学一直呈现逐步上升，稳中有变的态势。在文宗朝（1046—1083）以前的百余年，文学作品流传至今的比较少，所传作品基本都是君王大臣之作，但可以看出高丽文学已经开始兴起，并探索自己的路径。高丽建国不久，后晋就把幽蓟 16 州割让于契丹，朝鲜陆路与契丹接壤，陆路与中原联系中断，中原文化传播只能通过水路联系，汉文化输入出现困难。宋朝建立，从文宗开始，高丽与北宋友好进入了稳定的发展时期，北宋、高丽两国的文化交流在宋神宗、哲宗、徽宗三朝进入高峰。这期间，高丽派遣留学生到宋学习，但规模很小。高丽汉文学只能依靠自己的力量来发展。但是，科举制度的实行使汉文化逐步普及，儒家教育和文学训练在高丽国内有条不紊地开展。这些都孕育了汉文学的新生力量。这些新培养起来的文人基本没有去过宋朝，只是依靠典籍和师承来学习。在国语诗歌方面，从朝廷到民间，乡歌的传统仍在继续，这是乡歌历史的最后一个阶段。乡歌的重要作者有僧人均如等。乡歌是完全用新罗语进行创作的，但在高丽，随着汉语借词大量进入朝鲜语，朝鲜语言大大丰富了。乡歌这种形式已经与高丽时代语言不合，而且高丽上层社会所崇尚的典雅风格和汉文化氛围也无法在乡歌中体现，所以，文人开始抛弃乡歌及其后继者高丽长歌，探索适宜上层人士的新的国语诗歌形式。

（三）崇文抑武政治对高丽的影响

高丽政权效仿宋朝“重文抑武”的基本政策，用文人治理国家，武臣的待遇和权力都大大低于文臣。12 世纪末期是高丽朝剧烈动荡的时代，社会形势急变。毅宗（1146—1170）在位“时王荒淫，不恤政事，游幸无度，每至佳境，辄驻辇吟赏风月”，[①]重文臣轻武夫，出现“文臣得意醉饱武臣皆饥困是可忍乎”[②] 的局面，直接导致武臣郑仲夫危害作乱。毅宗二十四年（1170）八月，以郑仲夫、李高、李义方为首的武臣们，利用毅宗到开京郊外寺庙普贤院游玩的机会，发动军队杀掉了所有随侍的文臣，又回开京屠杀了大批文臣，废除毅宗，迎立明宗，掌握了朝政。掌权之后的郑仲夫一上台便对文人大开杀戒，朝廷文臣皆被害。郑仲夫弑毅宗拥立明宗。在此后 30 年间，武臣内部也展开了激烈的斗争，权力不断更迭。而当权者大兴案狱，迫害文臣，压迫民众，暴虐的统治激起了数次大规模的农民起义。这是高丽历史上的政治恐怖时期。最终，武臣崔忠献把持了朝政。在这种高压黑暗统治下，社会剧烈动荡，迫使高丽文人遁入山林苟全生命于乱世。为避乱而归隐，文人抱着明哲保身的态度，他们在政治圈之外结成“耆老会”或者七贤[③]等文学团体，一味地清游宴乐，徜徉于诗酒之间，逃避现实。在这种环境中，这些汉学者们沉浸于游兴之中，于是便在信笔纵横中创造出一种新的诗体。这种新诗的嚆矢之作是《翰林别曲》，即“景几体”诗的产生。

最早出现的“景几体”，几乎都是使用汉语写成，但它的结构和节奏是完全朝鲜化的，而且合乐可唱，后来出现的时调标志着国语诗歌文人化的成功。从此国语诗歌就在时调的基础上发展起来，而且文人成了国语诗歌的重要作

---

① 韩国学文献研究所编：《高丽史》下册 128 卷，首尔：亚细亚文化社，1983 年，第 774 页。

② 韩国学文献研究所编：《高丽史》下册 128 卷，首尔：亚细亚文化社，1983 年，第 774 页。

③ 李仁老与吴世才、林椿、赵通、皇甫抗、咸淳、李湛之结为忘年友，以诗酒相娱，世比“江左七贤”。

者和领导者。《翰林别曲》有严格的格律。每一章在形式上都是重复的。《翰林别曲》使用了大量的汉语词，之所以不是朝鲜语中的汉语借词，而是汉语词，主要是因为这些词都是汉语的文言词，3、4 的音节结构也是汉语诗歌的主要音节结构，《翰林别曲》把汉语中的音节与朝鲜语中音节有机地结合在一起，用朝鲜语歌曲的方式来提领，形成一种新的国语诗歌。这种诗歌节奏平稳，表现出了文臣儒士从容安逸的态度，同时又用疑问句和感叹词来反复歌咏，符合朝鲜民族的歌唱习惯和审美趣向，是一种独特的创造。

二、词为景几体诗发展奠定基石

学人韦旭升说“高丽时调开始产生时，更是在中国宋词极盛以后。由于朝鲜文人文学与中国文学的血缘关系 ，极富于音乐性的可唱易懂的宋词不可能不对高丽文人产生某种印象和具有一定影响。一些宋词如柳永的《雨霖铃》等已传入高丽，被吸收为高丽的宫中乐曲。此外，曾久居中国的李齐贤也填了不少词。后来高丽文人就创造了他们自己的‘词’，这就是时调产生的原因之一。”① 韦旭升从一个侧面说出了中国词文学对朝鲜时调文学的发展具有一定的影响，但具体如何影响，影响到哪些方面，由于是编写文学史，韦旭升并没有具体展开。朝鲜古代文人借鉴词的形式而发展了自己本民族的诗歌——景几体，下面进行具体论述。

（一）词为景几体提供调式来源

1. 景几体的 3·3·4 调来源

宋朝范仲淹的《苏幕遮》和景几体别曲的代表作《翰林别曲》中的一章进行比较，具体见表 2-7。

表 2-7　范仲淹的《苏幕遮》与《翰林别曲》中的部分章比较

作者	作品	内容与形式
范仲淹	《苏幕遮》	碧云天　黄叶地　秋色连波 黯乡魂　追旅思　夜夜除非

① 韦旭升：《朝鲜文学史》，北京：北京大学出版社，1986 年，第 148 页。

续表

作者	作品	内容与形式		
佚名	《翰林别曲》中 1.2.3 章节	元淳文 李正言 唐汉书 李杜集 真卿书 篆籀书 羊须笔 3	仁老诗 陈翰林 庄老子 兰台集 飞白书 蝌蚪书 鼠须笔 3	公老四六 双韵走笔 韩柳文集 白乐天集 行书草书 虞世南书 毛笔能书 4

范仲淹这首词的形式正是景几体歌 3・3・4 调的基本形式。

2. 景几体的 4・4・4 调来源

表 2-8 苏轼的《永遇乐》与《翰林别曲》中章节比较

作者	作品	内容与形式		
苏轼	《永遇乐》	明月如霜	如风如水	清景无限
佚名	《翰林别曲》中章节	冲基对策 绿发额子 金善琵琶 4	光钧经义 锦绣帐里 宗智嵇琴 4	良镜诗赋 珠帘半卷 薛原杖鼓 4

表 2-9 柳永的《雨霖铃》与安轴的《竹溪别曲》的比较

作者	作品	内容与形式		
柳永	《雨霖铃》	寒蝉凄切	对长亭晚	骤雨初歇
安轴	《竹溪别曲》	千载兴亡 半醉半醒 4	一样风流 红白花开 4	顺政城里 山雨里良 4

3. 景几体的 3・3・4・3 调来源

表 2-10　康与之的《长相思》与《翰林别曲》中章节比较

作者	作品	内容与形式
康与之	《长相思》	南高峰　北高峰　一片湖光　烟霭中
佚名	《翰林别曲》中章节	蓬莱山　方丈山　瀛洲三山　此三山 3　　3　　4　　3

4. 景几体的 3・4・4 调来源

表 2-11　柳永的《八声甘州》与《翰林别曲》中章节比较

作者	作品	内容与形式
柳永	《八声甘州》	争知我 倚阑干处 正恁凝愁
佚名	《翰林别曲》中章节	兰台集　白乐桑　毛诗尚书 3　　3　　4

（1）元淳文，仁老诗，公老四六。　　　　3・3・4

李正言　陈翰林　双韵走笔　　　　3・3・4

冲基对策　光钧经义　良镜诗赋　　　　4・4・4

위 试场ㅅ景 긔엇더　ᄒᆞ니잇고　위（伟 试场景如何）　　　　3・3・4

（叶）琴学士의　玉笋门生　琴学士의　玉笋门生（叶）　　　　4・4（4・4）

3・3・2

（2）唐汉书　庄老子　韩柳文集　　　　3・3・4

李杜集　兰台集　白乐天集　　　　3・3・4

毛诗尚书　周易春秋　周戴礼记　　　　4・4・4

위　내외옰 景긔엇더　ᄒᆞ니잇고　위　　　　（3・4）3・4

（叶）太平广记　四百余卷　太平广记　四百余卷　　　　4・4（4・4）

위 历览ㅅ景　긔엇더　ᄒᆞ니잇고　（伟　历览景何如）　위　　　　3・3・4

其后的《关东别曲》《竹溪别曲》基本都以这一模式发展。

海千重　山万叠　关东别境　　　　3・3・4

碧油幢　红莲幕　兵马营主　　　　3・3・4

玉带倾盖　黑朔红旗　鸣沙路（鸣沙路　）　4・4・3

위　巡察ㅅ景 긔엇더 흐니잇고（为王化中兴景 几何如）위　5・3・4

朔方民物　慕义起风　4・4

위 王化中兴 ㅅ景긔엇더 흐니잇고（为王化中兴景 几何如）위　5・3・4

鹤城东　元帅台　穿岛国岛　3・3・4

转三山　移十洲　金鳌顶上　3・3・4

收紫雾　卷红岚　风恬浪静　3・3・4

위 登望沧溟ㅅ景긔엇더 흐니잇고（为登望沧溟景几何如）위　5・3・4

桂棹兰舟　红粉歌吹　4・4

위 历访ㅅ景긔엇더 흐니잇고（为历访景几何如）위　5・3・4

韩国学者对此进行了归纳：

表 2-12　韩国金起东统计表

句数 章数	第 1 句	第 2 句	第 3 句	第 4 句
初章	3	4	4（3）	4
中章	3	4	4（3）	4
终章	3	5	4	3

以上录自金起东：《国文学概论》，首尔：太学社，1981 年，第 111 页。

表 2-13　李殷相的统计表

句数 章数	第 1 句	第 2 句	第 3 句	第 4 句
初章	2—5	4—6	2—5	4—6
中章	1—5	3—4	2—5	4—6
终章	3	5—9	4—5	3—4

以上录自金起东：《国文学概论》，首尔：太学社，1981 年，第 111 页。

表 2-14　赵润济的统计表

句数 / 章数	第 1 句	第 2 句	第 3 句	第 4 句
初章	2—4	4—6	2—5	4—6
中章	1—4	3—6	2—5	4—6
终章	3	5—9	4—5	3—4

以上录自金起东:《国文学概论》，首尔：太学社，1981 年，第 111 页。

根据统计结果，我们会发现，景几体诗句子的调式 3·3·4 调、4·4·4 调、3·3·4·3 调和 3·4·4 调式均是受到中国词文学影响，或是模拟或是直接借用，终章第 1 句 3 音节保持不变，最少 41 个字，最多的 50 个字，字数与词的小令（58 字以内）相近，为以后的时调发展奠定基础。

（二）词为景几体提供联章体形式

联章词是词体名称，又称联章体，在同调或异调之下用若干首词组合成套的词体。联章词一般用以表现同一种或同一类的内容题材，是用联章的形式来扩大词体的表现功能，达到单篇词作所不能达到的效果。唐五代即已经出现联章词体，如敦煌写卷中就保存了大量的联章词，比较著名的有《捣练子》4 首歌颂孟姜女故事，《定风波》3 首分咏三种伤寒病症。如温庭筠的《菩萨蛮》:

其一

小山重叠金明灭，鬓云欲度香腮雪。懒起画蛾眉，弄妆梳洗迟。
照花前后镜，花面交相映。新贴绣罗襦，双双金鹧鸪。

其二

水精帘里颇黎枕，暖香惹梦鸳鸯锦。江上柳如烟，雁飞残月天。
藕丝秋色浅，人胜参差剪。双鬓隔香红，玉钗头上风。

其三

蕊黄无限当山额，宿妆隐笑纱窗隔。相见牡丹时，暂来还别离。
翠钗金作股，钗上蝶双舞。心事竟谁知？月明花满枝。

其四

翠翘金缕双鸂鶒，水纹细起春池碧。池上海棠梨，雨晴红满枝。
绣衫遮笑靥，烟草粘飞蝶。青琐对芳菲，玉关音信稀。

《花间集》第一篇温庭筠的就是联章词，以七仅外四首至宋代，联章词也较为流行，并有所发展。如欧阳修的《采桑子》十一首，分咏颍州西湖四时风物，与唐五代的联章词体相同；此外，如赵令畤的《商调蝶恋花》鼓子词12首，演唱中唐诗人元稹《会真记》里的故事。联章词分为一题联章和分题联章节。一题联章是指就围绕一个主题作若干首词，如无名氏的《九张机》有九首词组成，分题联章由多个主题组成的套词，高丽文宗二十七年(1072)，朝鲜高丽王朝宫廷传入《九张机》的歌舞，前面提到《九张机》是曲先传入朝鲜半岛，词是在其七十四年后，即南宋高宗绍兴十六年（1146）曾慥辑《乐府雅词》时才填入曲词。现将无名氏《九张机》列示如下：

一

一张机，采桑陌上试春衣。风晴日暖慵无力，桃花枝上，啼莺言语，不肯放人归。

二

两张机，行人立马意迟迟。深心未忍轻分付。回头一笑，花间归去，只恐被花知。

三

三张机，吴蚕已老燕雏飞。东风宴罢长洲苑，轻绡催趁，馆娃宫女，要换舞时衣。

四

四张机，咿哑声里暗颦眉。回梭织朵垂莲子。盘花易绾，愁心难整，脉脉乱如丝。

五

五张机，横纹织就沈郎诗。中心一句无人会。不言愁恨，不言憔悴，只恁寄相思。

六

六张机，行行都是耍花儿，花间更有双蝴蝶。停梭一晌，闲窗影里，独自看多时。

七

七张机，鸳鸯织就又迟疑。只恐被人轻裁剪，分飞两处，一场离恨，何计再相随。

八

八张机，回纹知是阿谁诗？织成一片凄凉意。行行读遍。厌厌无语，不忍更寻思。

九

九张机，双花双叶又双枝。薄情自古多离别，从头到底，将心萦系，穿过一条丝。

联章词突破了篇幅、字数的限制，为扩充容量、丰富内涵、施展艺术技巧提供了宽广的空间，宋代联章词直接继承了唐五代联章词的创作经验，又在宋代其他因素的影响下，得到了长足的进展。联章体可以不受篇幅限制，感情或表述在一首词不能尽情表达时可以根据实际需要增加词，如李齐贤的《巫山一段云》两组联章词就是同一个篇名写两首词，把自己对大自然之爱或托物言志表达得淋漓尽致。《翰林别曲》全篇共分8章，很可能是当时参加游宴的诸儒各写一章，即首先有一人吟出第一章，然后有人接续下去作出第二章，连续下去，以至篇终。这样的组合灵活、机动，被朝鲜文学家逐渐融入自己的国语诗歌中，这种形式对以后朝鲜国语诗歌时调、歌辞产生重要影响。所以韩国学者赵润济说“景几体歌以古调和汉文诗歌的音调为基础，各章节分前后两节，每章后边都有一段重复。这种以前后节分段的方式取自于乡歌，缀有反复段落的形式取自于高丽长歌。这样看来，景几体歌是把中国的词或四六句同朝鲜传统的诗歌形式巧妙地结合起来。如前所述，它是汉学者们用汉字写朝鲜诗歌时苦心创造出来的”。[①]《翰林别曲》的出现，标志着朝鲜国语诗歌的新发展。

① 赵润济著，张琏瑰译：《韩国文学史》，北京：社会科学文献出版社，1998年，第88页。

第三章　朝鲜词文学创作的制约因素

诗与词是中国古代文学中的艺术奇葩，在邻邦朝鲜汉诗取得了辉煌的成就，与诗相比，词却黯然失色。据韩国学人柳己洙统计，从高丽朝（918）至李朝末年（19 世纪末包括日伪统治时期）800 多年的时间内出现近 171 位词人，约 1250 首词。[①] 这与中国唐至五代词的形成时期词的数目比较接近。据任二北先生《敦煌歌辞集》（待刊）统计，初唐至五代末的作品，共达一千一百六十余首。[②] 词数总量还不及朝鲜古代一个诗人的作品数目，与诗人和诗总数相比更是相差悬殊。朝鲜词文学的创作始终处于劣势，正如申光汉所说"吾东人鲜有作词者"[③]。这是什么原因造成的呢？

1991 年韩国学者柳己洙就对朝鲜词坛词人少、词作品不多的状况在学界首次提出自己的看法，列举了三个主要因素，即朝鲜词人大都不解音律、朝鲜的语音与中国的语音殊异、词自古以来难登大雅之堂。[④] 20 年后，延边大学李宝龙于 2011 年在《韩国高丽词文学研究》一书中提出高丽词文学创作低迷原因，举证了三点：一是滋生土壤的缺失，二是传播途径的不足，三是文

---

① 此统计数字由于资料不同，数字有所差别。韩国学人柳己洙认为朝鲜总计有 171 位词人，有 1250 首词（柳己洙：《历代韩国词总集》序言，한신대학교출판부，2007 年）。李承梅统计，朝鲜李朝就有词人 135 人，作品 1135 首，（李承梅《韩国词文学研究》，韩国：成均馆大学校大学院国语国文学科博士论文，2005 年）。延边大学李宝龙认为古代韩国出现词人 180 多人，写词近 1400 篇（李宝龙《朝鲜词文学发展略论》，载《东疆学刊》，2009 年第 4 期）。

② 周笃文：《宋词》，上海：上海古籍出版社，1980 年，第 5 页。

③ 申光汉：《企斋集》，《韩国文集丛刊》第 22 集，首尔：景仁文化社，1990 年，第 476 页。

④ 柳己洙：《李齐贤及其词之研究》，香港：香港大学 1991 年，第 143—147 页。

学功用的替代。[①] 两人为朝鲜词学研究提供了新的视角。仅仅将视野局限于词体本身、滋生土壤和文学功用是比较狭隘、停留于浅显表面的，不能真正揭示朝鲜古代词学不发达的成因。根据整个朝鲜词学的发展史，本书从主体接受的制约因素和宏观环境的影响两个方面来进行探讨。

第一节　主体接受的制约因素

一、汉语接受是一道重要的屏障

朝鲜古代词学从质量上来划分，以高丽和朝鲜朝两个王朝的更替为分水岭。高丽朝的词作品质量较高，朝鲜朝的词质则相对逊色，其重要原因就是朝鲜朝的文人对汉语理解存在一定的障碍。“古人所谓‘书同文，车同轨’者，于今见之。且图志之作，所以纪异国之殊制，若其制或同，则丹青之作何事乎赘疣？谨条其正朔、儒学、乐律、度量之同乎中国者，作同文记，而省其绘画云。”[②] 这是宋使徐兢出使高丽后纪行朝鲜的总体印象，感觉到朝鲜之后就好似在国内，语言文字、典章制度与国内相差无几，但现实中古代朝鲜人学习汉语还是存在许多困难的。

早在秦汉时期，汉字就在朝鲜半岛的高句丽、百济和新罗传播。此后，汉语一直是朝鲜历代王朝的官方通用语言。汉字具备了形、音、义三大要素，在朝鲜初期输入汉字时，朝鲜的汉字曾充分地反映了中国汉字原音的特性，随着岁月的流逝以及语言的本土化，朝鲜汉字逐渐在音韵构造上产生了同化或者变容，最终形成朝鲜独特的汉字音体系。高丽朝继续深化使用汉字、汉文。到朝鲜朝第三代国王世宗即位后，命令集贤殿郑麟趾、申叔舟、成三问等深入研究朝鲜语的语音，又参照汉语等其他民族的表音文字，创制了一种新型表音文字，定名为《训民正音》。为推广这种新语言、新文字，朝鲜朝制定了语言教学指导用书《东国正韵》：“颁《东国正韵》于诸道，及成均馆、

① 李宝龙：《韩国高丽词文学研究》，北京：人民出版社，2011 年，第 264—300 页。

② （宋）徐兢著，李澍田校注：《宣和奉使高丽图经》，长春：吉林文史出版社，1986 年，第 82 页。

四部学堂，仍教曰：‘本国人民习俗俗韵已久，不可猝变，勿强教，使学者随意为之。’”① 采用循序渐进的方式，推广朝鲜语。王力先生指出：“语音发展有四种主要方式：（一）无变化；（二）渐移；（三）分化；（四）合流。”② 朝鲜直接从中国输入汉字，一直到朝鲜世宗时期汉语是朝鲜的通用语言，但是任何一种语言，无论是直接借用还是间接借用，把汉语的音韵体系移植到朝鲜时，在音韵构造上会产生同化或者原音变异，对于朝鲜人来说，汉语是一种外来语，在朝鲜古代初期，包括高丽、朝鲜朝时期，朝鲜的汉字曾经反映了中国汉字原音的特性。随着岁月的流逝以及朝鲜语言的本土化，朝鲜汉字逐渐在音韵构造上产生了同化或变异，最终形成了朝鲜独特的汉字音体系。古代朝鲜词文学家在创作词文学时，已经发现语言因素是制约朝鲜词发展的最重要原因，分别在其著作中发表了自己的见解，表现出共性，其中包括徐居正、申钦、申光汉、洪万宗、许筠、李睟光、金春泽、南义采、李圭景、李宗准。现分列如下：

1. 徐居正《东人诗话》

乐府句句字字，皆协音律，古之能诗者尚难之。……吾东方语音，与中国不同。③

2. 申钦《象村集》

我朝人不得为词，言者以为声音与中国异，虽强为之，必不似。④

3. 申光汉《企斋集》

吾东人鲜有作词者，益斋后，无复继者。⑤

4. 洪万宗《旬五志》

（1）我东人不解音律，自古不能作乐府歌词，……余谓“以中华之人，其词或不入腔，或不叶律，况我偏邦，宁望其能为词曲耶？湖阴之字字强究，

---

① 《李朝实录》（第9册）。《世宗庄宪大王实录》卷3，东京：学习院东洋文化研究所刊行，昭和三十一年（1956）九月，第651页。

② 王力：《汉语语音史》，北京：商务印书馆，2008年，第591页。

③ 徐居正：《东人诗话》，出自蔡美花、赵季主编：《韩国诗话全编校注》第1册，北京：人民文学出版社，2012年，第183页。

④ 申钦：《象村集Ⅱ》卷52，《韩国文集丛刊》第72集，首尔：景仁文化社，1990年，第349页。

⑤ 申光汉：《企斋集》，《韩国文集丛刊》第22集，首尔：景仁文化社，1990年，第476页。

希合古律者，不亦劳哉？”①

（2）我东人所作歌曲专用方言，间杂文字，率以谚书传行于世，盖方言之用在其国俗不得不然也。其歌曲虽不能与中国乐谱比并，亦有可观可听者。按《象村集》其书《芝峰朝天录》歌词曰：“中国之所谓歌词即古乐府，暨新声被之管弦者，俱是也。我国则发之藩音，协以文语，此难与中国异而。若其情境咸载，宫商谐和，使人咏叹淫佚，手舞足蹈，则其归一也。”云信哉言乎？余取其长歌中表表盛行于世者，略加评语如左。②

（3）洪万宗《小华诗评》

我东人不解音律，自古不能作乐府歌词。③

5. 许筠《鹤山樵谈》

歌词之作，必分字之清浊，律之高下。我国音律不同中原，故无作歌词者。④

6. 李睟光《芝峰类说》

我国歌词，杂以方言，故不能与中朝乐府比并。⑤

7. 金春泽《囚海录》

东人或效古人为歌词，而所辨推四声，其中清浊虚实，则昧然不知，何能与中华乐律相合哉？一其以本国言语为之者，不论其自合于本国乐律与否，就其辞意，或多悠扬婉切，真可以动人听、感人心者，不唯胜于效古人之歌词，其视诗文诸作，又不舍过之。⑥

---

① 洪万宗：《旬五志》，见蔡美花、赵季主编：《韩国诗话全编校注》第4册，北京：人民文学出版社，2012年，第2538页。

② 洪万宗：《旬五志》，见蔡美花、赵季主编：《韩国诗话全编校注》第4册，北京：人民文学出版社，2012年，第2538—2539页。

③ 洪万宗：《小华诗评》，见蔡美花、赵季主编：《韩国诗话全编校注》第3册，北京：人民文学出版社，2012年，第2319—2320页。

④ 许筠：《鹤山樵谈》，见蔡美花、赵季主编：《韩国诗话全编校注》第2册，北京：人民文学出版社，2012年，第1448页。

⑤ 李睟光：《芝峰类说》，见蔡美花、赵季主编：《韩国诗话全编校注》第2册，北京：人民文学出版社，2012年，第1322—1323页。

⑥ 赵钟业：《朝鲜诗话丛编》（修正增补）卷6，首尔：太学社，1996年，第31页。

8. 南义采《龟磵诗话》

我东人不解音律，虽宗匠钜公至作小词，多不合曲。[①]

9. 李圭景《诗家点灯》

词者，似诗非诗之一体，即歌曲也。[②]

我东素无词体，好事者或剽窃抄袭，专事依样，全无腔调。[③]

10. 李宗准《慵斋遗稿》

吾东方既与中国语音殊异，于其所谓乐府者，不知引声唱曲，只分字之平侧，句之长短，以协之以韵，皆所谓以诗写词者。[④]

由于民俗、教授、不明音理、不辨六书等原因，朝鲜人学汉语或本民族语言《训民正音》时出现错误。在不断总结、归纳的基础上，申叔舟等人总结了十一个方面的差异，在《东国正韵》序文进行了精确概括：

1. 不知切字之法；2. 昧于纽摄之要；3. 或因字体相似而为一音；4. 因前代避讳而假他音；5. 或合二字为一；6. 或他一为二；7. 或借用他字；8. 或加减点画；9. 或依汉音；10. 或从俚语；11. 而字母七音清浊四声皆有变焉。[⑤]

在这十一项中，最后一项是最重要的。他做了如下说明：

字母之变：溪母之字太半入于见母，即将溪母字混淆为见母字。

七音之变：溪母之字或入于晓母，即将溪母之间混淆为晓母字音。

清浊之变：我国语音，其清浊之变，与中国无异，而于字音独无浊声，岂有此理，此清浊之变也。

四声之变，语音则四声甚明，字音则上去无别，质勿诸韵。宜以端母为终声，而俗用来母，其声徐缓，不宜入声，此四声之变也。[⑥]

下面对这四个方面进行分析：

① 南义采：《龟磵诗话》，出自蔡美花、赵季主编：《韩国诗话全编校注》第10册，北京：人民文学出版社，2012年，第8044页。

② 李圭景：《诗家点灯》，出自蔡美花、赵季主编：《韩国诗话全编校注》第7册，北京：人民文学出版社，2012年，第5840页。

③ 李圭景：《诗家点灯》，出自蔡美花、赵季主编：《韩国诗话全编校注》第7册，北京：人民文学出版社，2012年，第5866页。

④ 李宗准：《慵斋遗稿》，《韩国文集丛刊》第16集，首尔：景仁文化社，1990年，第642页。

⑤ 《东国正韵》，首尔：建国大学校出版社，1973年，第11—12页。

⑥ 《东国正韵》，首尔：建国大学校出版社，1973年，第12—13页。

（一）清浊与七音之变

朝鲜创立《训民正音》是以中国中古汉语三十六字母为基础，结合朝鲜实际情况，改造、创制朝鲜二十三语音。对此朝鲜古代语言学家深有体会，正如《东国正韵》中所说：

> 吾东方表里山河，自为一区，风气已殊于中国，呼吸岂与华音相合欤！然则语音之所以与中国异者，理之然也。至于文字之音则宜若与华音相合矣，然其呼吸旋转之间，轻重翕辟之机，亦必有自牵于语音者，此其字音之所以亦随而变也。其音虽变，清浊四声则犹古也，而曾无著书以传其正，庸师俗儒不知切字之法，昧于纽摄之要，或因字体相似而为一音，或因前代避讳而假他音，或合二字为一，或分一音为二，或借用他字，或加减点画，或依汉音，或从俚语，而字母七音清浊四声，皆有变焉。……自三百篇而降，汉、魏、晋、唐诸家，亦未尝拘于一律，如东之与冬、江之与阳之类，岂可以韵别而不相通协哉！且字母之作，谐于声耳。如舌头舌上、唇重唇轻、齿头正齿之类，于我国字音，未可分辨，亦当因其自然，何必泥于三十六字乎？①

现就中国中古汉语三十六字母、《东国正韵》二十三字母与《训民正音》字母比较图示见表 3-1（以下为现代整理归类的语音比较）：

表 3-1　《东国正韵》二十三字母与《训民正音》字母部分比较

清浊 / 음명		全　清	次　清	全　浊	不清不浊
牙音	角	见(君)	溪　(快)	群 (虯)	疑(业)ò
舌音	徵	端(斗)　知	透(吞)　彻	定(覃)　澄	泥 (那)　娘
唇音	宫	帮(鷩)　非	滂(漂)　敷	并(步)　奉	明 (彌)　微

① 《东国正韵》，首尔：建国大学校出版社，1973 年，第 10—15 页。

续表

清浊 / 음명		全　清	次　清	全　浊	不清不浊
齿音	商	精(即)　照 心(戌)　审	清(侵)　穿	从(慈)　床 邪(邪)　禅	
喉音	羽	影(挹)	晓(虚)	匣(洪)	喻(欲)O
半舌音	半徵商				来(闾)
半齿音	半商徵				日(穰)

( ) 内为《东国正韵》，　字母为《训民正音》字母

通过表格可以看出，朝鲜将中国三十六声母整合为二十三个，这二十三个声母全部归类为浊音，然而实际发音中，却以全清音表现出来，出现浊音清化，导致古代朝鲜语音中无法确立全清韵、次清韵与中国中古音清浊音的对等，使古代朝鲜人不能正确区分“清浊之变”。这种清浊不分的情况以“端”和“透”字母为例表3-2来说明 。

表3-2　端与透清浊之变比较表

声母	例字	广韵反切	字会音	现代朝音	中古汉音	现代中音
端	打	都瓦切	타	타	tua	dǎ
	蝃	都计切	톄	체	tieu	dì
	貂	都了切	됴	초	tieu	diāo
	斗	都豆切	투	투	təu	dǒu
	铛	都郎切	텅	당	taŋ	dāng
透	湍	他端切	단	단	t′uɑn	t′uān
	闼	他达切	달	달	t′ɑt	t′à
	毯	吐敢切	담	담	t′ɑm	t′ǎn
	秃	他谷切	독	독	t′uk	t′ū
	眺	他吊切	됴	조	t′ieu	t′iào

（二）韵母之变

朝鲜古人在学习汉语时，韵母接受出现了复杂变异。本书试举几例：

在中国中古汉音中，声母的种类并未受到局限，但在朝鲜的汉字除了牙、喉音及若干齿音外，其余各音却失去了其合性，见表 3-3。

表 3-3　中国语音与朝鲜语音合口性变化比较表

类型	朝鲜语音			中国语音	
	东国正韵	训蒙字会	现代朝音	中古汉音	现代中音
甲	+	+	+	+	+
乙	+	–	–	+	+
丙	–	–	–	+	–

（说明 + 保存合口性，-消失合口性。）

表 3-3 中所列，在中古汉音里，全部都是具有合口音特征的韵母，甲栏中朝鲜语音中，仍然保存着中古汉音的合口性，但乙、丙栏已在十六世纪以前，转变成开口音。

韩中语音之间，有等韵特征上的差异。中古汉语音中，一等韵和二等韵是有区别的，即一等韵的元音［ɑ］和二等韵的元音［a］是不同的，但在朝鲜语音体系中是无法辨别的。

表 3-4　中古汉音一等韵、二等韵音与朝鲜语音区别比较表

类型	字例	广韵反切	声韵	字会音	现代朝音	中古汉音	现代中音
甲	哥	古俄切	见歌开 1	가	가	kɑ	gē
	肝	古寒切	见寒开 1	간	간	kɑn	gān
	纲	古郎切	见唐开 1	강	강	kɑŋ	gāng
	河	胡歌切	匣歌开 1	하	하	ɣɑ	hé
	寒	胡安切	匣寒开 1	한	한	ɣɑn	hán
	航	胡郎切	匣唐开 1	항	항	xɑŋ	háng

续表

类型	字例	广韵反切	声韵	字会音	现代朝音	中古汉音	现代中音
乙	家	古牙切	见麻开2	가	가	ka	jiā
	谏	古晏切	见谏开2	간	간	kan	jiàn
	江	古双切	见江开2	강	강	kåŋ	jiāng
	罅	呼讶切	晓祃开2	하	하	xa	xià
	闲	户间切	匣山开2	한	한	ɣǎn	xián
	巷	胡绛切	匣绛开2	항	항	xaŋ	xiàng

甲栏属于开口一等韵的字，乙栏属于开口二等韵。朝鲜汉字音自古迄今，两韵皆用［a］来加以传承，而在中国语音，甲栏仍保持开口呼，乙栏中牙、喉音已经腭化连韵母也变成了齐齿呼了。

（三）四声之变

中古汉语中的平上去入声传到朝鲜之后，在《东国正韵》中发生了很大的变化。现以元人黄公略《古今韵会举要》与朝鲜《东国正韵》列表比较（仅举部分例证），见表3-5。

表3-5 元人黄公略《古今韵会举要》与朝鲜《东国正韵》四声比较表

古今韵会举要					东国正韵						
题韵目次	平	上	去	入	原韵目次	平	上	去	入	中声	终声
平上1	东	董	送	屋	4	公	拱	贡	穀	ㅗㅛ	平上去声ㆁ
平上2	冬	肿	宋	沃	6	弓	重	穹	匊	ㅜㅠ	入声ㄱ
平上3	江	讲	绛	觉	5	江	讲	绛	觉	ㅏㅑㅘ	平上去声ㆁ
平下7	阳	养	漾	药							入声ㄱ
平下8	庚	梗	敬	陌	7	京鱿	景	敬	隔	ㅕㅞ	平上去声ㆁ
平下10	蒸	极	○	职	2		矿	横	虢	ㅚ	入声ㄱ
平下9	青	迥	径	锡		揯					
平下10	蒸	极	○	职	1	肱	肯	亙	亟	ㅡㅣㆎ	平上去声ㆁ
平下9	青	回	径	锡	3		○	○	国	ㅟ	入声ㄱ
平下8	庚	梗	敬	陌							
……											

由以上分析可以看出，朝鲜古人对汉语言在清浊、七音、韵母、四声、

平仄方面已经存在较大的差异，导致朝鲜词人学到的汉语已经有所变化。如李衡祥在《沁园春》词序中阐述了他对声调的理解：

客曰："乐府非人人可能，况东方自古无雅乐，子之为乐府，不亦滥乎?"余曰：凡所谓乐府，必得中气然后可也。东坡生长于蜀，所偏只腭音，欲谐而未谐者，气颓然也。吾东声音已偏于齿，何能普也？只依方音之平调、羽调、界面调，要不失五音，则何不可！曰"诺"。①

李衡祥所谓"平调"就是指平上去入之音，"羽调"是指喉音，包括影（挹）ㆆ、晓（虚）　、匣（洪）ㆅ、喻（欲）한신대학교출판부这些音出现混淆，"界面调"是七音、五音等音调区分不清楚。

（四）流变

对于汉语的学习，朝鲜朝著名的语言学家成三问做了翔实的解释：

"我东邦在海外，言语与中国异，因译乃通。自我祖宗事大到诚，置承文院掌吏文，司译院掌译语，专其业而久其任，其为虑也盖无不周。第以学汉音者，得于转传之余，承授既久讹谬滋多，纵乱四声之疾舒，衡失七音之清浊，又无中原学士从旁正之，故号为宿儒老译，终身由之，而卒于孤陋。我世宗、文宗概念于此，既作《训民正音》，天下之声始无不可尽矣。于是译《洪武正韵》以正华音，又以《直解童子习》《训世评话》乃学华语之门户。命今右副承旨臣申叔舟兼承文院校理臣曹变安、行礼曹佐郎臣金曾、行司正臣孙寿山，以正音译汉训。细书逐字之下，又用方言，以解其义。仍命和义君臣瓔、桂阳君臣璔监其事、同知中枢府事臣金何、庆昌府尹臣李边，证其疑而二书之，音义昭晢，若指诸掌，所痛恨者。书仅成编，弓剑继遗。恭惟主上嗣位之初，遹追先志，亟令刊行。又以臣三问亦尝参校，命为之序。臣窃惟四方之言，虽有南北之殊，声音之生于牙，舌，唇，齿，则无南北也。明乎此，则于声韵乎何有？东方有国，经几千百载之久，人日用而不知七音之在我。七音且不知，况其清浊轻重乎？无惑乎汉语之难学也！此书一译，而七音四声，随口自分。经纬交正，毫厘不差，又何患从旁正之之无其人乎？学者苟能先学正音若干，次及于斯，则浃旬之间，汉语可通，韵学可明，而

① 柳己洙：《历代韩国词总集》序言，首尔：韩信大学出版社，2007年，第200页。

事大之能事毕矣。有以见二圣制作之妙，高出百代。此书之译，无非畏天保国之至计，而我圣上善继善述之美，亦可谓至矣。”①

在这里成三问列举了朝鲜古人学习汉语的种种困难：翻译部门译入的错误；学习者之间相互转传出现偏差；朝鲜古人自己学习汉语语音的四声之疾舒、衡失七音之清浊，没有中国（中原）教师指正对错等一系列问题。这就导致语言学习中出现流变现象。

新罗以来的乡扎对汉字有较大的依赖性，标记不完善，不易通行，高丽时期汉语成为官方语言，历经汉文化的积累，朝鲜朝时期使用汉字、汉文相当普遍，但是汉语对朝鲜人说是第二语言，在第二语言习得的环境下进行文学创作，要涉及母语语言文化的“干扰”，属于汉藏语系的汉字、汉文与阿尔泰语系的朝鲜语相比，语音和语法结构相差甚远，汉字字数多，字形复杂，难学难懂，使用起来有一定的困难。当然从语言学的角度分析，存在的问题是多方面的。在此举一流传中语音误读的例子。

《高丽史·乐志》中记载一首俗乐《三藏》：“三藏寺里点灯去，有社主兮执吾手。倘此言兮出寺外，谓上座兮是汝语。”② 这首俗乐在《训民正音》颁布后，敷演引申为《双花店》，广为流传，后又传播到密阳，变成了《霜花店》，这是因为那里的人们发音不准确，误将“双”音发成“霜”。从《双花店》原文可以看出其流传中出现的语言讹误。

双（霜）花店去习双（霜）花，执吾纤手色目人。此言若出店门外，小广大闲谈必应。啊！何以为好。何以为好颇踌躇，该处吾亦欲投宿。啊！何以为好。此处可谓烦人地。三藏寺里点灯去，有社主兮执吾手。倘若言兮出寺外，谓上座兮是汝语。啊！何以为好。何以为好颇踌躇，该处吾亦欲投宿。啊！何以为好。此处可谓烦人地。③

因此连朝鲜朝著名语言学家、《训民正音》的编撰者之一成三问在《向辽东用京洛诸公送行韵·用工部韵和泛翁》诗中慨叹：“十年汉学知何用，今来只得一二语。还乡应未辨银根，弟兄朋友谁相许。”④ 其诗直陈了古代朝鲜人

① 成三问：《成谨甫集》，《韩国文集丛刊》第10集，首尔：景仁文化社，1990年，第191页。

② 韩国学文献研究所编：《高丽史》中册卷71，首尔：亚细亚文化社，1983年，第557页。

③ 李家源：《朝鲜文学史》，沈定昌、李俊竹译，香港社会科学出版社有限公司，2005年，第306页。

④ 成三问：《成谨甫集》，《韩国文集丛刊》第10集，首尔：景仁文化社，1990年，第182页。

学习汉语之艰难。上文所列朝鲜古代九位文人对词创作的评论也就不足为怪了。

二、朝鲜文人理解词文学有困难

词在文学发展史上是一种特殊的文体，其句子的结构、四声的配合、章法的变化，都与一般的诗歌截然不同，是介于诗与曲之间的一种文学体裁，清李渔《窥词管见》第一则说："作词之难，难于上不似诗，下不类曲。不淄不磷，立于二者之中。大约空疏者作词，无意肖曲，而不觉仿佛乎曲。有学问人作词，尽力避诗，而究竟不离于诗。一则苦于习久难变，一则迫于舍此实无也。欲为天下词人去此二弊，当令浅者深之，高者下之，一俛一仰，而处于才不才之间，词之三昧得矣。词之关键，首在有别于诗固已。但有名则为词，而考其体段，按其声律，则又俨然一诗，觅相去之垠而不得者。"① 清沈谦《填词杂说》有："承诗启曲者，词也。上不可似诗，下不可似曲。"② 故词被认为是"上不似诗，下不类曲"。词的四声和平仄的运用，比诗更为严格，在词的格律中，平仄之外还要分辨四声，所以万树说："平固有定律矣，然平止一途，仄兼上去入三种，不可遇仄而以三声概填。盖一调之中，可概者十之六七，不可概者，十之三四，须斟酌而后下字，方得无疵。"③ 词的用韵，有平仄互叶者，如《西江月》，有平仄换韵者，如《虞美人》，有的只能用入声韵者，如《兰陵王》《六丑》。词在四声的运用上，不但变化多，而且极其严格。词的体制，在格式上的变化，要比中国文学史上任何一种文体都复杂，从短短十四字的《竹枝词》，衍变到两百四十字的《莺啼序》，据清谢元淮《填词浅说》统计："今载在《钦定词谱》者，共八百二十六调，分二千三进二十六体。"④ 需要说明的是，一个词调之中，又可能有几个不同的词体。

---

① （清）李渔：《窥词管见》，唐圭璋：《词话丛编》第 18 辑，北京：中华书局，1986 年，第 549 页。

② （清）沈谦：《填词杂说》，唐圭璋：《词话丛编》第 22 辑，北京：中华书局，1986 年，第 629 页。

③ （清）万树：《词律》第 1 册，北京：中华书局，1958 年，第 26 页。

④ （清）谢元淮：《填词浅说》，唐圭璋：《词话丛编》第 45 辑，北京：中华书局，1986 年，第 2514 页。

朝鲜古代词人的作品，在文体因素主要表现为以下几个方面：

（一）诗词不分

如果专从体段、音律去看，有许多词就是一首诗，如果不是标出词牌，有时连中国人也分不清楚究竟哪首是诗哪首是词。

如唐温庭筠的《杨柳枝》：

馆娃宫殿邺城西，远映征帆近拂堤。
系得王孙归意切，不同芳草绿萋萋。

唐皇甫松的《浪淘沙》：

滩头细草接疏林，浪恶罾船半欲沉。
宿鹭眠鸥非旧浦，去年沙嘴是江心。

这两首词与七绝无异呀。即使是同一个人的作品有时也很难分辨诗与词。如宋晏殊的《浣溪沙》：

一曲新词酒一杯，去年天气旧亭台。夕阳西下几时回？
无可奈何花落去，似曾相识燕归来。小园香径独徘徊。

他的诗《示张寺丞王校勘》：

元巳清明假未开，小园幽径独徘徊。
春寒不定斑斑雨，宿酒难禁滟滟杯。
无可奈何花落去，似曾相识燕归来。
游梁赋客多风味，莫惜青钱万选才。

一首诗和一首词中有三句相同。清张宗橚说：“细玩‘无可奈何’一联情致缠绵，音调谐婉，的是倚声家语。若作七律未免软弱矣。”①

在朝鲜这种现象相当突出。诗词不分导致朝鲜古代文人在选编文集时对诗词出现混淆，如南有容将其 23 首词命名为“杂诗”，李晚松把 7 首词归入

① （清）张宗橚：《词林记事》卷三，成都：成都古籍书店，1982 年，第 74 页。

“诗部”中，将“菩萨蛮”词称为“杂体”，朱熹《反招隐》是琴曲，任宪晦和《次朱子反招隐》认为是“诗余”，金养根把自己作的小令词称为“乐府”，李衡祥作词不标调名。朝鲜词人诗词不分有许多例子，如金夏九在《庵集》中有：

> 与李仲思《吴中八景》《松都八咏》等篇。同一体裁，诗法为《巫山一段云》。而至于扶民彝奬礼俗之意，又惓惓焉溢于词表，不特文章之妙，言语之工而已。[①]

文中明确地表现出他诗词不分，以诗写词“同一体裁，诗法为《巫山一段云》”。

前面提到徐居正、李圭景等人发现了词与诗是两种不同的文学体裁，徐肯定了李齐贤在词作的伟大成就，认为李后词无人能及，李齐贤词之所以能取得巨大成就皆因为“先生北学中原，师友渊源，必有所得者”[②]。李圭景干脆认为有的朝鲜人作词是“好事者或剽窃抄袭，专事依样，全无腔调”[③]，即使是“风骚大家，于词不得强作”[④]，而朝鲜朝著名文学家许筠则是诗词不分的典型。韩国李家源在《朝鲜文学史》评论：

> 中国文人严格区别“词”与“诗赋”，但我国“词”和“诗”经常混同。具有旷世藻鉴的许筠亦是如此。只有益斋（李齐贤）称之为“长短句”区分为“诗赋”。这是因为益斋是我国历代诗人中最精通中国语言和声韵的文人，所以才能写出这样的作品。益斋不仅在“诗”的领域是我国几千年以来的第一大家，在“词”的领域亦是空前绝后。他开创了“词”的先河，又为此打上了圆满的句号。[⑤]

---

① 金夏九：《庵集》，韩国文集丛刊续编第61集，首尔：景仁文化社，1990，第99页。

② 徐居正：《东人诗话》，见蔡美花、赵季主编：《韩国诗话全编校注》第1册，人民文学出版社，2012年，第182页。

③④ 李圭景：《诗家点灯》，见蔡美花、赵季主编：《韩国诗话全编校注》第7册，北京：人民文学出版社，2012年，第5866页。

⑤ 李家源著，沈定昌、李俊竹译：《朝鲜文学史》，香港：香港社会科学出版社有限公司，2005年，第304—305页。

（二）用韵不分

朝鲜许多词人对词的用韵不分，受到语言限制，他们不能正确区分汉语的韵律。如李衡祥的《望海潮·陋巷乐》（次柳耆卿），李衡祥赓和柳永的《望海潮》，但其韵脚却有多处不和。下面举示：

望海潮 （柳永）

东南形胜，三吴都会，钱塘自古繁华。烟柳画桥，风帘翠幕，参差十万人家。云树绕堤沙，怒涛卷霜雪，天堑无涯。市列珠玑，户盈罗绮，竞豪奢。

重湖叠巘清嘉，有三秋桂子，十里荷花。羌管弄晴，菱歌泛夜，嬉嬉钓叟莲娃。千骑拥高牙，乘醉听箫鼓，吟赏烟霞。异日图将好景，归去凤池夸。

望海潮 陋巷乐，次柳耆卿 （李衡祥）

芝岭产芝，凤谷歌凤，风色仿佛中华。蒸沙晴岚，粉蝶翠屏，白云深处有家。巷寂仍无哗。明疏亦不厌，樵收生涯。采兰为裾，拾麝为履眼看奢。

苟龙谢树盈室。觉掌上弄珠，笔头生花。晨夕讲大学书，好谈明德，如对名娃。将休劝客归。睡罢更探爵，满酌流霞。所赖心本不颇，堪作性情夸。

表 3-6 柳永《望海潮》词韵脚与李衡祥和韵之比较

柳永词押韵	华	家	沙	涯	奢	嘉	花	娃	牙	霞	夸
李衡祥和韵	华	家	哗	涯	奢	室	花	娃	归	霞	夸

从表 3-6 可以看出 ，这里“室”与“归”明显是柳永原词不和韵的，“哗”韵是柳词中所没有的。

再看赵冕镐的两首和郑燮词。清郑燮《瑞鹤仙》词是组词，共由渔家、酒家、山家、田家、僧家、官宦家、帝王家七首词组成。赵冕镐和的词是《瑞鹤仙·酒家》，他首先把词牌弄错了或者记错了，他的词题是《瑞鹊仙》并没有说明和的是哪首词，直接用“次郑板桥韵”但这并不妨碍其和词。

瑞鹤仙·酒家　（郑燮）

青旗江上酒，正细雨梨花，清明前后。虾螺杂鱼藕，况泥头旧瓮，新开未久。清醇可口，尽醉倒渔翁樵叟。向村墟归路微茫，人与夕阳熏透。

知否？世间穷达，叶底荣枯，卦中奇偶。何须计较，捧一盏，为君寿。愿先生一扫长安旧梦，来觅中山渴友。解金貂付与当垆，从今脱手。

瑞鹤仙·次郑板桥韵　（赵冕镐）

东家松叶酒，误才子佳人，桃前棃后。红榴继青藕，都算取几瓮，要君久久。柔唇浸口，更滚到痴丁愚叟。问它朝它暮不知，糟气离身先透。

然否？曲生情黠。冷处非真，暖时非偶。费神工巧，献朱门，祝眉寿。这朱门，温润只依旧。便酬酢高宾良友，碎玉壶骂了曲生，尽侬毒手。

再看赵冕镐《贺新郎·忆花》（次郑板桥青藤草书韵）郑燮词的全名为《贺新郎·徐青藤草书一卷》。赵冕镐此处将次词的题目都写错了。

贺新郎·徐青藤草书一卷　（郑燮）

墨沈余香剩，扫长笺、狂花扑水，破云堆岭。云尽花空无一物，荡荡银河泻影，又略点、箕张鬼井。未敢披图容易玩，拨烟霞、直上嵩华顶。与帝座，呼相近。

半生未挂朝衫领，狠秋风，青衿剥去，秃头光颈。只有文章书画笔，无古无今独逞，并无复自家门径。拔取金刀眉目割，破头颅、血迸苔花冷。亦不是，人间病。

双调一百十六字，前后段各十句，六仄韵。

贺新郎·忆花　次郑板桥青藤草书韵　（赵冕镐）

砚沈诗香剩。记前时，斜阳一缕，烘带西岭。卷起湘帘人倚槛，立尽婆娑之影。辘轳响、丝绳汲井。痴白妖红堪供玩，幽兴在、半欹帽顶□。难道倆，不相近。

⊙●○○●/●○○/⊙○◎●/◎○○●/○●○○○○●/⊙●⊙○

◎●/◎◎●/⊙○⊙●/ ◎●⊙○○●●/●⊙○/◎●○○●/⊙●●/◎○●

素馨透湿青衫领。一任风、斜枝错认，元央交颈。残酒迟醒犹梦语绿到多生快逞。至今也、烟雨苔径。百啭流莺难赎□，杜鹃啼、血休□凄冷。花病不，是人病。

⊙○◎●○○●/●⊙⊙/⊙⊙◎⊙/◎○⊙●/○●○○○○◎/⊙●◎○◎●/●◎●/⊙○⊙●/◎●⊙○○●●/●⊙○/◎●○○●/⊙●●/◎○●

（○平声 ●仄声◎本仄可平⊙本平可仄）

词谱中说，《贺新郎》双调一百十六字，前后段各十句，六仄韵。由以上空格可以清楚看到，赵《贺新郎・忆花》虽是次韵之作，但对《贺新郎》词谱并不熟悉，本词作平仄姑且不说，就上阕缺一字，下阕缺少两个字，说明其对词谱最基本的知识也不是很了解，或者了解不透彻。

（三）平仄不分

汉字的声调有刚柔、长短、轻重之分，将不同声调的汉字缀连成句子，用来表达瞬息万变的幽怀，就能和主体产生听觉上的积极反应，从而引起情感的共鸣。这就是汉字四声在词作中的艺术功能。换句话说，平仄四声的错杂，在词作中获得声韵的和谐与拗怒的矛盾统一。一般而论，词句中多用仄声或仄声收煞，句中的音节就觉拗扭突起，激越凄楚；多用平声或以平声结尾，句子的音节则显舒缓和婉，缠绵悱恻。而词声的“刚柔迭用”就是根据情感表达的现实需要，将平仄四声非常巧妙地组织在万变的词句中，以取得拗怒中的和谐与和谐中的拗怒，使词句的声音跌宕变幻，呈现声韵美的极致来。“词之为道，本合长短句而成，一切平仄，宜各依本调成式。”① 在词创作的实际操作中，要特别注意平仄四声中的去声字的选择，关注其在领头与转折处的安排与置放，这是因为去声字“由低到高，最宜缓唱。凡牌名中应用高音者，皆宜用此”，故“其领头处，无一不用去声者，无他，以发调故

① 吴梅：《词学通论》，上海：上海古籍出版社，2006 年，第 8 页。

也”,[①] 即去声字发间高亢响亮，气流急，用在句首，才能压得下，顶得住，收得拢，而位于句子与句子的转折关捩间，它又一气旋折，顺流而下，则现出婉转中的奔放与激荡来。因此，从根本上言、去声字吐音的急迸与词中词人流闪复杂的情思应相表里。另外根据万树所言“上声舒徐和软，其腔低；去声激厉劲远，其腔高；相配用之，方能抑扬有致。大抵两上两去，在所当避”[②] 的择腔用声的原则，仄声中的上声、去声、入声与平声中的阴、阳在词的歌唱中有细微的差别，并且词句中字调平仄的上声、去声、入声和阴、阳之间的配置有严格的规定，“凡古人成作，读之格格不上口，拗涩不顺者，皆音律最妙上”[③]，否则就难以产生声音徐疾抗坠的美学效果。朝鲜古代许多文人作词并不能将词的平仄许多相间内涵掌握好。下面以高丽朝词人李奎报为例进行说明。

李奎报作诗不是很遵循汉诗的节奏韵律，他继承儒家诗教传承，认为作诗的主要目的，是用诗歌来针砭时弊，抚慰民众，鼓舞人民爱国抗战，而这些诗歌只要被高丽人们理解和接受，其诗韵只要符合朝鲜人的读音规则就可以了。自李奎报开始就创造一种不拘泥于汉文学律诗要求的声律规则，力求创造符合朝鲜人读音规则，在诗歌形式上充分体现创作个性。他强调诗歌的政治教化功能，但却忽视诗歌本身的音律，其实际是在为古代朝鲜本民族文学的发展指引方向。

李奎报在《白云小说》中谈到他对诗歌政治教化作用及诗韵律的看法：

其或操觚引纸题咏风月，则虽长篇臣题多至百韵，莫不驰骋奔放，笔不停辍，虽不得排比锦绣，编列珠玉，亦不失诗从之体裁。雇自负如此，惜终与草木同腐，庶一担五寸之管，历金门，上玉堂，代言视草，作批敕训令、皇谟帝诰之词，宣畅四方，足偿平生之志，然后而已。岂碌碌琐琐求斗升禄，谋活其妻子之类乎？呜呼！志大才疏，赋命穷薄，行年三十，犹不得一郡县之任，孤苦万状，有不可言者，头颅已可知已。自是遇景则漫赏，遇酒则痛饮，以放浪于形骸之外。方春，风和日暖，百花竞发，良辰不可负也。遂与尹学録置酒漫赏，作诗累十篇，兴阑，因醉睡。尹呼韵，劝余赋诗，余即步

① 吴梅：《词学通论》，上海：上海古籍出版社，2006 年，第 9—10 页。
② （清）万树：《词律》第 1 册，北京：中华书局，1958 年，第 27 页。
③ 吴梅：《词学通论》，上海：上海古籍出版社，2006 年，第 8 页。

韵而应曰："耳欲为聋口欲瘖，穷途益复世情谙。不如意事有八九，可与语人无二三。事业皋夔期自比，文章班马拟同参。年来点检身名上，不及前贤是我惭。"尹谓余曰："以八九对二三，平仄不调。公于平日，文章浩汗激越，虽屡百韵律，一挥而就，雨驶风迅，无一字瑕点。今为一小律反违帘，何也？"余曰："我今梦中所作，故有不择发耳，'八九'改之以'千万'亦无不可，但太羹玄酒不下醋酢，大家手段固如是也。公岂知之耶？"言未讫，忽欠申而觉，乃一梦也。遂以梦事具言于尹曰："梦中便说梦作，此所谓梦中梦也。"相对胡卢，因戏占一绝曰："睡乡偏与醉乡邻，两地归来只一身。九十一春都是梦，梦中还作梦中人。"①

余梦游深山迷路，至一洞，楼台明丽，颇异，问傍人："是何处也？"曰："仙女台也。"俄有美人六七人开户出，迎入坐，苦请诗。余即唱云："路人玉台呀碧户，翠蛾仙女出相迎。"诸女颇不肯之。余虽不知其故，遽改曰："明眸皓齿笑相迎，始识仙娥亦世情。"诸女请续下句，余让于诸女。有一女续之云："不是世情能到我，为怜才子异于常。"余曰："神仙亦误押韵耶？"遂排手大笑，因破梦。余追续之曰："一句才成惊破梦，故留余债拟寻盟。"②

李奎报作词也是如此，不完全按照词谱，现以《桂枝香慢》和《清平乐》为例进行说明。

桂枝香慢

光华庆席，一正玉笋参罗，迎致嘉客。还有娇花解语，近前堪摘。殷勤好倒千金酒，幸相逢，不妨欢剧。两翁俱老，门生献寿，古今难得。

念往日，贪游好乐。恨枯瘦如今，何处浮白。多喜开筵，别占洞天仙宅。莫叫舞妓停飘袖，顾看看红日西侧。生哉残叟，摇肩兼将手双拍。

《桂枝香》共六体，双调一百一十字，李奎报此词在句式、格律上都与《词谱》相去甚远。

① 出自蔡美花、赵季主编：《韩国诗话全编校注》第1册，北京：人民文学出版社，2012年，第50—51页。

② 出自蔡美花、赵季主编：《韩国诗话全编校注》第1册，北京：人民文学出版社，2012年，第54页。

清平乐

虚台豁树，自足清风，未知朱夏。不分豪门亦呼我，宴席绮包罗裹。

○○●●　●●○○　●○○●　●○○○●○●　●●●○○●

可怜两个红妆，皓齿笑劝玉觞。感极敢辞芳酒，唯愁归路扶将。

●○●●○○　●●●●●○　●●●○○●　○○●○○●

以下是《钦定词谱》中李白《清平乐》的例证。

禁闱清夜，月探金窗罅。玉帐鸳鸯喷兰麝，时落银灯香灺。

◎⊙⊙●　◎●○○●　◎●⊙○○⊙●　⊙●⊙○⊙●

女伴莫话孤眠，六宫罗绮三千。一笑皆生百媚，宸游教在谁边。

◎●◎●○○　◎⊙⊙●⊙○　◎●⊙○◎●　⊙⊙⊙●○○

《清平乐》，双调四十六字，前段四句四仄韵，后段四句三平韵。另有两体，只是平仄用韵上有所不同，在句式上则与正体无异，李此词与词谱无论平仄还是字数都不对应，这说明李写词不按词谱，只是随心而写。

第二节　宏观环境的制约因素

一、多战事迫使宋丽两国文化中断

在高丽与南宋的关系中，女真族建立的金政权扮演着重要的角色，金的崛起隔绝了高丽与南宋的外交联系，直接导致词在朝鲜半岛的传播中断。女真生活在白山黑水之间，分生、熟两大部族。11 世纪初，生女真的完颜部逐渐强大，统一女真的其他各部，与契丹建立的辽政权发生了矛盾。辽统治集团对东北少数民族实行野蛮残暴的统治，压榨非常严重。为了防止女真族的反抗，辽政权将生、熟女真分开，将熟女真内迁至辽宁南部，企图分割生、熟女真，使之不得互相联合。

（一）宋丽辽金的复杂战争

为了求得生存空间，女真族首领四方俯首称臣，本来金是高丽的宗藩国，定期向高丽贡赋，金朝先祖穆宗盈歌、康宗乌雅束和太祖阿骨打都曾称高丽为“父母之国”或“父母之邦”。早在1102年就遵奉“高丽为父母之邦，小心事之。”[①]《高丽史·睿宗二》后又记载：“［睿宗四年（1109）六月］庚子御宣政殿南门引见（女真人）袅弗、史显等六人，宣问来由，袅弗等奏曰‘昔我太师盈歌尝言我祖宗出自大邦，至于子孙，义合归附。今太师乌雅束亦以大邦，为父母之国。在甲申年间，弓汉村人不顺太师指谕者，举兵惩之。国朝以我为犯境，出兵征之，复许修好，故我信之，朝贡不绝。不谓去年大举而入，杀我耄倪，置九城，使流亡靡所止归，故太师使我来请旧地。若许还九城，使安生业，则我等告天为誓，至于世世子孙恪修世贡，亦不敢以瓦砾投于境上。’”[②]

12世纪初，阿骨打作了完颜部的首领，统一生女真各部，他号召全族起来反抗辽政权，并于1115年称帝，建立金政权，金政权逐渐强大，开始向高丽政权下挑战书，要在政治上做高丽的大哥，改变自己藩属国的地位。高丽睿宗十二年（金天辅元年即1117）三月癸丑“金主阿骨打遣阿只等五人寄书曰：‘兄大女真金国皇帝致书于弟高丽国王：自我祖考，介在一方，谓契丹为大国，高丽为父母之邦，小心事之。契丹无道，陵轹我疆域，奴隶我人民，屡加无名之师，我不得已拒之。蒙天之佑，获殄灭之。惟王许我和亲，结为兄弟，以成世世无穷之好。’”[③] 面对金的挑衅，高丽政权很是愤慨，“金新破辽，遣使请结为兄弟，大臣极言不可，（高丽）至欲斩金使者”[④]，只有大臣金富仪谏言：“臣窃观汉之于凶（匈）奴，唐之于突厥，或与之称臣，或下嫁公主，凡可以和亲者无不为之。今大宋与契丹迭为伯叔兄弟，世世和通，以天子之尊无敌于天下，而于蛮胡之国屈而事之者，乃所谓圣人权以济道保全国家之良策也。昔成宗之世御边失策，以远辽人之入寇，诚为可鉴。臣伏愿圣朝思长图远策以保国家而无后悔。”[⑤] 尽管由于金富仪的反对，这种斩金使的偏激行动没有实施，但金富仪提出对金“蛮胡之国，屈而事之者，乃所谓圣人权以济道，保全国家之良策也”被睿

① 韩国学文献研究所：《高丽史》上册卷14，首尔：亚细亚文化社，1983年，第287页。
② 韩国学文献研究所：《高丽史》上册卷13，首尔：亚细亚文化社，1983年，第262页。
③ 韩国学文献研究所：《高丽史》上册卷14，首尔：亚细亚文化社，1983年，第287页。
④ 韩国学文献研究所：《高丽史》下册卷97，首尔：亚细亚文化社，1983年，第159页。
⑤ 韩国学文献研究所：《高丽史》下册卷97，首尔：亚细亚文化社，1983年，第159页。

宗采纳，影响了高丽政权的外交政策。金于1125年消灭辽政权，在1126年，高丽权臣李资谦、拓俊京上奏高丽仁宗“辛卯，召百官议事金可否，皆言不可。独李资谦、拓俊京曰：‘金昔为小国，事辽及我。今既暴兴，灭辽与宋，政修兵强，日以强大。又与我境壤相接，势不得不事。且以小事大，先王之道，宜先遣使聘问。’从之”①。《金史》记载此事谓：“（天会）四年，高丽国王王楷奉表称藩。”② 在金国强大军事力量与强硬外交政策的双重压力下，高丽被迫遣使向金上表称臣，但一直拖延至高丽仁宗七年（金天会七年，1129）十一月始进纳誓表。《高丽史》载，是年十一月“丙辰，遣卢令琚、洪若伊如金进誓表”③。后来高丽就派遣使者“上表称臣”④。至此，金与高丽之间的主从和宗藩关系确立，金全盘继承辽在朝鲜半岛的宗主国地位。

在灭辽的过程中，金看出北宋政权的腐朽无能，于1127年进攻北宋，俘虏徽、钦二帝，北宋政权灭亡，金占据了北宋的大部领土，迫使北宋残存南迁。南宋是中国历史上相对独立的王朝，它是北宋南逃政权的延续，继续执行北宋苟延残喘的投降政策，使之偏安于江南一域，这就产生主战派与投降派的激烈斗争，最终投降派占据上风，它既不能维持自身领土的完整，更不能高扬收复失地、实现国家统一的宏愿。而金与高丽两国外交进入稳定的发展期，双方互派使团100余次，金与高丽的通交，孤立了南宋政权，南宋高宗（1127—1162年在位）曾派遣使节到高丽修好被拒，从此高丽南宋关系日趋平淡。南宋政治上虽然国小力弱，但在中国文学发展史上却占有重要地位，是中国词史上发展的高峰。南宋词在词艺探索方面气象万千，令人目不暇接，直攀词史巅峰。北宋政权灭亡后，高丽政权与金交好，素不与南宋政权往来，隔断了文化交流，特别是词的交流中断了，金政权的强大，直接影响了金与高丽政权之间的关系，自1137年后，南宋政权已经停止与高丽的使节交往，这样南宋与高丽的文化交往，尤其是文学的交往中断了，这在很大程度上影响了南宋词在高丽的传播，同一时期高丽词的发展进入低谷。

---

① 韩国学文献研究所：《高丽史》上册卷15，首尔：亚细亚文化社，1983年，第304页。

② 许嘉璐主编：《金史（第三册）·高丽传》卷135，上海：汉语大词典出版社，2004年，第2249页。

③ 韩国学文献研究所：《高丽史》卷16，首尔：亚细亚文化社，1983年，第322页。

④ 韩国学文献研究所：《高丽史》上册卷15，首尔：亚细亚文化社，1983年，第304页。

（二）战争阻隔双方文化交流

清词人文廷式说："词家至南宋而极盛。"[①] 这种极盛包括三个方面：一是数量多，据唐圭璋先生所辑《全宋词》现存作品（不包括残篇、附篇）有一万九千九百余首，后又辑佚词一千三百余首，使宋词增至两万多首，后又据孔凡礼《全宋词补辑》和南京师范大学《全宋词》检索系统统计，两宋共收词人1494人，词21055首，其中南宋约为北宋的三倍，可见南宋词坛之盛；二是词坛转型期，"靖康之变"是中国历史上的一个大转折，也是词文学发展的一个转折点，其后，南渡词人迅速进行自我调整，顺应爱国救亡的历史要求，涤荡了北宋词坛基本是"言情"词的靡靡之音，继承并弘扬了苏轼开创的豪放词风，他们通过自己的创作促进了南北文化与南北词风的交融，南宋词出现了新品种，慷慨杀敌的抗战词、忧国忧政的愤慨词、陶情山水的隐逸词等，品种繁多、热闹非凡的局面；三是出现高质量的爱国词，辛弃疾、李清照、刘辰翁、汪元量等充满哀国、爱国深情的作品都是上乘之作，他们不仅在当时有气壮山河、振聋发聩的效应，即使在整个文学史上，也是极其辉煌的一页。正如夏承焘先生评价："由于面临这个大时代，由于接触到这个时代的主要矛盾并反映了这个主要矛盾，在南宋词坛上成就了许多大作家好作品。它的内容思想也由此突破了士大夫阶层和市民阶层的局限。在这个反抗异族压迫的激烈斗争中，它是有鼓舞作用的。花间、尊前'浅斟低唱'的词，到此一变而和大时代的脉搏一同跳动，这是宋词的最高成就。我们可以说：建炎、绍兴（宋高宗年号）年间的宋词实在无愧于开元、天宝年间的唐诗。"[②]

明胡应麟总结了《诗经》以后"文体代兴"的发展历史及其规律：

> 四言变而《离骚》，《离骚》变而五言，五言变而七言，七言变而律诗，律诗变而绝句。诗之体以代变也。……诗至于唐而格备，至于绝而体穷，故宋人不得不变而之词，元人不得不变而之曲。词胜而诗亡矣，

---

① 文廷式：《云起轩词自序》，出自施蛰存《词籍序跋萃编》，北京：中国社会科学出版社，1994年，第610页。

② 夏承焘：《夏承焘集》第8册，杭州：浙江教育出版社、浙江古籍出版社，1997年，第79—80页。

曲胜而词亦亡矣。①

明王骥德也说：

后《三百篇》而有楚之骚也，后骚而有汉之五言也，后五言而有唐之律也，后律而有宋之词也，后词而有元之曲也。代擅其至也，亦代相降也，至曲而降斯极矣。②

清焦循明确提出：

夫一代有一代之所胜，舍其所胜以就其不胜，皆寄人篱下者耳。余尝欲自楚骚以下至明八股，撰为一集。汉则专取其赋，魏晋六朝至隋则专录其五言诗，唐则专录其律诗，宋专录其词，元专录其曲，明专录其八股，一代还其一代之胜。③

焦循还认为："诗亡于宋而遁于词，词亡于元而遁于曲。"④ 坚信"文体代兴"是一种客观存在。

清李调元《雨村曲话》卷上中说：

（明沈宠绥）《弦索辨讹》："三百篇后变而为诗，诗变而为词，词变而为曲。诗盛于唐，词盛于宋，曲盛于元之北。"⑤

王国维在首肯焦循的"一代有一代之所胜"的基础上，于1912年所作《宋元戏曲史》序中重新审定了"一代之胜"的文体谱系："凡一代有一代之文学：楚之骚，汉之赋，六代之骈语，唐之诗，宋之词，元之曲，皆所谓一代文学，而后世莫能继焉者也。"⑥ 宋词是中国文学史上一座丰碑，它是文学

---

① ［明］胡应麟：《诗薮·内编》卷1，上海：上海古籍出版社，1979年版，第1页。

② （明）王骥德：《古杂剧序》，《古杂剧》卷首，《古本戏曲丛刊》第4集，商务印书馆1958年影印本。

③ 焦循：《易馀龠论》卷15，木犀轩丛书本，清光绪李氏（李盛铎）重刻本。

④ （清）焦循：《与欧阳制美论诗书》，《雕菰集》卷十四，《丛书集成初编》本，商务印书馆，1935年版。

⑤ 中国戏曲研究院编：《中国古典戏曲论著集成·雨村曲话》第8集，北京：中国戏剧出版社，1959年，第7页。

⑥ 王国维：《宋元戏曲史·自序》，上海：商务印书馆，民国二十二年（1933），第1页。

体裁的杰出代表，它以其他文学形式不具备的艺术魅力，征服了历史发展进程中的各类读者，为后世人所喜爱。一代有一代之文学，南宋时期是词文学发展史上的黄金时期，虽然“传播是一种自然而然的、必须的、无所不在的活动”①，但由于两国关系的隔绝，美丽芬芳的词艺之花却没有像其盛世一样，朝鲜半岛，错过词文学最佳发展时机。

二、朝鲜儒家思想禁锢词文学发展

儒家重教化的文学思想，词与儒家伦理相违背。诗与词都是以作者真实的人生情感与生活经验为审美对象。词的社会功能最初是为了娱乐遣兴，侑酒助觞，它又充当着抒写幽约隐微的个人情愫的载体，这都与儒家“言志”“载道”的文学要求南辕北辙、异辙殊途。所以必然受到正统舆论的指责和藐视。词是一种抒情主体性最强的文学，在中国古典诗歌中，词和诗虽同属于抒情文学体裁，却很不相同。儒家诗教一直主张“诗以言志”的总体文艺发展方向，唐代科举以诗赋取士，宋代基本上也如此。因和功名、从政密切相关，文人从小无不学诗。发端于里巷歌曲，盛行于秦楼楚馆的词，情况就迥然不同了。欧阳炯《花间集·序》中：“则有绮筵公子，绣幌佳人，递叶叶之花笺，文抽丽锦；举纤纤之玉指，拍按香檀。不无清绝之辞，用助娇娆之态。自南朝之宫体，扇北里之娼风，何止言之不文，所谓秀而不实。有唐已降，率土之滨，家家之香径春风，宁寻越艳；处处之红楼夜月，自锁嫦娥。”② 这个序言开宗明义提出为词的产生定的基调很低端，词介于宫体与倡风之间，综观“花间派”词，男女艳情是最重要的主题，或是唯一的主题。进入宋代，词被视为艳科小道，不能登大雅之堂。正如张炎所说：“簸弄风月，陶写性情，词婉于诗。盖声出于莺吭燕舌间，稍近乎情可也。”③

自词传到朝鲜以后，朝鲜儒学的发展主要经过两个阶段：一是高丽朝后期，二是朝鲜朝时期。

① 威尔伯·施拉姆、威廉·波特著，何道宽译：《传播学概论》，北京：中国人民大学出版社，2010 年，第 19 页。

② 赵崇祚辑、李一氓校：《花间集校》，北京：人民文学出版社，1958 年，第 1 页。

③ 张炎：《词源》，唐圭璋：《词话丛编》第 10 辑，北京：中华书局，1986 年，第 263 页。

（一）高丽朝后期

13世纪高丽佛教、道教盛行，儒学衰微，为振兴朝政，高丽发起儒学复兴运动，其发端有两个重要人物：安珦（1243—1306）和白颐正（1260—1340）。经二人传授，到14世纪中叶出现了一批著名的理学家，如李谷（1293—1351）、李穑（1342—1396）、郑梦周（1337—1392），他们宣传程朱学说，呈现“天下同文，家有程朱之书，人知性理之学，教之之道亦庶几矣”[①]的盛象，这对词文学创作影响深远。如林椿《与皇甫若水书》中有：

> 盖虞夏之歌，殷周之颂，皆被管弦流金石，以动天地感鬼神者也。至后世作歌词调引，以合之律吕者皆是也。若李白之乐府，白居易之讽谕之类，非复有辨清浊审疾徐度长短曲折之异也。皆可以歌之，则何独疑于此乎？仆尝叹世无作者，屡欲为之，而力不暇久矣。足下负超卓之才，学博而识精，气清而词雅，今又于乐章，推余刃而为之。正声谐韶頀，劲气沮金石。铿铉陶冶，动人耳目，非若郑卫之青角激楚以鼓动妇女之心也。论者或谓淫辞艳语，非壮士雅人所为。[②]

（二）朝鲜朝时期

1393年高丽朝被李成桂建立的朝鲜朝政权所取代，崇尚儒家思想，在朝鲜朝居于统治地位，朱熹的理论得到重视，朝鲜朝进一步学习明朝的管理制度，崇儒抑佛，倡导程朱理学，程朱理学成为朝鲜王朝的官方哲学。朱熹是理学的集大成者，儒学，尤其是朱熹的理学，是一个庞大的思想体系，一直对古代朝鲜文化各个层面产生着巨大而又深远的影响，儒学统摄朝鲜，尤其是朝鲜朝宗教、哲学、伦理、政治、教育、艺术等人文社会科学的学术品格及关怀现实人生的精神，成为一套完整的思想体系，从一个人的生存方式，到家、国、天下的构成，都在儒家关怀与实践范围之内，经过多年的传播、积淀，儒学一直影响着朝鲜民族性格、心理结构的形成。16世纪，儒学在朝鲜

---

① 李齐贤：《益斋乱稿》卷6，《韩国文集丛刊》第2集，首尔：景仁文化社，1990年，第600页。

② 林椿：《西河集》，《韩国文集丛刊》第1集，首尔：景仁文化社，1990年，第242页。

半岛出现了繁荣鼎盛的局面，出现了徐敬德、李滉、李珥等一些大理学家。李滉是朝鲜朝时期理学的集大成者。他用体用、理气、动静、性情、知行等许多方面对朱子理学做出新的发挥，使理学具有普遍意义，并适用于朝鲜朝五百年的历史，是朝鲜儒学最丰富多彩、光辉灿烂的历史，儒学演变具有自我特色。所以延边大学金景一说“儒家思想在中国和朝鲜，成为积淀最深的思想文化，成为历史意识形态的深层结构，长期以来，它是维系和巩固封建秩序、保持国家统治和社会运行的一个纽带，也成为连接中国与朝鲜半岛历史关系的深层纽带”①。朝鲜朝朱熹备受尊崇，被称为“朱子”。在这样的文化背景下，儒家诗教的美化功能得到大力提倡，而抒发个人情志的艳词与当世是格格不入的，旺盛的生命力急剧萎缩。尤其是在实学派提出改革要求之后，词文学更是受到猛烈的抨击，这以李瀷表现最盛。李瀷反对空洞、华而不实的学风，主张政治应该以治理民众为首要任务，治民可以上情下达。认为儒家经典可以考察隐患而使天下安定。他立足于元典儒学，具有鲜明的现实指向性，提倡诗学精神，唤起新学风，李瀷对高丽朝时期接受北宋大晟乐以及词进行了猛烈抨击，他批评道：

> 高丽睿宗九年，宋徽赐新乐及大晟乐；十一年荐于太庙。说者谓：《瑞鹧鸪》《水龙吟》之类，即其词也。今《献仙桃》《抛球乐》等乐，皆自胜国流传如此也。《高丽乐志》载《水龙吟》一篇，而其词多说风情、绮罗、红粉、翠黛之语，断非雅乐之意。宋天子亦岂以此特赐外邦？借曰有之，未必为历代遵用之制也。《乐志》所载许多如《醉蓬莱》等篇，即柳耆卿所作。《醉蓬莱》则宋仁宗时虽进献，而罢不用者也。其说见《弇州集》。意者此类皆俗乐，而其词曲则取前古名世之作，以意补入也。其《献仙桃》《抛球乐》不过声妓淫丑之态，岂宜奏之广庭以蛊君心之荒乱哉？至我朝，犹循以不改，窃为圣明世耻之。丽代昏溺不足说，如今三百年治平，寥寥乎无一人言及此，何哉？②

他公开对词文学进行讨伐，认为高丽王朝昏庸淫溺，引进中国的靡靡之

① 金景一：《浅论中国与朝鲜半岛关系史的三个层面》，载《东疆学刊》，2002 年第 2 期。

② 李佑成编：《星湖全书五·僿说》卷 13《人事门·大晟乐》，骊江出版社，1987 年，第 448 页。

音，伤化风俗，这与中国对词的传统态度相一致，在李瀷眼里词“多说风情、绮罗、红粉、翠黛之语，断非雅乐之意”，认为词是“声妓淫丑之态”能在“广庭”中“蛊君心之荒乱”，引进朝鲜三百多年，却没有一个人提出批评，他对这种现象感到很奇怪，他坚定认为词与儒家提倡的“经夫妇，成孝敬，厚人伦，美教化，移风俗”理念相悖。其后朴趾源、洪大容、朴齐家、丁若镛、金正喜等实学派学者从批评的视角出发，提倡文学独立和自主意识，反对复古和形式主义，主张创作出真实而形象地反映朝鲜民族的文学。

通过研究发现有四种因素制约朝鲜词文学的发展：1. 汉语和朝语之间存在巨大差异，导致词人在第二语言环境下进行词文学创作特别困难；2. 朝鲜古代许多词人诗词不分、用韵不分、平仄不分；3. 金的崛起隔绝了高丽与南宋的交往，直接导致词在朝鲜半岛的传播中断；4. 词与儒家伦理相违背，尤其是在实学派提出改革要求之后，词文学更是受到猛烈抨击。

第四章　补录朝鲜词

研究朝鲜词文学，首先要搞清楚古代朝鲜词的数量。对此韩国柳己洙、中国李承梅、李宝龙先后做过统计。1991 年韩国柳己洙在《历代韩国词总集》一书序言中说，从高丽朝（918）至李朝末年（19 世纪末包括日伪统治时期）800 多年的时间内出现近 171 位词人，约 1250 首词[①]。2005 年中国李承梅统计朝鲜李朝就有词人 135 人，作品 1135 首[②]；2009 年延边大学李宝龙认为古代朝鲜出现词人 180 多人，写词近 1400 篇[③]。以上三人统计不尽完善。本书以柳己洙《历代韩国词总集》为研究底本，对朝鲜词进行补录。笔者在《韩国文集丛刊》及续刊中发现学界无人提到的《巫山一段云》词 100 首，《竹枝》词 221 首，中国文献中收录朝鲜《竹枝》词 44 首（尤侗《外国竹枝词》收录 4 首、徐振《朝鲜竹枝词》收录 40 首），部分朝鲜诗话中收录词 11 首，共计 1626 首，今补充辑录。

一、巫山一段云

柳己洙《历代韩国词总集》没有收录《韩国文集丛刊》续刊 110 集中的《巫山一段云》词计 100 首，现辑录如下：

---

① 柳己洙：《历代韩国词总集》序言，首尔：한신대학교출판부，2007 年。

② 李承梅：《韩国词文学研究》，韩国成均馆大学校大学院国语国文学科博士论文，2005 年。

③ 李宝龙：《朝鲜词文学发展略论》，载《东疆学刊》，2009 年第 4 期。

孙起阳 10首

辍钓录，辍钓者，辍官钓鱼也。竹院十景 巫山一段云 孙起阳

三峰雪月

夜静云初散，山空雪乍晴。中天霁月照三更。灏气斗轻明。

穆穆金波动，晶晶玉宇清。尽难模写语难名。输与入诗评。

七谷烟花

浩荡风吹尽，帘纤雨霁初。寻春行乐肎虚徐。花外命巾车。

时节须探胜，江山不负余。前川过了兴如如。随意导篮舆。

琴郊刈稻

露湿平芜绿，风吹晚稻红。江郊秋日暖烘烘。拍手贺年礼。

终亩禾如栉，登场积渐崇。盈缸酒熟毕农功。呼取对邻翁。

盏渊钓鱼

风静晴江晚，花残红蓼秋。矶头垂钓曳还投。身世伴沙鸥。

饵下银初掣，筐中玉渐稠。开樽斫鲙醉骑牛。此外更何求。

竹林夜饮

戛玉风摇彩，筛金月满林。停杯遐想七贤襟。雅兴古犹今。

万事须长醉，孤怀只朗吟。世间何处遇知音。惟酒许倾心。

栗堤春行

小雨催花节，轻烟没晓痕。晴川芳草日初暄。步出傍江喷。

景物呈千态，乾坤运一元。东华难换此林园。不要姓名喧。

东山眺望

偃蹇临无地，嵚崟耸半天。江山十里老云烟。登眺豁无边。

缥色通金谷，清光映月渊。荡胸何必祝融巅。豪气想前贤。

南亩游观

大野宽春望，清泉散夏畦。柴门步出过前溪。竹杖与芒鞋。

禾稼云千顷，郊原雨一犁。登皋舒啸唤诗奚。归路夕阳低。

长浦丝莼

久拟庞公隐，翻成张翰归。江乡风味乐忘饥。纯滑又鲈肥。

翠带冰随泮，香羹雪欲飞。从今须制芰荷衣。不必蹈危机。

沈溪石蟹

竹院秋将晚，琴郊稻正香。已闻东海蟹输芒。半壳忽含黄。

玉片频随筯，金穰正满筐。加餐点酒也相将。风味擅江乡。

（孙起阳：《磬汉文集》卷 2，《韩国文集丛刊续刊》第 11 集，第 196 页。）

李光胤 17 首

晋州清心轩题咏　巫山一段云　李光胤

古郭烟空锁，荒墟岁屡更。元戎缓带抚军氓。荆棘化轩楹。

风月还多事，江山转有情。坐看霞鶩弄。秋晴诗思十分清。

（此处多出两字，原版本就是这样）

（甲辰秋，以统营宣犒御史南下，留住晋州。）

飞栋临丹壁，修篁间紫薇。兰舟移傍钓鱼矶。江树远熹微。

咬嘎洲禽响，凄清渚月辉。佳期不与赏心违。遥夜澹忘归。

（李光胤：《瀼西文集》卷 3，《韩国文集丛刊续刊》第 13 集，第 251 页。）

秋月堂八咏　姜参判公信别墅　在韩山地“巫山一段云体”　李光胤

右黄桥牧牛

曲涧鸣寒玉，危桥跨断虹。村童驱犊出烟中。一径傍林通。

细草缘坡绿，斜阳带雨红。倒骑长笛捻西风。浑不辨商宫。

右南阳劝耕

四野新阳遍，千林晚雨晴。陂田绕郭水盈盈。布穀尽情鸣。

植杖看菑垦，持锄怕草生。津头过客促鞭行。不识有何营。

右石寺朝烟

净界饶真趣，高僧谢俗缘。闲敲白石煑山泉。旭日带茶烟。

掩映彤霞外，依微绿树边。空门景色画堪传。一望意悠然。

右西林夕烽

落日低沧海，疏云敛小城。飞烽千里递光晶。星彩照檐楹。

只喜通安否，非关看灭明。长教一点达王京。夜夜慰宸情。

右珠岭双松

窈窕冈峦转，葱茏树竹堆。亭亭双盖是谁栽。偃蹇栋梁材。

明月枝间逗，清风叶底来。最怜滕六没蒿莱。高耸碧山隈。

右歧浦片帆

苹渚寒潮涨，芦汀返照斜。孤帆添腹引风多。飞割暮江霞。

隐现依林杪，低昂逐浪花。渔翁倚棹发高歌。云水是生涯。

右鱼城宿雾

结屋依深樾，开轩对翠岑。山灵泄雾作层阴。日出尚萧森。

霿霿沾书幌。霏霏湿布衾。愁来强欲理瑶琴。弦慢不成音。

右圣山骤雨

接海云容黑，连空雨脚横。雷声电影若相争。坤轴讶摧倾。

断壑奔流急，疏林爽气生。烦襟此日十分清。顾眄句还成。

（李光胤：《瀼西文集》卷 3，《韩国文集丛刊续刊》第 13 集，第 251 页。）

江村落照 巫山一段云 李光胤

小店沿江住，垂杨匝岸长。斜阳一抹染霞光。金柱竖沧浪。

曲浦归帆疾，遥空去鸟忙。晚来烟景转苍茫。清兴溢诗囊。

（李光胤：《瀼西文集》卷 3，《韩国文集丛刊续刊》第 13 集，第 251 页。）

登咸兴望德山 巫山一段云

巨野平如掌，长川淡似油。溟波万顷没鳌头。积气望中浮。

林暖幽禽咔，沙暄嫩草抽。琴歌终日领风流。消遣十年愁。

暖雾收青嶂，和风动碧油。长安指点彩云头。万里此身浮。

渐喜边尘靖，何方手版抽。晚来携酒更临流。一酌散千愁。

（李光胤：《瀼西文集》卷 3，《韩国文集丛刊续刊》第 13 集，第 252 页。）

龟鹤亭四时词 巫山一段云 李光胤

右春

江郭清明近，林园景物宜。春光浩荡恼诗脾。捻断几茎髭。

对月尊频倒，看山席屡移。夜深香露滴琴丝。风动杏花枝。

右夏

雨气迷青嶂，滩声满画栏。人间炎热不曾干。琪树拥檐端。
水簟凝香细，冰盘斫脍寒。斜阳渐没彩霞残。汀畔结幽兰。

右秋

潦尽寒潭净，天晴快鹘骄。西风一阵扫炎歊。秋兴满江郊。
渐喜黄花绽，还愁碧蕙凋。夕来携酒倚兰挠。凉月在松梢。

右冬

野渡行人少，山蹊落叶重。愁吟尽日耸肩峰。风雪乱裘茸。
大地成银界，长冰作玉龙。酷怜岩壑秀孤松。岁暮托襟胸。

（李光胤：《瀼西文集》卷 3，《韩国文集丛刊续刊》第 13 集，第 252 页。）

郑荣邦 8 首

芝圃八景　巫山一段云体兼禁题体　郑荣邦

龙渊夜雨

日落大荒黑，风吹孤棹寒。渔舟收缆及前滩。回首失重峦。
踈响闻潭竹，幽香识渚兰。忽惊凫雁闹江干。月出已宵阑。

烟寺暮钟

落照红将敛，残霏翠不齐。舂舂忽自片云西。知有数僧栖。
一水波声伏，群山黛色低。却令心地拨昏迷。无事更提撕。

山店朝岚

野阔残星隐，江暄宿霭微。天风吹缕绕山飞。半杂雨霏霏。
愁黛妆迟就，孤烟露易晞。几家松竹护岩扉。亭午尚依俙。

河桥晚雪

畔迷寒鹜，城头集暮鸦。怳然身世落瑶华。大地玉无瑕。
野外川迂直，坤端岫等差。客愁天末日西斜。何处有人家。

长郊牧篴

小雨归平野，残阳在远村。数声何处隔高原。吹断碧云痕。
古堞栖鸦散。危梢落蕊翻。商讴不必在齐门。颖水有清源。

曲浦渔灯

古渡风残夜，长汀水活时。青荧几点点江涯。波底自相随。

正见月初落，欲稀星渐移。此翁于世本无期。不怕有人知。

平沙落雁

荻岸浑如雪，河桥近有霜。凌空三两字成行。点点下芦场。

剩带边愁至，遥添刻漏长。江南满地稻兼粱。何事此来翔。

广津维舟

岸豁何时断，江深不冒流。长年一醉也悠悠。日暮道方修。

向者轻风浪，居然阁晚洲。烟波几隔凤凰楼。西望使人愁。

(郑荣邦:《石门集》卷3,《韩国文集丛刊续刊》第19集，第264页。)

申楫8首

巫山一段云体　咏关东八景　申楫

越松亭

地近丹丘界，山围白岭傍。亭边松树郁千章。沙暖海棠香。

地寂闻清籁，牕虚挹翠光。群鸥飞尽水茫茫。知是海天长。

望洋亭

石窦通关路，云梯接蜃楼。蚕头官阁小如舟。万里骋双眸。

鲸戏银山涌，鳌擎郁岛浮。平生观水壮兹游。乘兴更迟留。

竹西楼

一水环城郭，重峦护邑居。流丹飞阁下临虚。凭槛数游鱼。

列炬黄昏后，张帆细雨余。三行红粉舞轻裾。形象太平如。

镜浦台

关岭之东畔，寒松以北偏。平湖如镜水如烟。人在洞庭船。

极浦苍茫外，孤山杳霭边。安详遗迹问无缘。台上唤神仙。

洛山寺

寺刹千年古，楼台一望通。扶桑初日上曈曈。摇荡万波红。

蜃气浮蛟室，虹光射贝宫。鱼龙惊舞送长风。高枕梦瀛蓬。

清涧亭

快阁依山麓，层台落海隅。渔人收网日将晡。天外片帆孤。

万籁惊崩浪，三山隐积苏。翩翩何处一双凫。疑向永郎湖。

三日浦

瀛海三千里，莲花一万峰。湖涵秋影阔溶溶。使我荡尘胸。
雨歇鸣沙路，亭开小岛松。丹书留得四仙踪。今夕傥相逢。

丛石亭

玉色丛丛直，神功面面平。秦皇桥海柱先成。鞭运几经营。
怒飓掀空起，层涛涌雪惊。千寻削立势高撑。应只补天倾。

（申楫：《河阴文集》卷2，《韩国文集丛刊续刊》第20集，第54页。）

李弘有8首

冶溪八咏　李弘有

养一所居，戊辰七月既望，“巫山一段云体”，崇祯元年

命峰霁月

谷口云初卷，峰头雨乍晴。月从海底转青冥。大地自分明。
荡漾开银阙，玲珑挂水晶。始看东上又西倾。对影独含情。

道洞新花

峡里韶光遍，山中霁景新。千花饱雨媚青春。艳蕊睡风晨。
罩树交罗帐，黏岩展锦茵。可怜无语解留人。我去自逡巡。

松村暮烟

地僻疑仙境，村稀讶化城。青烟澹澹带风轻。卷入掩苫扃。
隐隐川原过，茫茫草树平。山含落照不分明。失去问前程。

妙谷朝霞

浩浩从山起，冥冥涨野平。森森万木立无声。空翠袭人晴。
镜里双蛾敛，机头匹练横。隔林何处鸟飞鸣。朝日翳还明。

乐山飞雪

云海连天暗，朔风卷地吹。蒙蒙飞雪下还迟。山色粉蛾媚。
似与梅花鬪，还成柳絮嬉。莫言寒气透书帷。拥褐醉吟诗。

敬岘骤雨

野暗云初起，天阴日欲沉。俄然烨烨振雷音。雨势满平林。
淅淅斜风绥，霏霏碎水砧。断虹残照映遥岑。爽气入琴侵。

禾寺樵僧

石磴迷青霭，莲坊住翠微。遥看林杪鸟惊飞。樵路一僧归。
草露沾芒屦，松花落衲衣。无端折桂入烟霏。认是近禅扉。

巨川钓叟

巨谷千岩秀，长川一派流。渔翁垂钓立矶头。影落水悠悠。
玉尺悬钩跃，锦鳞逐饵游。风烟十里似沧州。身世等沙鸥。

（李弘有：《遯轩文集》卷2，《韩国文集丛刊续刊》第23集，第30页。）

柳樱8首

次郑石门、荣邦、芝圃八景韵“巫山一段云体”　柳樱

龙渊夜雨

薄暮顽云黑，凄风一气寒。已闻江雨暗前滩。沉沉远近峦。
应感骊龙睡，休摧燕尾兰。田家莫叹暵其干。檐溜晓方残。

烟寺暮钟

古寺疏烟起，群山乱不齐。暮钟来自殿廊西。残僧问几栖。
隐隐声何远，苍苍月欲低。幽人欲往路还迷。明日策当提。

山店朝岚

孤店居人少，深深入翠微。青岚晓向屋东飞。日出未分晖。
蔼蔼千峰暗，迟迟九土晞。此时谁有扣松扉。遥望路依依。

江天暮雪

腾腾飞六出，闪闪见群鸦。开尽江边树树花。大地净无瑕。
絮扬争轻艳，盐堆可等差。麻姑鹤背彩云斜。应过玉女家。

长郊牧篴

谷风吹软草，山雨过江村。芦管三声十里原。牛卧夕阳痕。
行寻朝牧近，归趁暮鸦翻。投宿田家不闭门。樵友更源源。

曲浦渔灯

浦溆黄昏后，清愁雨露时。渔翁暝踏暮江湄。灯火共相随。
鱼鳖应惊怪，蛟龙定欲移。生涯如此自无期。闲趣有谁知。

平沙落雁

少昊三秋节，关河八月霜。翩翩南雁几千行。争就稻粱场。

沙旷飞无定，洲寒叫更长。世间得丧等黄粱。云水好翱翔。

广津维舟

夜来风雨恶，高浪拍天流。驱马行人客路悠。掣断渡头舟。

缆抛青草岸，帆逗白鸥洲。舟子牢眠卧柁楼。失涉任他愁。

（柳樱：《百拙庵文集》卷 1，《韩国文集丛刊续刊》第 29 集，第 240 页。）

李矩 1 首

诗秋夜有感　效“巫山一段云体”　李矩

月白天如洗，风清露欲漙。四壁寒虫声不歇。直至五更阑。

物序伤心易，人生得意难。千古闲愁只如此。能复几时欢。

（李矩：《活斋文集》卷 1，《韩国文集丛刊续刊》第 32 集，第 417 页。）

金夏九 8 首

申汝钦 新居八咏韵“巫山一段云体”此篇首句多平声起可欠　金夏九

处士里

洞缭移盘谷，人高忆老莱。林间丹灶逐寒灰。谁扫白云开。

樵破题诗石，农耕读易台。烟墟付与月徘徊。游子可归来。

翰林墟

岩花留丽藻，水石见清心。厌直蓬瀛卧涧林。风流洞府深。

岂缘仙路倦，应为俗尘侵。旧物云霄矗万寻。人呼大遯岑。

春山采蔬

阳坡消冻后，暖阁读书余。步摘琼蔬倚碧虚。春光嫩可茹。

早菘方气馥，紫蕨未拳舒。小鼎呼儿活火嘘。不须丙穴鱼。

夕矶钓鱼

鱼聚碧潭底，矶平红蓼西。绿蓑烟雨一竿低。童子钓筒携。

柳叶金鳞动，芦花彩羽啼。长丝卷尽已鸦栖。吹鬓硼风凄。

富岭晴岚

坤维呈秀爽，富媪划雄奇。满壑岚光漏碧差。离离碎锦丝。
随风妆半面，映日画修眉。中有山翁攀桂枝。人传眼四规。

遯岑落照

倒景沧沧海，盘根敌岱宗。金乌向夕壑阴浓。紫翠绣芙蓉。
鸟背翻遥影，樵声动暮容。开山何日卓禅筇。暝磬出深松。

芝圃晚景

仙方搜服食，庭实庑芳馨。唱断芝歌枕竹亭。商颜梦四灵。
鸟鸣山寂寂，花泛水泠泠。且养丘中草木龄。无劳咏隰苓。

松台晓云

积翠冠松矗，高棱戴石巍。瑶台云物辟仙扉。曙色彩屏围。
定有青童侣，时从绛节归。霞标万丈洗烟霏。台岭梦依依。

（金夏九：《庵集》卷1，《韩国文集丛刊续刊》第61集，第23页。）

权相一8首

次雪谷八咏"巫山一段云体"　权相一

平远阁

秋晚藏霞壁，江清载月船。朱栏画栋此山边。遗址草空芊。
远海升红旭，平郊散白烟。雪翁稼老俱茫然。斜日映清川。

太和楼

老石欹江岸，苍山锁海门。无人更倚春风轩。使我愁心繁。
此地曾留客，高楼谁把樽。渔歌一曲近黄昏。江上两三村。

藏春坞

地僻园林静，家贫樽酒无。藏红秘白春长留。萧洒小庭隅。
日暖花阴重，风轻鸟语柔。当时太守好风流。来往竹筇扶。

隐月峰

秋气集西麓，凉宵凝露华。玉妃唤月峰嵯峨。北斗已横斜。
山动未崩石，林横将落霞。迢迢南谷有僧家。遗址寄山阿。

碧波亭

三岫耸苍石，双湖满绿汀。行人指点碧波亭。欲读无遗铭。
渔火暗中照，塩烟晓后青。一声长啸鱼龙听。风雨满江零。

白莲庵

斋室罢清磬，秋荷成白纹。我来欲问山无语。啼鸟隔林闻。
淨界烟霞古，诸天花雨昏。苍苔碧草复何论。散步日将曛。

望海台

缥缈前开户，东南远望洋。祥云一朵日生光。海气晓苍苍。
淨室今仍古，居僧闲不忙。齐州九点杳何方。天地阅沧桑。

开云浦

远浦沧溟，奇岩小窍通。云收日出有神翁。来自水宫中。
鹤岫月空白，鸡林花自红。流传乐府永无穷。诡服舞春风。

（权相一：《清台先生文集》卷 2，《韩国文集丛刊续刊》第 61 集，第 244 页。）

柳升铉 8 首

瓢溪八景“巫山一段云体”　柳升铉

右溪村细雨

蒙蒙喷似雾，细细引如丝。霭霭东坡雀满枝。谁家蓑笠儿。
泉声添更好，山色洗逾奇。薄暮邻舂正急时。前村炊未炊。

右山郭浓烟

袅袅初如缕，绵绵更若云。坐看虚郭渐难分。人语隔溪闻。
幂树迷归鸟，遮岑漏夕曛。淡青轻白去来纷。浓处自成雯。

右南畮农讴

罫布稻畦错，云堆稻叶披。农歌互答响参差。待馌日迟迟。
逐队如鱼进，分行似雁随。呜呜相劝夕阳时。努力莫愆期。

右西岑牧笛

山雨朝仍在，溪云晚不开。短童何处饭牛回。时有笛声来。
始讶凝疏樾，俄惊落小台。台边野老独徘徊。幽兴正难裁。

右罗浮晚霞

天际飞孤鹜，山腰转夕阳。彤霞起处是仙乡。咫尺但相望。

锦帐围千匝，朱幢列万行。红娥簇簇理新妆。披拂紫云裳。

右水晶秋月

木落千山瘦，风高独雁哀。螺鬟擎出玉盘来。天地一瑶台。

几处褰珠箔，谁家举瓦杯。一轮均照自徘徊。今夜好怀开。

右覆砌新竹

叶密鸣蜩集，丛卑栖鸟疑。雨余苍玉长新枝。谁识拂云姿。

皛皛朝辉净，漙漙夕露滋。傲霜凌雪正猗猗。看取岁寒时。

右依岩古松

偃蹇凌霜雪，轮囷谢斧斤。老枝蟠屈自龙文。郁郁翠如云。

月挂三更冷，风高十里闻。高标谁识绝尘氛。落落独离群。

（柳升铉：《慵窝集》卷1，《韩国文集丛刊续刊》第62页，第268页。）

李镇宅8首

关东八景 巫山一段云体　李镇宅

平海月松亭　平沙十里　长松蔚立

远浦寒波急，孤亭落照辉。须臾月出鹭鸥飞。天朗海风微。

水动光摇眼，沙明白耀衣。苍松影里钓翁归。却羡日忘机。

蔚珍望洋亭　俯临大海　波涛洋洋

万里天浮水，三春客倚楼。波翻浪吐一帆舟。渺渺使人愁。

极望茫无际，俯临碧似油。斜阳独立思悠悠。惟欲语沙鸥。

三陟竹西楼　沙明潭清　山秀岩奇

关景无多胜，江山第一楼。沙明十里玉川流。亭滀可容舟。

疏竹余根在，奇岩古壁留。登临无与共清幽。独步下西洲。

江陵镜浦台　海汇为泽　波如镜面

海汇山仍起，楼高影落空。朝来水面忽生红。日上海门东。

滢滢明如镜，青青色似铜。更看星月映波中。疑是广寒宫。

襄阳洛山寺　楼高海阔　极目无际　海隅有观音窟

匹马春风客，寒山暮寺钟。楼高海阔水溶溶。其下有潜龙。

万古烟霞洞，千年菩萨容。倚筇东望五云浓。擎出玉芙蓉。

杆城清硐亭　水汇山拥　波残风微

海曲千岩里，萧然一小亭。金刚余麓落东溟。插立作门屏。
日暖鱼游水，花残鸟语庭。清风拂面醉吟醒。涧草自青青。
高城三日浦，海决怀山，亭如泛船，岩下有梦天庵。
小阁澄湖上，孤庵古壁中。萦回十里大洋通。一阵海棠红。
细雨双双鹭，微霞点点鸿。仙游三日迹何空。倚杖挹清风。

通川丛石亭　山入海中　石如丛立

地轴拖山入，天工削石森。神斧何日过东浔。丛立十余寻。
人力何能及，海灵亦苦心，孤楼愀倚久沉吟，落日挂西岑。

右八景虽是胜观，皆滨海故不甚奇爱。而惟竹西楼在于邑后客舍前，川流成潭，水清沙明，奇岩怪石。环列左右，山容秀丽。谷长十里，一望平阔。登临不觉心神爽然，扁曰“第一江山”，信关东之绝胜也。余于甲午秋，自京城游览金刚山，还归京城，以未见八景，殆成癖痞矣。今因谪行，处处览尽，足以遂平生之愿，莫非恩造也。

(李镇宅：《德峰文集》卷 1，《韩国文集丛刊续刊》第 94 集，第 632 页。)

南龙万 8 首

次益斋《潇湘八景诗》韵　南龙万

益斋李先生，尝游洞庭间，用“巫山一段云体”成八章。余奇其声色，无聊中，效而次之，耳闻不如足踏，意想不如目见。非特诗思万不及古人而已，要当以时吟咀，少叙晚生偏壤之恨。

远浦归帆

潮退波声急，山晴日影催。空洲秋晚水天开。风送远帆来。
点点穿云出，漂漂向岸回。长驱银屋薄沙堆。石屿震如雷。

平沙落雁

白雪初花荻，黄云晚穗粱。惊秋塞雁忽成行。依旧返南湘。
风立朝鸣旭，洲眠夜拂霜。长沙明处耀斜阳。飞落更飞扬。

洞庭秋月

云净群山远，波明一鉴空。湖头新月忽生东。天地玉壶中。

微浪辉成锦，长烟彩倒虹。飞楼影落静无风。恍若俯龙宫。

潇湘夜雨

有月云沉岸，无风叶下洲。江天疏雨白苹秋。灵瑟暗生愁。

雾匝迷征雁，蓑沾泊去舟。萧萧竹泪夜声幽。湿立不眠鸥。

山市晴岚

萧洒群峦霁，依微一抹围。高庵日晏半开扉。林樾乍阴霏。

始谓朝烟淡，俄疑晚霭微。日中风卷市人归。方觉两皆非。

江天暮雪

冰合波声静，风狞雪意严。纵横飘洒白纤纤。铺地斥田塩。

港口维长缆，垆头卷小帘。云沉星汉没银蟾。冷透彩航帘。

烟寺暮钟

岚气风前灭，烟光雨后浓。江波澄彻倒山容。隐隐出疏钟。

僧在林端寺，声从雾里峰。遥看岩下独归筇。携钵急穿松。

渔村落照

日夕回残照，秋清映晚霞。烟光凝处是渔家。紫霭半边斜。

点白群飞鹭，流玄独去鸦。移舟卷网浪翻花。随影散鱼虾。

（南龙万：《活山集》卷2，《韩国文集丛刊续刊》第79集，第40页。）

二、竹枝

《竹枝》是词还是诗，学界有争议。清陈廷焯认为《竹枝》是诗，在《白雨斋词话》卷八《诗词体裁易混》一节中说：

诗词源流曰："词之纥那曲、长相思，五言绝句也。柳枝、竹枝、清平调引、小秦王、阳关曲、八拍蛮、浪淘沙，七言绝句也。阿那曲、鸡叫子，仄韵七言绝句也。瑞鹧鸪，七言律诗也。欸残红，五言古诗也。

体裁易混，徵选实繁。故当稍别之，以存诗词之辨。[①]”

陈廷焯认为《竹枝》以词的形式存在，实质是七言绝句。其实《竹枝》是以诗形式存在的词。

陈廷敬《钦定词谱》中强调竹枝是词，并将《竹枝》放在卷首。现全文收录：

竹枝　唐教坊曲名。元郭茂倩《乐府诗集》云：竹枝本出于巴渝，唐贞元中，刘禹锡在沅、湘，以里歌鄙陋，乃依骚人九哥，作竹枝新调九章，教里中儿歌之。由是盛于贞元元和之间。按《刘禹锡集》，与白居易唱和竹枝甚多，其自叙云：竹枝，巴歈也。巴儿联歌，吹短笛击鼓以赴节，歌者扬袂睢舞。其音协黄钟羽，但刘白词俱无和声，今以皇甫松、孙光宪词作谱，以有和声也。

竹枝　单调十四字　两句两平韵

皇甫松

芙蓉并蒂（竹枝）一心连（女儿）

○○●●　●○△

花侵槅子（竹枝）眼望穿（女儿）

○○●●　●○△

《尊前集》载皇甫松《竹枝词》六首，皆两句体。平韵者五，仄韵者一。每句第二字，俱用平声，余字平仄不拘。所注竹枝、女儿、枝儿，叶韵，乃歌时群相随和之声。犹采莲之有举棹年少也。按古乐府，江南弄等曲皆有和声。如江南曲，和云“阳春路，时使佳人度”。龙笛曲，和云“江南弄，真龙下翔凤”。采莲曲，和云“采莲居，渌水好沾衣”。亦各叶韵。此其遗意耳。

---

① 陈延焯：《白雨斋词话》卷8，见唐圭璋主编：《词话丛编》第62集，北京：中华书局，1986年，第3970页。

又一体　单调十四字，两句两仄韵

皇甫松

山头桃花（竹枝）谷底杏（女儿）

○○○○　●●▲

两花窈窕（竹枝）遥相映（女儿）

●○●●　○○▲

此首用仄韵。

又一体　单调二十八字，四句三平韵

孙光宪

门前春水（竹枝）白苹花（女儿）

○○○●　●○△

岸上无人（竹枝）小艇斜（女儿）

●●○○　●●△

商女经过（竹枝）江欲暮（女儿）

○●○○　○●●

散抛残食（竹枝）饲神鸦（女儿）

●○○●　●○△

此词较皇甫松词多两句。按刘白竹枝词，俱拗体七言绝句，此独谐婉，且每句有和声。①

《竹枝》是词还有许多其他方面的证因，在此不赘，笔者认同为词。

（一）中国古代学者收录的《竹枝》44 首

1. 尤侗《外国竹枝词》收录 4 首

清尤侗《外国竹枝词》自序中说："历代史记列传之末，列及四裔。读史至此，唯恐卧矣。然要荒朝贡之盛，未有过于有明者。自太祖开国，声教渐被。成祖继之，北征沙漠，南定交趾，复遣郑和扬敕三下西洋，于是属国麇至，毕献方物。今考《会典》《一统志》所载，暨《西域记》《象胥录》《星

① （清）陈廷敬：《钦定词谱》，北京：中国书店，1983 年，第 7—9 页。

槎瀛涯胜览》诸书，风上瑰怪，震眩耳目。此固穆王辙迹之所未到，汉家进行都护之所不能通也。予与修《明史》，既纂外国传十卷，以其余暇笈谱为《竹枝词》百首，附土谣十首，使寄象鞮译，烂然与十五国同风，不已异乎！庄子曰：‘六合之外圣人存’，而不论予之为此也，或谓赋更愚于六合，则予哑然退矣。康熙辛酉腊月朔日。”①

朝鲜

高句骊降下句骊，未若朝鲜古号宜。千里王京陈百戏，汉城犹见汉官仪。

古朝鲜并入高句骊，隋征之，不服，贬为下句骊。洪武中入贡，奉诏更号朝鲜，以汉城为王京。每诏使至，杂陈百戏。

长衫广袖折风巾，捶纸狼毫汉字真。自序世家传国远，《尚书》篇内九畴人。

白捶纸，狼毫笔，书与中国同文。

杨花渡口杏花红，八道歌谣东国风。最忆飞琼女道士，上梁曾到广寒宫。

国有八道。杨花渡在汉江滨。闺秀许景樊后为女道士，尝作广寒宫玉楼上梁文。

小儿八岁号黄昌，舞剑能诛百济王。更唱嘉俳会苏曲，朝来蚕绩忆盈筐。

新罗国黄昌郎八岁为王，往百济舞剑于市，王召入宫令舞，因刺杀之。七月望日，王使王女率六部女子绩于广庭。八月望日，乃考其工。负者设酒相与歌舞，谓之嘉俳。一女起舞为会苏之歌。后朝鲜破新罗，拟为黄昌郎、会苏二曲。②

2. 徐振《朝鲜竹枝词》收录40首

清徐振《朝鲜竹枝词》中收录了40首。

鸭绿江春水似油，画船旗仗羡中流。开船打鼓横江去，隔岸炊烟是义州。

渡鸭绿江即朝鲜境。义州，其西鄙首郡也。

卫满东奔殷祀迁，句骊部落溷朝鲜。王孙空说鲜于氏，麦秀荒城年复年。

《汉书》：燕人卫满亡命人朝鲜，逐朝鲜王准走海中，自立为王。汉光武

① 雷梦水、潘超等主编：《中华竹枝词》第六册，北京：北京古籍出版社，1996年，第4031页。
② 雷梦水、潘超等主编：《中华竹枝词》第六册，北京：北京古籍出版社，1996年，第4031页。

元封四年伐之，杀其孙右渠，分其地为乐浪、元菟等四郡。后为高句丽窃据，仍袭故号。今虽数易姓，尚其遗类，箕子之后，更姓鲜于，犹有存者，然浸衰无闻人矣。

平壤城西箕子坟，攲斜石马卧寒云。蛮儿不管兴亡恨，犹指残碑说故君。

平壤城西山有箕子墓。

大同江上水连天，江畔人耕水稻田。罗唝声长官舫过，进鲜齐集打鱼船。

注：土产谷米最良，为中国所珍。大同江在平壤城南，多佳鱼。

箫鼓楼船绮席张，西行齐出柘枝装。舞回似索缠头锦，跪进新罗酒一觞。

彩幄连云障国门，千官乌帽若云屯。龙旗前导人声静，方信天朝使者尊。

彩幄覆城左右以延客入，盖不敢使出城外也。

漫天罗帐护花树，十丈鳌山百戏陈。无数妖姬窗底立，玉纤偷指看唐人。

建明门外列戈矛，击鼓吹箫不肯休。国王罢朝东乡立，诏书高拱殿前头。

国王莅政之所，通事官赍诏至王所，王北向舞蹈毕，方与敕使以宾客礼见。

青旗风扇国王来，铁网围车不暂开。却与使臣分席坐，圣朝恩渥自无猜。

华筵宾主笑颜看，玉箸雕盘劝举餐。各致殷勤浑不解，两边忙煞大通官。

通事舍人曰大通官。

画戟朱幡逐队开，花纹鼍鼓打如雷。一时从吏齐低首，丞相亲陪中使来。

中使最尊，丞相以下皆敬礼之。

南别宫中铺设精，彩华席展浪纹平。上房不许纤尘涴，素袜红衣别监迎。

席花五彩。国西南隅崇礼之门，入门三里许曰南别宫，例以供敕使居。王之护卫曰别监，皆衣红，遣供驱使，必脱履而进。

官伎歌台近驿亭，陪臣深夜醉伶俜。怪他锦瑟重门隔，不许中原过客厅。

驿亭：邮亭左右都置勾栏，供本国来往使令者。定制，奉使员役不得擅出驿门。

山腰高阜结官厅，面面松杉入座青。瘦石幽花清浅水，纳清亭与快哉亭。

纳清亭在定州，快哉亭在平壤，为东国胜地。

王京一带跨街楼，楼上春纤卷玉钩。窄袖半推红隔子，怕人回觑却低头。

国王所居曰王京。

十八蛮娘玉作肤，珊瑚钗缀诘多珠。小襟新截葡萄锦，一幅汉宫春晓图。

城外春山翠黛长，谁家年少紫罗囊。小鬟低唤鬘奴卫，波峭无如伊萨郎。

春日，男女游山竞逐为戏，相悦即婚。称姊曰鬘奴卫。伊，此也；萨郎，人也。犹言此人也。

白岳山头草似袍，杨花渡口絮如毛。郎来踏青珠勒马，妾来戏水木兰桡。

白岳杨花渡，国人游览之所。

婿屋当年事有无，也知风俗古今殊。洞房新辟蘼芜径，娶得姬人似玉奴。

旧俗男女议婚已定，女家作小屋于大屋之后，令婿就女宿，曰婿屋，今无是矣。第士大夫纳妾不与正室同居，必另置一室。

异国班寮礼法疏，分曹双陆自公余。侍儿好莫令人见，夺作专房恼杀渠。

俗盛双陆之戏。同官宴集，出侍妾侑觞，或夺取以去，不以为怪。

慕华馆畔送郎行，西去中华不计程。软语丁宁须记取，往来岭下莫关情。

慕华馆在城西十里许，国人送迎之所。往来岭属平壤，昔有一士子与青楼狎，久而不归，其家人踪迹促之，往而复来者数，岭以是名。

皂帽青袍总搢绅，六曹三府属儒臣。就中亦有多才者，诗学唐人字晋人。

国以诗取士，三府六曹非由科目出身者不得与。诗宗三唐，字学尤精。

官厨肴馔亦寻常，只数鲜羹海味强。满注玻璃香色异，酥儿斟出似红浆。

酥儿，酒也，红色。

烹来雀舌绿沉沉，铜碗磁瓯任意斟。别有玉杯供上客，淡得染齿是人参。

土产人参绝佳，用以代茶饷贵客。

木棉红绿染衣裳，弱女雏儿一样妆。间有绫罗夸贵族，也知出处是苏杭。

儿女服饰不少异，搢绅始衣绫罗，购之中国。

方物年年贡内廷，紫貂华豹皂雕翎。辽东黄鹞奇无敌，毕竟输他黑海青。

粉腻脂凝艳妇腮，东风亭院海棠开。轻衫细马穿花去，也向山村上冢来。

涉地马高三尺，能于果树下行，谓果下马。今属朝鲜境内。

亦有人家聚族居，城门初日照蓬庐。马头怪道渲如沸，一路腥风市海鱼。

八道中分俗异宜，东连日本北鱼皮。清幽面界全罗道，绕屋梅花绿竹篱。

北鱼皮，北方国名。国中分京畿、黄海等八道。其南曰全罗道，风土绝佳，地产竹，梅花尤多。

阛门清夜烂星球，联臂行歌杂沓游。四月上弦传旧俗，却疑灯火是扬州。

四月八日，国中张灯，击鼓行歌为乐。

垂发妖童压俊娃，善才舞罢脸凝霞。旁人拍手齐声和，夸手那来百尔啰。

叶□唱歌曰那来百尔啰。

玉峰诗逊石洲工，异国词人此两翁。不道柳枝能贾祸，九原遗恨咏东风。

白玉峰、权石洲工诗，有集行世，权作稍胜，常赋新柳，语涉讥讽，竟论死，国人哀之。

红粉清才妙一时，摩诃杂句写乌丝。朱甍碧瓦深如海，吟遍婷婷公主诗。

孙恺似检讨曾陪使朝鲜，手编采风集，载东国士女歌诗，有婷婷公主避暑诗。

遐方谁与话离愁，画地通名尔意优。欲挽沧溟倾笔底，放歌题赠柳黄州。

州属黄海道。州守柳君见余题壁句过访邮亭，画地相起居，会敕使登骑促行，怅然别去。

殊方官长亦何为，礼乐流风洵可追。往往经过山郭外，野花红覆去思碑。

海外文章何处探，笑看通引发鬖鬖。内中有解中朝字，醉索霜华倩笔谈。

供应小童曰通引。霜华是纸名。

山童簇簇话喃喃，嘲哳钩辀那得谙。向客蹲身缘底事，令监前乞樻枝三。

部民遇官长于道，必蹲踞道旁以为敬，称官长曰令监。土产烟草绝佳，樻枝三尤佳者，常人不恒得，国王用以饷客，亦不甚多；故土人争乞之。

丰碑功德颂先皇，异石琅琅烂有光。锦砌玉阑红粉壁，到来罗拜一焚香。石明如镜，俗谓透灵碑。太宗文皇帝常以德绥朝鲜。其君臣感化，勒石汉册下，颜曰“功德碑”。作亭护之，时勤启闭焉。

层台百尺势摩空，处处山川在眼中。六合一家无避忌，碧桃华外认王宫。

架木为台，高可数仞，邀敕使纵观，以示无隐。

彩衣轻足扑撞竿，呈尽都卢伎百般。门馆先生何所事，也骑官马向前看。

从官称予曰“门馆先生”。①

（二）朝鲜古代的《竹枝》221首

《韩国文集丛刊》及其续刊是韩国民族文化推进会编辑影印的大型丛书，是收录朝鲜历代作家作品最全的大型文学集萃，共460集，收录公元9世纪

---

① 雷梦水、潘超等主编：《中华竹枝词》第六册，北京：北京古籍出版社，1996年，第4183—4189页。

至19世纪一千多年间1093位作家作品的重要文集，其中《韩国文集丛刊》共350册，收入663位作家作品，其续编110册共收录430位作家。笔者《韩国文集丛刊》及其续刊中发现共有453处提到“竹枝”，102处提到“竹枝词”，经过筛选共找到《竹枝》词221首，辑录如下。

金时习3首

竹枝词　金时习

一片纸帐白于云，夜撤东窗直到昕。
拟梦情人眠不得，数条香线减三分。
侬如百尺阴崖冰，尔似一竿阳曦腾。
愿借一竿朝阳晖，销我百尺阴崖凝。
夜如何其夜未央，星移西岭月侵床。
人间最是多情苦，展转不寐空断肠。

（金时习：《梅月堂诗集》卷8，《韩国文集丛刊》第13集，第211页。）

成伣　10首

竹枝词　成伣

清江潮退欲斜晖，吴儿刺船缓缓归。
今夜不知何处泊，菰蒲深处鲫鱼肥。
鸥鸟双飞不怕人，尘机已息自相亲。
撑却小船烟水岸，旋收渔网晒江濆。
江头女儿石榴裙，商贾连樯闹似云。
犹带江沱风教美，贞操终不愧湘君。
白雪肌肤白玉容，不言不笑愁杀侬。
侬今得鱼沽美酒，苏家楼上好相逢。
我身虽似野鸳鸯，行露何曾浥我裳。
点整螺鬟自索偶，不数汝侬黄帽郎。
树林阴翳拥宛丘，苹藻祠神荐作羞。
击鼓坎坎鹭翿舞，江人聚饮不知愁。
江雨霏霏江水寒，竹林苍翠映清滩。
夜半月明人语绝，湘灵鼓瑟弄波澜。

满汀红蓼一江秋，秋尽江流澹似油。
点点沙头凫与雁，分飞各有稻粱谋。
君今南去海山遥，西风吹鬓吟萧萧。
请君更借须更住，饮我船头酒一瓢。
江南江北竹枝歌，歌中意思奈如何。
乐者自歌还自乐，愁人闻之愁更多。

（成俔：《虚白堂集》风雅录卷 1，《韩国文集丛刊》第 14 集，第 395 页。）

许楚姬 4 首

竹枝词　许楚姬

空舲滩口雨初晴，巫峡苍苍烟霭平。
长恨郎心似潮水，早时才退暮时生。
瀼东瀼西春水长，郎舟去岁向瞿塘。
巴江峡里猿啼苦，不到三声已断肠。
家住江陵积石几，门前流水浣罗衣。
朝来闲系木兰棹，贪看鸳鸯相伴飞。
永安宫外是层滩，滩上舟行多少难。
潮信有期应自至，郎舟一去几时还。

（许楚姬：《兰雪轩诗集》，《韩国文集丛刊》第 67 集，第 12 页。）

李春元 6 首

竹枝词　李春元

长沙馆前草萋萋，越王台上鹧鸪啼。
来时白雪江南路，去日杨花扑马蹄。
杨花飞去落谁家，红粉楼头春日斜。
萧萧郎马向何处，门掩桃花风雨多。
江南江北风雨时，春花春草怨别离。
罗巾暗记梦中语，后夜相思歌竹枝。

（李春元：《九畹集》卷 1，《韩国文集丛刊》第 79 集，第 138 页。）

竹枝词　李春元

江南江北歌竹枝，楚宫仙妓断肠时。
参差笛里迎郎曲，付与清风明月知。
大堤花月岘山陲，堤上儿娘唱竹枝。
郎骑白马向何处，十里红楼飘酒旗。
秋风秋月苦相思，春草春花怨别离。
横塘一隔断音信，子夜歌声闻竹枝。

（李春元：《九畹集》卷 2，《韩国文集丛刊》第 79 集，第 161 页。）

睦大钦　1 首

竹枝歌　睦大钦

黄陵谁唱竹枝词，江上行人不胜悲。
怨血至今留不灭，九疑无语隔湘湄。

（ 睦大钦：《茶山集》卷 1，《韩国文集丛刊》第 83 集，第 10 页。）

崔鸣吉 8 首

前韵竹枝词三叠　崔鸣吉

轻舟伊轧白云边，橹摇碎却镜中天。
欲识篙师手捷疾，后船渐远失前船。
妾家本住瀼西边，燕子楼高三月天。
绿杨丝脆易断绝，莫遣渔郎来系船。
双蛾颦向镜台边，不恨郎君只恨天。
未识巴西路近远，含情楼畔问商船。

（崔鸣吉：《迟川集》卷 1，《韩国文集丛刊》第 89 集，第 255 页。）

效竹枝词　崔鸣吉

巴陵江水春更深，时听沙禽相对吟。
何处女郎将桂棹，竹枝一曲坏人心。
烟花三月暗西隣，无限春愁解醉人。
越商自是不解事，滟滪堆前长苦辛。

（崔鸣吉：《迟川集》卷 1，韩国文集丛刊第 89 集，第 260 页。）

竹枝歌　崔鸣吉

巴山西望白云多，五月瞿塘不可过。
一送郎君遡三峡，几廻堤畔动悲歌。
堤上青青杨柳多，卷帘斜日待郎过。
商船打鼓一时发，游女插花相应歌。
滟滪堆前白浪多，巴商辛苦侧帆过。
含情欲问郎消息，落日沙头听棹歌。

（崔鸣吉：《迟川集》卷2，《韩国文集丛刊》第89集，第283页。）

金应祖　1首

山中录竹枝词　金应祖

日落苍梧帝子悲，乌江波咽泽兰萎。
楚乡千古留余恨，莫遣佳人唱竹枝。

（金应祖：《鹤沙集》卷1，《韩国文集丛刊》第91集，第24页。）

李匡德　10首

梦传竹枝词　李匡德

楚魂乘云降北渚，九疑峰高横绿烟。
江南骚客怨秋风，水驿清宵幽梦牵。
荷冠锦袍彷彿遇，一篇清词留枕边。
眇余从事风骚坛，早从天地看遗编。
神交不曾间幽明，旷世悲怀相感偏。
南来行色巧相做，去后江山今几年。
江蓠流尽杜若衰，扰乱羁愁载一船。
清吟聊相棹夫歌，竹枝歌声和采莲。
清猿谷鸟一时啼，月挂琼潭人倚舷。
幽篁白云恍惚间，楚鬼寻梦风飕然。
云车桂旗入不言，醉眼犹似长安眠。
曾闻舟楫已失坠，无乃骑鲸因上天。
生平诗癖死不休，诵出三湘哀怨篇。
高吟曾起七泽云，借问人间传不传。

还惭拙句犯古人，昨夜悲吟虚耸肩。
文人意思固一般，不谓诗仙同着鞭。
昆轮神马倏而逝，楚岸苍茫残月悬。
悄然起坐若有失。怳闻春林啼杜鹃。
湛湛江水上有枫，续招诗魂芳椒煎。

（李匡德：《冠阳集》卷2，《韩国文集丛刊》第209集，第370页。）

申石北6首

关西竹枝词　申石北

申宁越光洙，号石北，少以诗歌擅名场屋。
尝作关西竹枝词一百八首，极其繁华骀宕之状。今选古迹数首。
城郭江山过鸟前，朱蒙开国事茫然。土人犹说真珠墓，虚葬君王白玉鞭。
虬髯客是盍蘇文，句引东来大国军。留与高丽学士语，玄花白羽笑唐君。
豪华丽代乐西巡，花月年年泪水春。空使妙清油餅计，太平文物污腥尘。
青阳馆里小西飞，血溅鳞身透铁衣。当日刅痕犹着柱，将军不与桂仙归。
白首读书黄固执，偷儿还马路中揖。桃李潭边顿氏碑，卢监司去绿苔澁。
青莎新础九梯宫，宫女如花昔日红。伊今淏上春游妓，斗草抽荑辇路中。

（李德懋：《青庄馆全书》卷34，《韩国文集丛刊》第258集，第48页。）

赵秀三15首

上元竹枝词　赵秀三

迎猫

借以腥羶贽尺鳞，农家吉日在庚寅。
貍奴玉面如霜兔，板户新穿月一轮。

禾竿

百尺长竿注稻稭，籧篨窭数索交叉。
丰穰可视千家粽，松叶纤纤女手揩。

纸鸢

黄丝白线细相同，竟日惟争上下风。
寒啸一声何处起，万人抬首碧霄中。

药饭

津津石蜜和糖霜，粳饭黏匙杂菓香。
城上啼乌衔尺纸，罗王何日射琴囊。

纳土

六缠三市土如酥，得寸家家善价沽。
锹挖锄挑惟不足，依然一幅春耕图。

移井

金壶朱索系清波，切莫回头疾走过。
不用丹砂藏百斛，丁男有力挽江河。

罗睺

老拳毒手任相加，茅女茅男满狭斜。
腰下青钱头上帽，今年笑具在侬家。

听钟

十字街东百尺楼，满城车马尽回头。
廿八雷车空外响，暗尘如雨月中浮。

踏桥

桥上游人立万重，桥边春水月溶溶。
行歌两岸遥相答，满地梅花五夜风。

石战

城北城南恶少群，当场飞石雨纷纷。
撤棚毁瓦浑无惜，莫使吾膦致大奔。

九食

起看栖鸦在树梢，田家早作最今朝。
经冬旨蓄都湘出，女曰九炊男九樵。

卖暍

卖痴卖暍节相仍，有客呼时莫谩譍。
夏日炎炎真可畏，氓风贸贸讵生憎。

嚼肿

稚女投桃肤胜玉，宗孙索栗面如银。
但为若曹忧疾病，阿翁何似吮痈人。

固齿

左辅年来豁十分，豚蹏鸡臛策无勋。
傞傞笑指庭前竹，大嚼今朝对此君。

治聋

卫子三杯分斗蝗，庄生一椀辨雷蚊。
老夫独醒君休怅，万事人间愿不闻。

（赵秀三：《秋斋集》卷1，《韩国文集丛刊》第271集，第359页。）

南公辙1首

竹枝词　南公辙

红雨丝丝欲湿楼，伊人消息日暮洲。
独唱竹枝歌未竟，横塘来系木兰舟。

（南公辙：《金陵集》卷1，《韩国文集丛刊》第272集，第13页。）

成海应1首

竹枝词　成海应

巴人泪落楚人悲，巫峡秋声袅袅吹。
橘树枫林翻落照，百牢关下乱帆迟。

（成海应：《研经斋全集》卷2，《韩国文集丛刊》第273集，第25页。）

李学逵30首

金官竹枝词　李学逵

西直楼前星月残，开门画角当高寒。南官铙吹无律吕，不作军前难又难。

山有花传岭外歌。（今乡里歌曲，有山有花调。）遗音不断洛东波。鸦头十五唱歌女。月落枫江愁奈何。

伽倻琴伎市东尘，若个盲师指浛神。合奏花郎小腰鼓。（俗呼巫之壻，为花郎）灵山一拍愁思人。（今俗搊弹，有灵山调。）

金官帘子竹丝缕，借问京华有此不。四面钩栏恰施设，内东轩上淡如秋。

细竹斑花手染成，釜山烟俳镂文□。□□□匆□□并，此是东方第一名。

研光折扇端阳骨，闪色圆幮日本纹。持与京人作问讯，来头好事长官闻。

倭馆牙牌三只骰，一抛百万未云优。豪门搃道倾家好，八叶从今眼不留。

胜歌妓朧出歌伎。（胜歌妓，肉朧名。）造浛先从黍齿传，狂杀神仙酒铲畔。（神仙铲，出日本。）科头跣脚做神仙。

朝市鱼兼暮市来，上江船逐下江回。南湖蠡蛤新扠好，生致盘中呀自开。

厨味无如竹岛奢，蛳蠡贵不数鱼鰕。当时枉使精弓影，自向罇前鲙小虵。

无人学种无花树，苏铁栟榈到不知。千本戎葵作活计，大家门映火榴枝。

古盆城外柳千株，张緖风流一树无。憁使春时休翦伐，未曾摇荡踠青芜。

南浦芦田万顷泥，花时四望雪平隄。更无省得秋光处，一瞥磨镰割到齐。

古南城外古南门，蹋水群 歌处处□。□□□□□□□去，一秋闲杀老乌犍。

鸣旨岛无一草䅳，煑盐逐水事轻肥。賖钱只向洛东住，领税多从京里归。

泛舫台前泛舫津，曹家亭子去秊新。何时蹋月下江去，泛舫直到鹫浦滨。

海雨连江浪作堆，桃花时节起蚊雷。七山未似三山好，竹岛争如莱岛来。

三旬六市罷前隄，市日人人醉似泥。东自晴雷南虎岭，人声喧到日平西。

南山佛舍栗留飞，东郭书林麦䆀肥。学长今朝齐放课。（俗呼邨塾教授，为学长。）茶田水上䲓鱼归。

矮墖婆娑势可扛，溪中倒浸碧油幢。东城门外招仙石，合置前头作一双。

仲春之旬岭登天。（岭南二月，祀风神曰岭登神。）百队鸣鸦风打船，人家随例昏时饯。沥酒炊糕星月前。

南山謸豹一声悲，铙鼓缘山送葬时。不拣渔翁与樵子，也须一帋挽歌词。

古城一角雨颓楞，想见当秊水火蒸。□□□□□□□葬，此城寿似此王陵。

元宵乞鼓春雷发。（元宵，府中以铙鼓，致四方地神，谓之乞皷。）万唤千呼愁地神。一拍繁声串珠落，场中羞杀舞腰人。

大巫结束似男童，小褭长裾不冐红。腰鼓铜钲合徐奏，第三席次大丁东。

先农坛上雨云浓，木刻畊牛双画龙。粉面儿郎倒骑好，斜阳鼓吹过南峰。

旱天挂佛去烧香。（天旱，府中祷雨，挂丈六佛幢，谓之挂佛。）扫地随便作道场。东社盲师急翻鼓，西厢素女引龙王。

大家梳头不作髻，兜罗裙子涴如霜。近知脂面许光悦，此岁东莱新浴汤。

上厅行首老铜钗，撇却皮鞵蹋草鞵。但愿秊来作邨意，煮茶漉酒过生涯。

藉藉凝州香扇坠，近因落藉罢妆梳。南湖上日浣帬去，倭伞遮阳步屧徐。

（李学逵：《洛下生集》册 4，《韩国文集丛刊》第 290 集，第 283 页。）

赵秉铉 14 首

在箕营 和崔生载奎竹枝词五叠 赵秉铉

兰樯一下遡西风，澹面芙蓉插镜中。芳草永堤桥畔路，明沙争唱海棠红。
如何相别复何逢，逢别人间一梦浓。抛却百年愁里尽，古来谁是有情侬。
燕扇题兰低翠眉，八年曾寄渡湾诗。今来前度西汀月，又是无何折柳枝。
几回肠断见斜晖，谪客阳关今未归。懒取奇香重下箔，晚风唯恐泄罗衣。
愁作生涯恨作居，白头吟是可怜书。为谁憔悴缘何病，道是光阴草露如。

又和竹枝词五叠 赵秉铉

夕散朝飞歌复歌，易消如雪薄如罗。聊识许多迎送世，开花不尽落花多。
一夜休云万里城，合离从古燕鸿声。年年三月偷香蝶，秖逐花枝不记名。
布政门前行路难，使君帘幙为谁看。青年又复芳缘重，结子红桃拂画栏。
琅玕紫粉远山低，忽采莲歌折柳啼。解道一身都是梦，月光东出雨声西。
天末江干不住云，云间笙雀月中闻。红泥黄浊无仙侣，指点蓬莱未见君。

又和竹枝词四叠 赵秉铉

沈瓜玛椀玉葱尖，汗粉琅玕半倚帘。纨扇懒摇相忆苦，青葡架下雨纤纤。
碧荷亭榭紫菱湖，楚鬓吴腰辟暑图。白袷少年红映内，兰汤新浴有情无。
山花如绣草如蓝，夕照婵妍古洞南。桑海前尘无限恨，明年燕子又三三。
锦字新词月满江，惜花莺舌诉春腔。红愁绿怨何时尽，连理枝头比翼双。

（赵秉铉：《成斋集》卷 6，《韩国文集丛刊》第 301 集，第 327—328 页。）

洪翰周 1 首

读尤侗《外国竹枝词》，戏成一绝 书寄李允执燕行 洪翰周

东韩乐府有谁知，不见飞琼入道时。可笑尤生多事在，依稀记得上梁词。

（洪翰周：《海翁稿》卷 1，《韩国文集丛刊》第 306 集，第 284 页。）

李裕元 30 首

临瀛竹枝词十首 李裕元

五台一脉作名区，松栢苍苍满渡头。知在王城甸服内，居人尚说古溟州。
岭东风气岭西殊，西恶东吹东不拘。北陲政与岭东近，商旅交迁共转输。
乌竹村深今古同，先生遗址想高风。尚揭名亭十岁赋，野歌登诵秃头翁。

梅鹤金亭沈海云，相望屋角一波渍。百年人去留诗句，三可遗碑对古坟。
苽子尚青柿叶红，石榴金枳弄秋风。香稻如云一半获，尺鳞打得隔篁丛。
春温秋燠老鲸游，海上行人莫驾舟。或三四十或双一，声动沿边几县州。
关北岭南交界源，相逢那得辨声言。转一节时激一节，傍人认是滚泥喧。
星星稈布染泥黄，长短参差我步跄。窄袖半成褁米帒，四时常着无温凉。
天寒衣薄不知绵，长对垆前客子延。脂粉尚留嫁日奁，猛声要觅小鹅钱。
短裳争揭浅流滨，随去随来日几巡。鲍子簸扬虾子掬，瓮飡准备接京人。
（李裕元：《嘉梧稿略》册3，《韩国文集丛刊》第315集，第103页。）

岐城竹枝词　李裕元

辛巳闰七月，恩谴配中和，未一望，移配巨济。八月晦到，十二月宥还。壬午正月还家，于今四载之间，思之黯然，追述其事，效竹枝词体，随思随书。

南州移配自西州，草草行装被放流。千里脩程知不远，抄秋移发到中秋。

六十一年渡锦江，山城遥望树双双。儿时穉卒今头白，以尔看吾恨一腔。
圣天门店尚依然，匹马萧萧奈可怜。玉玦任他人指点，西来远客又南迁。
完山城外市桥连，惭愧题名南大川。父老欢迎如昨日，威仪不是旧旬宣。
智异伽倻翠接光，望望厚縂出寻常。从此迨迨峤外路，始看高低长丛篁。
咸阳市上柿新红，言语衣冠异土风。唤鹅亭子缘苍壁，神笔犹传韩石翁。
晋阳城下水东流，矗石雄盛一巨楼。波激义岩红不泐，乍看青黛雨中愁。
行行才入固城府，童叟遮前不可数。复邑于吾何有颂，笑他片石路傍树。
三道舟师统制营，空中橹出大船横。将军暇日行过路，十里辕门阗甲兵。
内洋初渡可投鞭，山径回回遮后前。水环如岛还非岛，一幅岐城望里全。
先辈几人谪此土，遗祠已毁石犹靓。后进百年今与荣，蛰居顿忘三秋苦。
料外审看一铁碑，先君曾是棠阴迷。另嘱官民勤洒扫，归时瞻仰故迟迟。
葛岛奇观远莫致，搨来石刻墨光秘。可疑千载秦徐船，其果投毫过去志。
家家绿竹紫薇花，半熟黄柚满眼奢。五日市船门港泊，倾筐换取杂鱼虾。
菜田腊月雪中奇，纤手青丝送女儿。褰裳每向胸中插，老少同愁尊暨卑。
罟网纵横海面张，青鳞巨口散渔场。不计万钱投水尽，从兹出没富家商。
放牛散牧尊獐鹿，叠石为墙在谷谷。风雨画宵避莫知，夕阳不见下闲宿。

米舶重重蔽海门，莱州消息日相喧。厚利争先如不获，漫充官长攫为飧。
锡土无非河姓尊，一经安有教儿孙。鱼农以外著农务，或上山前采葛根。
里门不闭虚人行，风俗淳淳岁少康。多服土蔘元气健，居民凌瘴老于乡。

（李裕元：《嘉梧稿略》册 5，《韩国文集丛刊》第 315 集，第 190 页。）

尹新之 1 首

竹枝词　尹新之

巴江春水拍船时，巴女联街唱竹枝。红蓼碧蔿无限恨，不知郎意似侬悲。

（尹新之：《玄洲集》卷 3，《韩国文集丛刊续刊》第 20 集，第 305 页。）

曹文秀 4 首

竹枝词　曹文秀

巴江春水日流澌，杨柳青青舟自维。试看童子吹芦笛，更发兰桡唱竹枝。
岸上联歌诸女儿，春来何处寄相思。郎心不似门前水，日夜东流无歇时。
苹花蒲叶覆晴漪，商女乘春戏水湄。笑杀巴渝存旧俗，却抛残食救鸦饥。
白帝城边春已迟，建溪归客不胜悲。月明今夜孤舟宿，落尽江花啼子规。

（曹文秀：《雪汀诗集》卷 4，《韩国文集丛刊续刊》第 24 集，第 385 页。）

崔承太 2 首

竹枝词　崔承太

菱叶参差兰叶香，碧峰如黛隔清湘。江头处处歌声起，半是迎郎半送郎。
侬家白帝城边住，此去烟波千里余。瞿塘去岁寄衣到，湘浦今年不见书。

（崔承太：《雪蕉遗稿》，《韩国文集丛刊续刊》第 40 集，第 351 页。）

申厚载 1 首

龙潭竹枝词　申厚载

门前芳草绿初肥，篱外桃花红未稀。罢钓归来溪路晚，一轮明月照萝衣。

（申厚载：《葵亭集》卷 2，《韩国文集丛刊续刊》第 42 集，第 280 页。）

曹夏望 4 首

竹枝词　曹夏望

五月巴童竞渡讴，至今芳草满汀洲。湘江若解怀沙怨，万古惟应咽不流。

神女祠西月欲生，丁香筇竹夜猿声。楚天四节多云雨，谁是无情谁有情。

江南江北月如眉，渺渺烟波有别离。杨花桃叶情多少，更向兰桡发竹枝。

扬袂蹋歌尽繁声，横笛击鼓江欲鸣。楚阏伧儜欢不见，画桥西畔雨还晴。

（曹夏望：《西州集》卷 2，《韩国文集丛刊续刊》第 64 集，第 236 页。）

申国宾 8 首

凝川教坊竹枝词八章　申国宾

余寓南山谷中，偶阅豹翁诗，有《愁州竹枝曲》八绝，谩次其韵，为《凝川教坊竹枝词》。盖竹枝始于吴楚，而多哀怨，一名《小秦王》，夏统所谓东吴土地间曲也。余犹入定老头陀，为尔馨语，不几于宋广平铁肝冰心吐出梅花赋香艳耶。未及净写，而适于灯下。见古邑志中有《凝川教坊竹枝词》八绝，即毕翁之题赠梁娃者也。恍如黄太史歌罗驿梦中故事。仍笑曰：“谨厚者亦复有之耶！”

龙头山色绿猗猗，秋去春来生竹枝。竹色年年长不改，可怜人老不如斯。

凝香楼畔百花春，帘卷青楼月下人。别曲古传梁进士，琴调新学李明臣。（古有梁进士居城东，材有所眄，作《城东别曲》。近有李明臣善琴，教坊多学之）

湖商苎布白如雪，松客云罗直几金。醉与缠头也不惜，云心剑舞玉娘琴。（云心剑舞玉娘琴歌，俱擅名一代）

烟儿二十入长安，一舞秋莲万目寒。见说青楼簇鞍马，五陵年少不曾闲。（云心一名烟儿）

西厢月曙画屏幽，绣枕鸎衾懒未收。色掌着忙行首唤，案前行次岭南楼。

画里湖山镜里天，高楼疑若去飘然。缃帘影下红栏倚，道是花魂为世缘。

官人谁愿作书房，知面知名也不祥。前年阿姊选医女，啼别孃孃上洛阳。（冠盖之经过，有所眄而不能忘者，多嘱京司，选入于医女食子针

线婢而上京，其弊甚矣）

秋生湖上白苹波，落尽洲边红豆花。桂棹泝滩歌竞渡，上辛清夜吊莲娥。（古云："秋上辛不乘舟"。往年有载妓上龙滩，覆舟有落花之惨，莲娥以最少名妓而溺焉。湖上人至今悲之，盖其日适是七月上辛也）

（申国宾：《太乙庵集》卷 2，《韩国文集丛刊续刊》第 88 集，第 45 页。）

赵荣顺 1 首

效竹枝词体　赵荣顺

鲸齿嵯峨更虎头，劝郎休上贩茶舟。蓬瀛自古风波恶，莫道今来是缓流。

（赵荣顺：《退轩集》卷 1，《韩国文集丛刊续刊》第 89 集，第 265 页。）

范庆文 2 首

效白香山竹枝词　范庆文

杨花渡口水烟平，两岸青青芳草生。唱到月明声咽处，思乡贾客几回惊。

千般滴血子规啼，怨入东风苦竹低。肠欲断时声亦断，空山静夜月凄凄。

（范庆文：《俭岩山人诗集》卷 1，《韩国文集丛刊续刊》第 94 集，第 583 页。）

任天常 1 首

雨后次刘禹锡竹枝词　任天常

曲曲清江镜似平，篷窗揭处倚滩声。画舫斋里忧虞诫，至喜亭中燕息情。

（任天常：《穷悟集》卷 4，《韩国文集丛刊续刊》第 103 集，第 317 页。）

洪仁谟 1 首

竹枝词　效晚唐体　洪仁谟

江南三月雨霏霏，江北行人归不归。争唱竹枝歌未了，东风花落鹧鸪飞。

（洪仁谟：《足睡堂集》，《韩国文集丛刊续刊》第 103 集，第 655 页。）

姜浚钦 1 首

关西竹枝词　姜浚钦

第一江山第一楼，芳辰留客锦箜篌。兰舟忍别新欢去，不雨无风反是愁。

（姜浚钦：《三溟诗集》5 编，《韩国文集丛刊续刊》第 110 集，第

254 页。)

黄后干 2 首

戏吟竹枝　黄后干

髫垂当日骑常走，头白如今仗以行。每涉攲桥颇得力，逮登危栈亦扶倾。

老翁已结平生契，衰脚犹思远近程。别是抚摩相约意，百年莱尔步还轻。

(黄后干：《夷峰集》卷 1，《韩国文集丛刊续刊》第 76 集，第 382 页。)

金时敏 2 首

三迭　和栢堂　效竹枝体　金时敏

千古悲歌绕郢门，个中哀怨最员原。青山六里忠臣恨，白马寒潮壮士魂。

老櫕风凄春不到，幽篁昼晦雨多喧。当时巧谮嗟何说，宇宙垂名直笔存。

(金时敏：《东圃集》，《韩国文集丛刊续刊》第 62 集，第 381 页。)

金德承 1 首

次柳子厚竹枝歌韵　金德承

世间何处最魂销，万里归舟暂驻桡。花艳满前何足数，男儿壮志在题桥。

(金德承：《少痊集》卷 1，《韩国文集丛刊续刊》第 26 集，第 19 页。)

金孟性 9 首

作伽川竹枝曲　金孟性

侍宴江楼留玉环，霞裙一抹照清湾。幽兰曲罢天将暮，愁倚雕栏看碧山。

寒云淰淰夜风来，满山松籁转轰豗。孤吟到晓愁无奈，纵有新词谁与裁。

江上孤舟一叶浮，飞鸣有信两沙鸥。此身堪叹不如鸟，独倚踈棂月再钩。

猪邑洞中稀见花，马山亭上月如波。唱到熏风弦缓处，暗鸟一声其奈何。

篱下鲜鲜菊一枝，窗前细雨政丝丝。菊枝经雨香犹在，妾意向君无歇时。

正是莺花三月春，三杯别酒暗伤神。门前弱柳还无赖，千缕空垂未绾人。

银钏金钗烟里去，丹枫渊畔有花田。花衰颇似郎君意，恨满江头风满船。

斗叶枯岑风自高，江天暮雪散林皋。心头自有难消恨，不是樽中无翠涛。

睡起开窗贮愁立，寒梅一树报春回。风动暗香来捌鼻，却疑郎君锦囊来。

(金孟性：《止止堂诗集》，《韩国文集丛刊续刊》第 1 集，第 288 页。)

李尚迪20首

日本画生南畊，请人索书扁联，因掇拾伊国旧事佚闻之杂出于记载者，作七绝廿首，以备竹枝一体。

倭皇开国历周秦，徐福从来事未真。文献无征征海内，异称还有著书人。
职称关白姓称源，独揽权纲子子孙。南面素餐何所乐，可怜樱町与桃园。
何来西教蔓难图，一扫潢池奠海隅。看取津梁无漏网，行人踏遍石耶苏。
东照英灵震一方，四时权现爇楠香。三韩使者来停舶，也把椒浆酹日光。
果有尚书百编否，欧阳七字惹人疑。证讹我证诸家说，竹垞潜邱又曰知。
多事王仁泛一航，载将经籍破天荒。橘柑亦是吾乡物，八缦空输海外香。
赤间关产研材良，熊野山多药草香。井鼎考文皇侃疏，冲霄剑气讫东洋。
丰秋津外水连天，艳说梨洲旧泊船。谁向中华传广记，纪元偏据大唐年。
海东夫子物徂来，力瀞沧溟一派来。风雅如今齐一变，长崎虹月汉槎回。
九童翰墨何遒逸，更有簪花摩岛绫。红蓼啼蛩黄叶寺，石苔难得是诗僧。
熊冈梅谷品题新，字字琳琅妙入神。讵但一斑青眼赏，紫藤花帖亦千春。
铜钱遗范证奝然，延喜和同旧纪年。底事货泉无续谱，秖今宽永独流传。
白松木札翦轻罗，不数凝霜与衍波。蓝本休夸方氏谱，古梅萕里墨香多。
水乡从古无鹰虎，索画吾人岁不虚。闻说嵯峨能爱物，放生恩及少年鱼。
锷莲秋水六哥仙，快劈千番雁齿牋。巧麻别裁新式样，扇头日月一年年。
不论送使畠山殿，别有差僧以酊庵。鲣节龙圆充土物，例将书契署和南。
丹青馆宇接宾开，供张纷纷锦绣堆。六十六州千万户，几人摊毯踏绵来。
苏铁凌霜绿万丛，满山檀特雨余红。青庄当日蜻蛉志，草木何多漏采风。
藤篠文章见亦多，南畊六法更如何。若为访得吾妻镜，砚北闲翻以吕波。
我书涂抹惭无法，偶结新缘石见州。一幅美浓烦乞画，伫看惊燕押斋头。

(李尚迪:《恩诵堂集》续集诗卷1,《韩国文集丛刊》第312集，第250页。)

李民宬3首

登州竹枝歌三绝　次石楼台韵　李民宬

挂席何曾风浪生，水城西去片时程。蓬莱楼上一登望，浦口烟深舟自横。
船尾铜钲船头旗，浪花拍天帆到迟。郎今晚泊水城口，急上妆楼望郎时。
九月知非断缆时，西风阵阵卷行旗。登州城里饶钱帛，郎独长年渤澥湄。

（李民宬：《敬亭集》卷6，《韩国文集丛刊》第76集，第290页。）

权韠2首

春江词　效竹枝歌　权韠

二月江村花絮飞，水深沙暖荻芽肥。渔童入夜唱歌去，渡口月生人语稀。
喜雨亭边朝雨过，杨花渡头芳草多。江中击鼓贾客醉，堤上女郎争唱歌。
（权韠：《石洲集》卷7，《韩国文集丛刊》第75集，第64页。）

申钦3首

昭阳竹枝歌三章　申钦

席破岭头日欲落，新渊江口行人稀。短樯轻柵乱波去，遥指凤凰台下几。
居人莫唱赧郎曲，游子此时空断肠。一百八盘何处是，钩辀声里树苍苍。
水大已无桥下滩，雨昏不见清平山。湖边列店少如斗，半夜柴扉纯浸湾。
（申钦：《象村稿》卷20，《韩国文集丛刊》第71集，第506页。）

李荇1首

雨竹　用雪压竹枝韵雨竹　李荇

袅袅琅玕带雨垂，幽人睡起有新诗。却思沧泽披蓑钓，正是游鱼泼剌时。
（李荇：《容斋集》卷8，《韩国文集丛刊》第20集，第500页。）

金宗直9首

凝川竹枝曲九章　书与梁娃　金宗直

丝管高楼鸣珮环，软香半落蓼花湾。鸳鸯属玉双双舞，惹得愁攒八字山。
梅天霭霭雨频来，云门岩壑水喧豗。谁知万派同流意，无限离肠不自裁。
楼下清江画鹢浮，楼中箫鼓每惊鸥。使君燕罢皇华使，深锁歌台弹玉钩。
又是江头祓禊春，闲追女伴赛江神。汀洲日暮苹花吐，安得招招捐袂人。
四月江头杨柳花，花飞渡江点晴波。相随唯有浮萍草，奈此人生离别何。
金洞驿边蒲欐欐，马山港口荇田田。佳期三五又二八，试问前村采蚌船。
郎意摇摇如竹枝，妾心休比藕中丝。竹枝从来多苦节，藕丝宁有胜针时。
灵井山头月欲高，玄裳羽客唳江皋。共君须向中秋夜，闲舣仓滩看雪涛。
咫尺楼前潮欲到，须臾却向海门廻。长安远信犹堪寄，潮纵不来鱼自来。
（金宗直：《占毕斋集》卷1，《韩国文集丛刊》第12集，第207页。）

李齐贤2首

昨见郭翀龙，言及庵欲和小乐府，以其事一而语重，故未也。仆谓刘宾客作竹枝歌。皆夔峡间男女相悦之辞，东坡则用二妃、屈子、怀王、项羽事缀为长歌，夫岂袭前人乎？及庵取别曲之感于意者，翻为新词可也，作二篇挑之。

都近川颓制水坊，水精寺里亦沧浪。上房此夜藏仙子，社主还为黄帽郎。

近者有达官戏老妓凤池莲者曰："尔曹惟富沙门是从。"士大夫召之，何来之迟也？答曰："今之士大夫，取富商之如为二家，否则妾其婢子。我辈苟择缁素，何以度朝夕？"座者有愧色。鲜于枢《西湖曲》云："西湖画舫谁家女，贪得缠头强歌舞"。又曰："安得壮士掷千金，坐令桑濮歌行露。"宋亡，士族有以此自养者，故伤之也。耽罗此曲，极为鄙陋，然可以观民风知时变也！

从教垄麦倒离披，亦任丘麻生两歧。满载青瓷兼白米，北风船子望来时。

耽罗，地狭民贫，往时全罗之贾贩，瓷器稻米者时至而稀矣。今则官私牛马蔽野。而靡所耕垦，往来冠盖如梭，而困于将迎，其民之不幸也，所以屡生变也。

（李齐贤：《益斋乱稿卷》卷4，《韩国文集丛刊》第2集，第537页。）

三、部分朝鲜诗话中收录的11首词

1. 洪万宗《小华诗评》中的郑星卿《步虚词》

江上仙翁藏室史，青牛紫气满关门。一去流沙不知处，人间只有五千言。

（洪万宗：《小华诗评》，见蔡美花、赵季主编：《韩国诗话全编校注》第3册，北京：人民文学出版社，2012年，第2381页。）

2. 李圭景《诗家点灯卷》的李瀷《黄叶飞词》

窗外风霜，黄叶倒飞，半壁青灯人倚书帏。一年今年真乐，关心知者稀。彼何处白鸥空谷，闲抱瑶琴对月辉。

（李圭景：《诗家点灯》，见蔡美花、赵季主编：《韩国诗话全编校注》第

7册，北京：人民文学出版社，2012年，第5841页。）

3. 许筠《鹤山樵谈》中的许兰雪轩《渔家敖》

庭院东风恻恻，墙头一树梨花白。斜倚玉栏思故国。归不得，连天芳草萋萋色。

罗幕绮窗扃寂寞，双行粉泪霑朱臆。江北江南烟树隔。情何极？山长水远无消息。

（许筠：《鹤山樵谈》，见蔡美花、赵季主编：《韩国诗话全编校注》第2册，北京：人民文学出版社，2012年，第1448—1449页。）

许兰雪轩《步虚词》

乘鸾夜下蓬莱岛，闲碾麟车踏瑶草。海风吹折碧桃花，玉盘满摘如瓜枣。

九华群幅六铢衣，鹤背冷风紫府归。瑶海月沉星汉落，玉箫声里霱云飞。

（许筠：《鹤山樵谈》，见蔡美花、赵季主编：《韩国诗话全编校注》第2册，北京：人民文学出版社，2012年，第1467页。）

4. 出自南义采《龟硐诗话》的词。

《卜算子·梅》

冻月挂珊瑚，透薄纱橱冷。不与梨花梦一春，耿介风姿挺。

索笑起巡檐，竹睡黄昏静。手掇琼枝伫所欢，立尽横斜影。

《行香子·雪》

宴罢璇宫，撒掷银钟。旗芙蓉，万玉妃从。

山藏岚翠，路敛尘红。但云千堆，花千树，月千峰。

清襟转冲，幽兴方浓。待王恭，鹤氅从容。

弹瑶池宴（曲名），试密云龙（茶名）。

对一窗梅，一轩竹，一庭松。

《更漏子·春》

楝风前，榆后雨。淡荡一崦梅柳。夸白玉，矜黄金。动人游宕心。

枕山亭，临水榭。无数去驴来马。云淡淡，月娟娟。美人阿那边。

《点绛唇·咏梅次清山韵》

琴幌虚明，篆炉熏歇茶烟迸。参横屋角，海月珊瑚映。

领得韵香，对咏寒宵竟。纱橱冷，练裙鲜净。莫是仙娥影。

《思越人·次清山韵》

雪银堆，冰玉岸，曾飔透薄蓉裳。手掇琼枝南浦晚，敛红蘋末斜阳。

云端一点终南小，邮亭立望烟渺。酒歇芳罇音尘杳。香梅独自开了。

《西江月·金池雪小酌》

絮拂王恭鹤氅，花粘孟浩驴鞍。金池霁景水晶寒。恰好我歌君乱。

转觉神清似水，且看气涌如山。五更扶醉下朱栏。惆怅月斜人散。

《望江南·坐啸楼逢别》

城角暮，泛艳月华浓。香透纱橱梅稳藉，烟消松架鹤从容。琴酒此相逢。

虬箭咽，兰犀堕残红。风触离琴弦冻绝，悄轻云往两三峰。流水各西东。

（南义采：《龟磵诗话·东人不解词》，见蔡美花、赵季主编：《韩国诗话全编校注》第10册，北京：人民文学出版社，2012年，第8045页。）

5. 李德懋《青庄馆全书》卷53，《竹枝词》就是录清尤侗《外国竹枝词》，所以此词忽略不计。

其一曰：高句丽降下句骊，未若朝鲜古号宜。千里王京陈百戏，汉城犹见汉宫仪。

其二曰：长衫广袖折风巾，硾纸狼毫汉字真。自序世家传国远，尚书篇内九畴人。

其三曰：杨花渡口杏花红，八道歌谣东国风。最忆飞琼女道士，上梁曾到广寒宫。

其四曰：小儿八岁号黄昌，舞剑能诛百济王。更唱嘉俳会蕪曲，朝来蚕绩已盈筐。

（李德懋：《青庄馆全书》卷53，《韩国文集丛刊》第258集，首尔：景仁文化社，1990年，第455页。）

结 语

中国与朝鲜自古相邻，长期以来“书同文，车同轨”，中国词文学作品传播到朝鲜，给予朝鲜文学多层面的持续深刻影响。与此同时，朝鲜的文学家也始终坚持继承本民族的文学传统，并加以发扬光大，将中国文学与朝鲜本土相结合由传承交融而臻于成熟，终于在朝鲜半岛上绽放出绚丽夺目的词文学之花。

通过朝鲜词文学的传播发展、创作创新、制约囿限研究我们得出以下结论：

一、通过考证发现朝鲜词与乐有着深刻的历史渊源。隋唐时期高丽乐传入中国，并融会于燕乐，构成词产生的重要母体之一，文人、乐工在燕乐的基础上倚声填词创作产生一种新文学形式——词。北宋时期词又以乐为媒介传播至朝鲜，适应其统治需要为统治者所接受，在适宜的文化环境下君王主动创作词，产生朝鲜词文学。朝鲜词文学的产生是中朝两国文化长期友好交流，双向互动、相互渗透融合的必然结果，它是两国长期友好交往的宝贵的文化财富。

二、高丽宣宗王运创作了朝鲜第一首词且具有重要的价值，其后朝鲜词文学由宫廷走向士大夫阶层，经“三王”（即王运、王俣、王晛）的倡导，金克己的文人词奠基，李奎报的发展，李齐贤的贡献与影响，朝鲜词文学呈现繁盛，发展模式是一个由上逐步下移的过程，明显不同于中国词产生于民间，由民间自下而上为文人士大夫所喜欢，最后走进宫廷的发展模式。

三、朝鲜词传播经历了宫廷传播和文人传播两种方式，宫廷传播主要是北宋神宗、哲宗与高丽文宗、宣宗时期，高丽睿宗与北宋徽宗时期宫廷乐队友好往来将词传播至朝鲜。文人传播是朝鲜词文学传播的主要方式，包括高丽文人友好访问促进词的传播、词人亲自到中国学习促进词传播、文人之间的侑宴唱和促进词传播、文人自身爱好创作促进词的传播、中朝文人跨国友好交往促进词传播五种方式。高丽与宋、元交好时大批文人作为友好使者来到中国，他们来到中国后学习中国文化，颇擅词文，在很大程度上促进了词文学在朝鲜的传播。宋时最为杰出的是朴寅亮和金第。朝鲜历史上到中国学习词文学的词人很多，最著名的是李齐贤。文人朋友之间相互拜访、大设华宴豪饮即席的赋词或和词是词传播的一种途径。自古好学者会自主发展，主动学习，在朝鲜有的文人出于爱好，在闲暇之余会小试词技，比较典型的有申光汉和南义采。清朝时期，文人通过商贸交易主动购买词书说明中朝文人跨国友好交往促进词传播。

四、朝鲜词文学创作不是简单对中国词的复制照搬，而是以中国词文学为基石，在学习中国词文学的基础上朝鲜词人勇于创新，并形成鲜明的民族特色，主要表现为三个方面：

1.《巫山一段云》是唐教坊曲，据崔令钦《教坊记》："此曲晚唐犹唱。崔钰《和人听歌》云'巫山唱罢行云过，犹自微尘舞画梁'。所谓'巫山'无非指本调或巫山女（五），余详该调"。① 林大棒《词式》中说："《巫山一段云》（源流）唐教坊曲名。（宫调）柳永词注双调，（名解）此调多咏巫山神女事。"②

高丽词人李齐贤借鉴赵孟頫词，以《巫山一段云》词为基础，改变其艳丽词风，创作朝鲜《巫山一段云》词，为朝鲜词人所喜爱，后人纷纷效仿。朝鲜共有52位词人写了400首《巫山一段云》词。它对朝鲜词题材的开拓、风格的创新、建构朝鲜写景词范式、奠定朝鲜词学运用中国文化元素模式有重要而深远影响。

2. 朝鲜古代词文学在相当长的历史时期看不到中国词坛从一开始就非常流行的香艳词风，也很少男女相思、伤春悲秋等充斥着中国词作中的典型意绪，从而形成朝鲜词坛特有的风尚传统，朝鲜的词文学风格介于豪放与婉约之间，呈现自然清新的特征，这一特征主要表现在词语言自然清新、词感情

① （唐）崔令钦撰，任半塘笺订：《教坊记笺订》，北京：中华书局，1962年，第103页。
② 林大棒：《词式》卷2，上海：商务印书馆，1934年，第73页。

自然真挚和词构思自然清新三个层面。

3. 建构富有朝鲜特色的词学理论。朝鲜历史上没有出现过专门的词话。朝鲜文人在诗话或个人文集中提及词文学理论，他们的诗话中保存了部分朝鲜词人的词作，进行梳理发现15首词。李齐贤《栎翁稗说》在词学理论上主张“写景逼真，自成一家”“目前写景，意在言外”，才是“诗家一格”，对朝鲜词学理论有重要贡献。徐居正、李宗准、南义采、李圭景等对中朝两国语言文化差异及词文学有独特的认识。

五、高丽汉文化体制建立推动文学繁荣，历史发展内外交困促进国文学的发展，崇文抑武政治等因素的影响下，朝鲜文学家借鉴词文学，创造出一种全新的朝鲜国文学诗歌——景几体，词为景几体提供了3·3·4调、4·4·4调、3·3·4·3调和3·4·4调式来源，对景几体诗发展联章组诗形式提供了借鉴，对以后朝鲜的国文学诗歌时调、歌辞产生重要影响。

六、制约朝鲜词文学创作发展的因素与局限性。制约朝鲜词文学发展的主要因素包括主体接受局限性与宏观环境的制约。就主体接受而言，朝鲜人写词属于第二语言创作，古代汉语中的清浊与七音之变、韵母之变、四声之变、传播流变一直困扰朝鲜词人。汉语是摆在朝鲜人面前的一道重要屏障。学习汉语已非易事，他们对词文学体裁理解更是难上加难，朝鲜人对词存在诗词不分、用韵不分、平仄不分等诸多困惑。就宏观环境而言，国际战争与国内儒学禁锢了朝鲜词文学的发展。北宋、南宋、高丽、辽、金多国多年战争不息，南宋、高丽两国文化友好交流被迫中断，词至南宋为最盛，一代兴盛之词文学脱离了朝鲜人的视野，朝鲜错过发展词文学的最好时机。另外词与儒家伦理相违背。高丽后期程朱理学传入朝鲜，开始影响朝鲜词人的创作。朝鲜朝建立后大力提倡儒学，尊崇朱熹。在这样的文化背景下，儒家诗教的美化功能得到大力提倡，而抒发个人情志的词与当世格格不入，儒家思想禁锢朝鲜词文学发展。

七、通过查找文献在《韩国文集丛刊》及续刊中发现学界无人提到的《巫山一段云》词100首，《竹枝》词221首，中国学者文献中收录朝鲜《竹枝》词44首（尤侗《外国竹枝词》收录4首、徐振《朝鲜竹枝词》收录40首），部分朝鲜诗话中收录词11首，共计1626首，做以补录。

朝鲜词文学的产生、发展是朝鲜文学家借鉴中国词文学，同时继承本民族的文学传统，坚持自我发展，勇于创新、学习，日臻完善，并结出丰硕的果实。振叶以寻根，观澜而索源。研究朝鲜词接受、发展、演变、创新，做出科学合理的解释，从现象到本质发现朝鲜古代词文学的发展规律，对研究朝鲜词学及中、朝两国间词文学文化具有重要的意义和价值。

参考文献

一、专著

[1] 蔡美花、赵季主编：《韩国诗话全编校注》，人民文学出版社，2012年。

[2] 蔡美花：《高丽文学审美意识研究》，延边大学出版社，2006年。

[3] 蔡绦：《铁围山丛谈》，中华书局，1983年。

[4] 晁公武撰，孙猛校证：《郡斋读书志》，上海古籍出版社，1990年。

[5] 成伣：《虚白堂集》，《韩国文集丛刊》第14集，景仁文化社，1990年。

[6] 陈廷敬、王奕清等编：《钦定词谱》，中国书店，1983年。

[7] 成三问：《成谨甫集》，《韩国文集丛刊》第10集，景仁文化社，1990年。

[8] 成海应：《研经斋全集》，《韩国文集丛刊》第273集，景仁文化社，1990年。

[9] 成石璘：《独谷集》，《韩国文集丛刊》第6集，景仁文化社，1990年。

[10] 崔令钦撰、任半塘笺订：《教坊记笺订》，中华书局，1962年。

[11] 崔致远撰，党银平校注：《桂苑笔耕集校注》，中华书局，2007年。

[12] 崔鸣吉：《迟川集》，《韩国文集丛刊》第89集，景仁文化社，1990年。

[13] 丁福保辑：《历代诗话续编》，中华书局，1983年。

[14] 范庆文：《俭岩山人诗集》，《韩国文集丛刊续刊》第94集，景仁

文化社，1990 年。

[15] 方回选评，李庆甲集评校点：《瀛奎律髓汇评》，上海古籍出版社，1986 年。

[16] 郭茂倩编：《乐府诗集》，中华书局，1979 年。

[17] 韩国学文学研究所编：《韩国汉诗选集Ⅶ》，亚细亚文化社刊行，1981 年。

[18] 何文焕：《历代诗话》，中华书局，1981 年。

[19] 洪在杰：《朝鲜古诗律格研究》，太学社，1983 年。

[20] 胡应麟：《诗薮》，上海古籍出版社，1979 年。

[21] 胡震亨：《唐音癸签》，古典文学出版社，1957 年。

[22] 黄拔荆：《中国词史》，福建人民出版社，2003 年。

[23] 黄寿祺、梅桐生译注：《楚辞全译》，贵州人民出版社，1995 年。

[24] 洪翰周：《海翁稿》，《韩国文集丛刊》第 306 集，景仁文化社，1990 年。

[25] 姜信沆：《朝鲜音韵史研究》，태 학 사，2003 年。

[26] 金富轼著，李丙焘校勘：《三国史记》，乙酉文化社，1977 年。

[27] 金启华主编：《全宋词典故考释辞典》，吉林文史出版社，1991 年。

[28] 金柄珉、金宽雄：《朝鲜文学的发展与中国文学》，延边大学出版社，2003 年。

[29] 金夏九：《庵集》，《韩国文集丛刊续刊》第 61 集，景仁文化社，1990 年。

[30] 金时习：《梅月堂诗集》，《韩国文集丛刊》第 13 集，景仁文化社，1990 年。

[31] 李白：《李太白集》，商务印书馆，民国 24 年。

[32] 李宝龙：《韩国高丽词文学研究》，人民出版社，2011 年。

[33] 李春元：《九畹集》，《韩国文集丛刊》第 79 集，景仁文化社，1990 年。

[34] 李光胤：《瀼西文集》，《韩国文集丛刊续刊》第 13 集，景仁文化社，1990 年。

[35] 李德懋：《青庄馆全书》，《韩国文集丛刊》第 258 集，景仁文化

社，1990 年。

［36］李焘：《续资治通鉴长编》，中华书局，1990 年。

［37］李弘有：《遯轩文集》，《韩国文集丛刊续刊》第 23 集，景仁文化社，1990 年。

［38］李家源：《李家源全集》，正音社，1986 年。

［39］李家源著，沈定昌译：《朝鲜文学史》，香港社会科学出版社有限公司，2005 年。

［40］李匡德：《冠阳集》，《韩国文集丛刊》第 209 集，景仁文化社，1990 年。

［41］李剑亮：《唐宋词与唐宋歌妓制度》，浙江大学出版社，2006 年。

［42］李学逵：《洛下生集》，《韩国文集丛刊》第 290 集，景仁文化社，1990 年。

［43］李相宝：《朝鲜古诗歌의研究》，萤雪出版社，1962 年。

［44］李岩主编：《朝鲜文学通史》，社会科学文献出版社，2010 年。

［45］李裕元：《嘉梧稿略》，《韩国文集丛刊》第 315 集，景仁文化社，1990 年。

［46］李佑成编：《星湖全书五》，骊江出版社，1987 年。

［47］李宗准：《慵斋遗稿》，《韩国文集丛刊》第 16 集，景仁文化社，1990 年。

［48］李镇宅：《德峰文集》，《韩国文集丛刊续刊》第 94 集，景仁文化社，1990 年。

［49］雷梦水、潘超主编：《中华竹枝词》，北京古籍出版社，1996 年。

［50］郦道元：《水经注》，时代文艺出版社，2001 年。

［51］梁荣基：《词学理论综考》，北京大学出版社，1991 年。

［52］林大椿：《词式》，商务印书馆，1934 年。

［53］刘熙载：《艺概》，上海古籍出版社，1978 年。

［54］柳樱：《百拙庵文集》，《韩国文集丛刊续刊》第 29 集，景仁文化社，1990 年。

［55］柳己洙：《历代朝鲜词总集》，韩信大学出版社，2007 年。

［56］柳升铉：《慵窝集》，《韩国文集丛刊续刊》第 62 页，景仁文化社，

1990 年。

[57] 睦大钦：《茶山集》，《韩国文集丛刊》第 83 集，景仁文化社，1990 年。

[58] 南公辙：《金陵集》，《韩国文集丛刊》第 272 集，景仁文化社，1990 年。

[59] 南京兰：《丽末鲜初音读입겇（口诀）字形과机能의通时的研究》，景仁文化社，2009 年。

[60] 南京兰《丽末鲜初音读입겇（口诀）의综合的考察》，景仁文化社，2006 年。

[61] 南龙万：《活山集》，《韩国文集丛刊续刊》第 79 集，景仁文化社，1990 年。

[62] 潘慎主编：《唐五代词鉴赏辞典》，北京燕山出版社，1991 年。

[63] 祁光禄：《词艺术研究》，湖南教育出版社，2003 年。

[64] 钱鸿瑛：《词的艺术世界》，上海文艺出版社，1992 年。

[65] 权遇：《梅轩集》，《韩国文集丛刊续刊》第 1 集，景仁文化社，1990 年。

[66] 权相一：《清台先生文集》，《韩国文集丛刊续刊》第 61 集，景仁文化社，1990 年。

[67] 任天常：《穷悟集》，《韩国文集丛刊续刊》第 103 集，景仁文化社，1990 年。

[68] 曹文秀：《雪汀诗集》，《韩国文集丛刊续刊》第 24 集，景仁文化社，1990 年。

[69] 申光汉：《企斋集》，《韩国文集丛刊》第 22 集，景仁文化社，1990 年。

[70] 申钦：《象村集 Ⅱ》，《韩国文集丛刊》第 72 集，景仁文化社，1990 年。

[71] 申楫：《河阴文集》，《韩国文集丛刊续刊》第 20 集，景仁文化社，1990 年。

[72] 沈括著，胡道静校注：《梦溪笔谈校正》，上海古籍出版社，1987 年。

［73］沈善洪主编：《韩国研究》，杭州大学出版社，1994 年。

［74］沈松勤：《唐宋词社会文化学研究》（第二版），浙江大学出版社，2004 年。

［75］施蛰存《词籍序跋萃编》，中国社会科学出版社，1994 年。

［76］司羲祖：《宋大诏令集》，中华书局，1962 年。

［77］孙起阳：《聱汉文集》，《韩国文集丛刊续刊》第 11 集，景仁文化社，1990 年。

［78］宋芳松：《高丽音乐史研究》，一志社，1988 年。

［79］苏辙著，曾枣庄、马德富点校：《栾城集》，上海古籍出版社，1987 年。

［80］苏仲翔选注：《元白诗选》，古典文艺出版社，1957 年。

［81］唐圭璋编：《全宋词》，中华书局，2009 年。

［82］唐圭璋等著：《唐宋词鉴赏词典》（南宋・辽・金卷），上海辞书出版社，1988 年。

［83］唐圭璋主编：《词话丛编》，中华书局，1986 年。

［84］唐圭璋主编：《全金元词》，中华书局，1979 年。

［85］唐圭璋主编：《唐宋词鉴赏词典》（唐・五代・北宋卷），上海辞书出版社，1988 年。

［86］唐圭璋主编：《唐宋词鉴赏词典》，江苏古籍出版社，1999 年。

［87］唐圭璋主编：《金元明清词鉴赏词典》，江苏古籍出版社，1989 年。

［88］陶然：《金元词通论》，上海古籍出版社，2001 年。

［89］万树：《词律》，上海古籍出版社，1984 年，中华书局，1986 年。

［90］王辟之、欧阳修：《渑水燕谈录・归田录》，中华书局，1981 年。

［91］王国维：《宋元戏曲史》，商务印书馆，民国廿二年。

［92］王力：《汉语语音史》，商务印书馆，2008 年。

［93］王水照著：《宋代文学通论》，河南大学出版社，1997 年。

［94］王易著：《词曲史》，岳麓书社，2011 年。

［95］王云五主编：《围炉诗话》商务印书馆，民国 20 年。

［96］王兆鹏、刘尊明主编：《宋词大辞典》，凤凰出版社，2003 年。

［97］王兆鹏：《词学史料学》，中华书局，2004 年。

[98] 王忠和：《韩国宫廷史》，团结出版社，2006 年。

[99] 威尔伯·施拉姆等著，何道宽译《传播学概论》，中国人民大学出版社，2010 年。

[100] 韦旭升：《朝鲜文学史》，北京大学出版社，1986 年。

[101] 文日焕：《朝鲜古典文学史》，民族出版社，2006 年。

[102] 吴处厚：《青箱杂记》，中华书局，1985 年。

[103] 吴惠娟 ：《唐宋词审美观照》，上海学林出版社，1999 年。

[104] 吴熊和：《唐宋词通论》，商务印书馆，2003 年。

[105] 吴熊和：《吴熊和词学论集》，杭州大学出版社，1999 年。

[106] 吴曾：《能改斋漫录》，上海古籍出版社，1960 年。

[107] 伍蠡甫主编：《西文文论选》上册，上海译文出版社，1979 年。

[108] 夏承焘 王易等编：《伟大传统·宋词二十讲》，华夏出版社，2009 年。

[109] 夏承焘：《夏承焘集》，浙江教育出版社、浙江古籍出版社，1997 年。

[110] 萧统编，（唐）李善注：《文选》，陕西出版集团太白文艺出版社，2010 年。

[111] 徐兢著、李澍田校注：《宣和奉使高丽图经》，吉林文史出版社，1986 年。

[112] 徐釚编著，王百里校笺：《词苑丛谈校笺》，人民文学出版社，1988 年。

[113] 许嘉璐主编：《二十四史全译》：汉语大词典出版社，2004 年。

[114] 许楚姬：《兰雪轩诗集》，《韩国文集丛刊》第 67 集，景仁文化社，1990 年。

[115] 许兴植编著：《朝鲜金石全文》（中世上），亚细亚文化社，1984 年。

[116] 杨海明：《唐宋词美学》，江苏教育出版社，1998 年。

[117] 杨海明：《唐宋词史》，江苏古籍出版社，1987 年。

[118] 杨海明：《杨海明词学文集》，江苏大学出版社，2010 年。

[119] 杨海明著：《唐宋词风格论》，上海社会科学院出版社，1986 年。